茶쟁이 진제형의 중국차 공부

진제형 지음

이른아침

들어가며

차에 접근하는 관점은 다양하다. 역사적으로 또는 문화적으로 접근하는 경우는 많이 보아 왔다. 하지만 과학을 잘 이해하는 관점에서 바라보는 경우는 비교적 적은 듯하다. 거기에 더해서 차 제조 현장의 생생한 경험까지 같이 가지면서 접근하는 경우는 더욱 적은 듯하다.

국내 또는 국외의 많은 차 관련 서적들을 구매해서 보고 있는데, 의외로 차를 즐기는 생활에 실질적으로 도움이 되는 책이 드물다는 사실을 알게 되었다. 간혹 정확한 과학 지식을 가지지 않은 상태에서 애매하게 기술하기도 하고, 또 항간에 떠도는 잘못된 사실을 여과 없이 실은 경우도 있어 차에 대한 올바른 이해를 더 어렵게 만들기도 하는 것을 보았다. 필자의 차 관련 이력을 간략하게 소개하면서, 이 책을 집필하게 된 동기를 천명하고자 한다.

대학에서 식품공학을 전공하고 또 대학원 과정까지 마치고, 첫 직장인 CJ제일제당의 식품연구소에 입사하여 음료 제품 개발, 그 중 녹차와 우롱차 음료 개발을 맡기 시작하면서 나와 차의 인연은 시작되었다. 그 때가 1998년 정도로 기억되는데, 그 때 벌써 차의 매력에 빠져 '내 인생을 茶라는 주제를 가지고 꾸며보자'라는 다짐을 했다. 2001년에는 세계에서 가장 큰 차 브랜드 립톤(Lipton)을 가진 유니레버 코리아(Unilever Korea)의 한국 연구소에서 일을 할 수 있는 기회가 생겼다. 그때부터 2019년까지 총 17년 넘게 한국, 중국, 영국의 립톤 연구소에서 다양한 차 제품의 개발을 담당해 왔다. 제품 종류를 보면 아이스티 파우더믹스류, 피라미드 티백 형태의 녹차 및 허브차류, PET 형태의 아이스티 음료, 밀크티 분말 및 음료, 녹차나 홍차 추출 음료 등 아주 다양하다.

차에 대해 본격적으로 경험하고 다양하게 살아 있는 지식을 배우기 시작했다 할 수 있는 것은 2007년 3월에 중국 상해에 있는 립톤 연구소로 옮기고 나서부터다. 그때부터 지금까지 13년이 넘도록 참으로 부지런히 중국의 명차 제조 현장을 누비고 다녔다. 순수하게 차 산지 여행만 약 50회, 의흥이나 경덕진 등 차와 관련된 지역의 여행까지 합친다면 120회가 넘게 다니면서 현지인들과 교류를 하고 배우면서 사진을 찍어 기록을 남겼다. 그러한 공부의 과정과 결과들을 2012년부터 블로그에 소개하며 공유하고 있다. '茶쟁이 진제형의 중국명차연구소(blog.naver.com/jehyeongjin)'라는 다소 거창한 이름을 쓰고 있는데, 이는 그 많은 중국의 명차들을 과학적으로 이해해 보고 싶은 나의 다짐을 표현하기 위함이다.

중국에 살면서 직장에 다닐 때의 가장 큰 장점은 직접 차 산지에 다니고 차농들을 만나면서 생생한 제조 현장을 바로 눈앞에서 볼 수 있다는 것이다. 한 번만의 방문으로 끝내는 것이 아니라 필요한 경우에는 몇 번이고 가서 다시 보고 또 보았다.

차 제품을 연구하는 회사의 연구원으로 일하려면 차 과학에 대한 깊은 이해와 객

관적인 지식을 갖추어야 한다. 넘겨 짚거나 애매한 수준이 아니라 증거와 수치를 바탕으로 한 정확한 이해를 해야 하는 것이 연구원의 업무이자 능력이다. 차의 효능 등에 대해서도 과장을 걷어내고 최대한 객관적인 시야를 가지는 것 또한 연구원으로서는 꼭 필요하다. 이렇게 일반 사람들은 절대 경험할 수 없는 특혜 아닌 특혜를 누리고 있는 필자가 갈고 닦은 지식을 나누어야겠다는 의무감 아닌 의무감이 드는 것은 당연한 도리이다.

8년이 넘는 시간 동안 130편 정도의 그리 많지 않은 글을 블로그에 적었지만 한 편 한 편 아주 충실하게 적었다고 자부하고 싶다. 근무 외 시간을 활용하여 자료를 정리하고 문안을 작성하여 올리는 것이 힘들어도 독자들이 써주는 한 줄의 감사 인사를 원동력 삼아 지속적으로 배움을 나눌 수 있었다.

이제 나의 20년 넘는 차와의 여정을, 그리고 차를 경험하기에 최적의 장소인 중국 현지에서의 13년여 동안의 배움을 한 권의 책으로 정리해 보고자 한다.

차를 즐기면서 꼭 알아야 하는 지식을 너무 장황하지 않지만 과학적으로 쉽게 설명해 내고, 실제 차 생활에 꼭 필요하고 유용한 정보들을 제공하는 것을 목적으로 한다. 중국에서, 그리고 한국에서 같이 차를 마시면서 많은 분들이 던져 주신 질문들이 이 책의 출발점이다.

많은 차 산지를 누비고 다닐 수 있도록 지원을 아끼지 않으면서 중국 국가 공인 심평사审评师와 차예사茶艺师 자격증을 취득한 나의 영원한 차 동반자이자 아내인 으라茶茶 이선혜님에게 가장 큰 감사를 표한다. 사랑하는 두 아들 웅규와 민곤이는 항상 아빠가 힘을 낼 수 있도록 에너지를 채워주는 보배들이다.
중국에서 같이 일한 나의 동료들은 중국 각지의 차 회사나 차농들과 연결을 시켜주며 같이 가서 밤 늦게까지 차 제조 과정을 관찰하고 공부한 고마운 존재들이다. 많은 차 표준 샘플들을 제공해 주기도 하고 여러 차에 관한 세세하고 다양한 질문들에 대해서 인내심을 가지고 대답해 주고 같이 고민해 준 중국 각 지역의 茶友들과 耿虎 老师에게도 감사를 보낸다.
유래없이 불어 닥친 COVID-19의 영향으로 출판 환경이 어려움에도 불구하고 기꺼이 책 출판을 결정하고, 더 좋은 책으로 만들기 위해 많은 조언을 해 준 이른아침의 김환기 사장님께도 고마운 마음을 전한다. 모쪼록 이 책을 읽는 사람들이 실용적인 차에 대한 지식을 얻고 차를 좀 더 객관적으로 바라보면서 즐겁고도 유익한 차 생활을 즐길 수 있기를 바란다.
끝으로 항상 믿어 주시고 묵묵히 뒤에서 버팀목이 되어 주시는 부모님께 생애 첫 책을 바친다.

상해에서 茶쟁이 진제형 씀

| 차 례 |

제4장 화남차구의 명차들

제5장 서남차구의 명차들

제6장 강북차구의 명차들

제7장 중국 명차 구매하기

제8장 중국 명차 우리기

제9장 중국 명차들의 보관과 유통기한

[일러두기]

중국의 지명이나 차 이름은 가능하면 우리나라 발음으로 적었다. 중국 발음으로 적어봐야 발음 표기도 부정확하고 성조가 없다면 중국인들이 알아듣기 힘들기 때문이다. 만약 그런 원칙을 따를 경우 혼동을 준다면 중국어 발음으로 표기하기도 하였다. (예 : 광동성 광주 → 광동성 광저우)

사용하는 한자는 간자체로 적었다. 많은 한국 사람들이 차를 보기 위해 또는 일반 관광을 목적으로 중국으로 여행을 올 것인데, 중국 현지에서 볼 수 있는 한자는 한국에서 통용되는 번자체가 아니다. 간자체를 적는 것이 훨씬 도움이 된다고 믿는다. (예 : 철관음의 한자 鐵觀音 → 铁观音)

제 1 장

차의 상식과 과학

1. 차와 차나무

차란 무엇인가?

우리나라 사람들에게 차라는 말은 광범위한 뜻을 가지고 있다. 보리차, 생강차, 인삼차, 매실차, 둥굴레차 등을 모두 차라고 인식한다. 그런데 그러한 차들은 엄밀하게 따지면 대용차代用茶이지 순수한 의미의 차는 아니다.
차나무에서 나온 싹이나 잎이 출발점이다. 차나무는 학명이 *Camellia sinensis*이고 다양한 변종이 있다. 어떤 것은 잎이 작고[소엽종(小叶种) *Camellia sinensis* var. *sinensis*], 어떤 것은 잎이 크고[대엽종(大叶种) *Camellia sinensis* var. *assamica*], 또 어떤 것은 그 중간[중엽종(中叶种)] 이다.
우리가 알고 있는 6대 차류인 녹차, 백차, 황차, 청차(또는 우롱차), 홍차, 흑차는 모두 차나무의 싹이나 잎으로 만든다. 정말로 차에 대해 문외한인 분들은 녹차나무가 따로 있고 홍차나무가 따로 있다고 생각하기도 한다. 하지만 차나무에서 딴 싹이나 찻잎은 공정을 달리함으로써 위의 6대 차류를 모두 만들어 낼 수 있다.
다만 차나무에는 다양한 품종이 있는데 어떤 품종은 녹차를 만들기에 적합하기에 이 품종으로 홍차를 만든다면 맛이 뛰어나지 못할 가능성이 있다. 같은 논리로 어떤 품종은 우롱차를 만들기 적합하여 녹차를 만든다면 품질이 낮을 확률이 크다. 차나무가 자라는 지역의 토양과 기후 그리고 차나무 품종에서 기인하는 싹이나 잎 내부의 성분 조성 등을 종합하여 오랜 시간 동안 다양한 시도를 한 끝에 어느 지역의 어느 품종으로는 어떤 차를 만들어 내는 것이 가장 최적인지 결정되었을 것이다.
절강성浙江省 항주杭州 용정촌龙井村에서는 용정차龙井茶라는 녹차가 유명하다. 이 지역에서 홍차를 만들려는 시

의흥(宜兴) 지방의 소엽종 찻잎
(의흥 홍차와 녹차 제조)

중엽종 찻잎
(서호용정 제조)

대엽종 찻잎
(아프리카 케냐에서 CTC 홍차 제조)

서호용정

안계철관음

기문홍차 홍향라

도가 없진 않았지만 녹차만큼 이름을 얻지 못했다. 복건성福建省 안계현安溪县은 철관음铁观音이라는 우롱차로 유명한데, 이 지역에서는 녹차를 거의 생산하지 않는다. 예외도 있는데, 황산黃山 인근의 안휘성安徽省 기문현祁门县에서는 기문홍차祁门红茶라는 홍차와 황산모봉黄山毛峰이라는 녹차를 동시에 생산하고 모두 빼어난 품질을 자랑한다.

차나무

현재로서는 중국의 운남성云南省 지역이 차나무의 원산지라고 보는 데 이견을 제시하는 사람은 없는 듯하다. 거기에 가 보면 한국에서 보는 허리 높이로 자란 차나무도 있지만, 사람 키를 훌쩍 넘기는 것은 물론, 일부 수령树龄이 오래된 나무의 경우 10미터 이상 자라기도 한다.

한국이나 일본에서 자주 보이는, 키가 작고 주된 줄기가 명확하지 않으면서 가지가 땅에 바짝 붙어서 벌어지기 시작하는 나무들을 관목灌木이라 한다.

반면에 운남성에서 보이는 주된 줄기가 명확하고, 가지는 땅에서 한참 떨어진 높이에서부터 시작되는 나무들을 교목乔木이라고 부른다. 기후가 따뜻한 운남성에서 다른 나무들과 생존경쟁을 하면서 살아남기 위해서는 키를 높이 키워(교목) 햇볕을 받을 수 있는 유리한 조건을 만들고, 또 넓은 잎으로(대엽종) 햇볕을 많이 쬐어 광합성을 활발히 해야 했을 것이다. 반면 겨울이 뚜렷한 북쪽에서는 추위와 가뭄에 잘 견디도록 왜소하게 진화했을 것이다.

(삽화 이미숙)

차나무의 수명과 관련하여 놀라운 사실이 하나 있는데, 일반적인 예상인 몇 십년에서 몇 백 년 정도가 아니라 1,000년도 훨씬 넘을 수 있다는 것이다. 여태까지 발견된 가장 오래된 차나무는 운남성 봉경현凤庆县에 있고 3,200

절강성 안길현의 관목 차나무

운남의 교목 차나무

년의 역사를 가졌다고 추정하는데 아직도 생명력이 강하다. 그 외에도 여기저기서 1,000년은 훌쩍 넘었을 차나무들이 발견되고 있다.

수령이 몇 백 년이라는 말을 들으면 속이 텅 비어 있고 가지도 몇 없는 노쇠한 나무를 연상하게 되지만 생장 환경이 좋다면 완전히 다른 얘기다.

지금도 생존해 있는 키가 크고 수령이 높은 차나무는 오랜 시간 동안 치열한 경쟁을 이겨 내기 위해 땅속 깊이 뿌리를 내려 토양 속의 영양분을 충분히 끌어 올리고 광합성 능력도 활발하여 싹과 잎에 많은 영양성분을 축적하는 힘을 가졌을 것이다. 이런 차나무에서 딴 싹과 잎으로 차를 만들어 우린다면 그 맛과 향이 훨씬 풍부하고 깊을 가능성이 아주 크다.

이런 이유로 수령이 몇 백 년에서 천 년이 넘은 나무에서 수확한 잎으로 만든 고수古树 보이차普洱茶가 훨씬 가격이 비싸고, 봉황단총凤凰单枞이나 수선水仙 품종의 무이암차武夷岩茶도 수령이 높은 나무로 만들어야(노총수선老枞水仙이라 한다) 더 높은 가격을 받는다. 이는 단순히 희귀성에 의한 가격 책정이 아니라 맛의 우월함에서 기인한 것이다.

800년 이상의 나이로 추정되는 운남 파사(帕沙)의 차왕수

천 년 넘는 세월을 이겨냈으리라 예상되는 운남 방외(邦崴)의 차왕수

봉황단총의 수령 500년으로 추정되는 나무

무이산의 노총 수선

2. 6대 차류의 같은 잎 다른 공정

동일한 차나무에서 수확한 싹이나 잎으로도 공정을 달리 함으로써 모든 6대 차류를 만들어 낼 수 있다.
그렇다면 이 6대 차류에는 어떤 공정의 차이가 있을까?
차를 만드는 원리는 간단하다. 수분을 많이 함유하고 있는 생엽을 수확하여 오랫동안 저장이 가능한 건조된 완제품으로 만들면 된다. 그 중간에 다양한 맛과 향을 발현시키기 위해 여러가지 공정을 집어넣는 것이다.

그림 1 6대 차의 분류

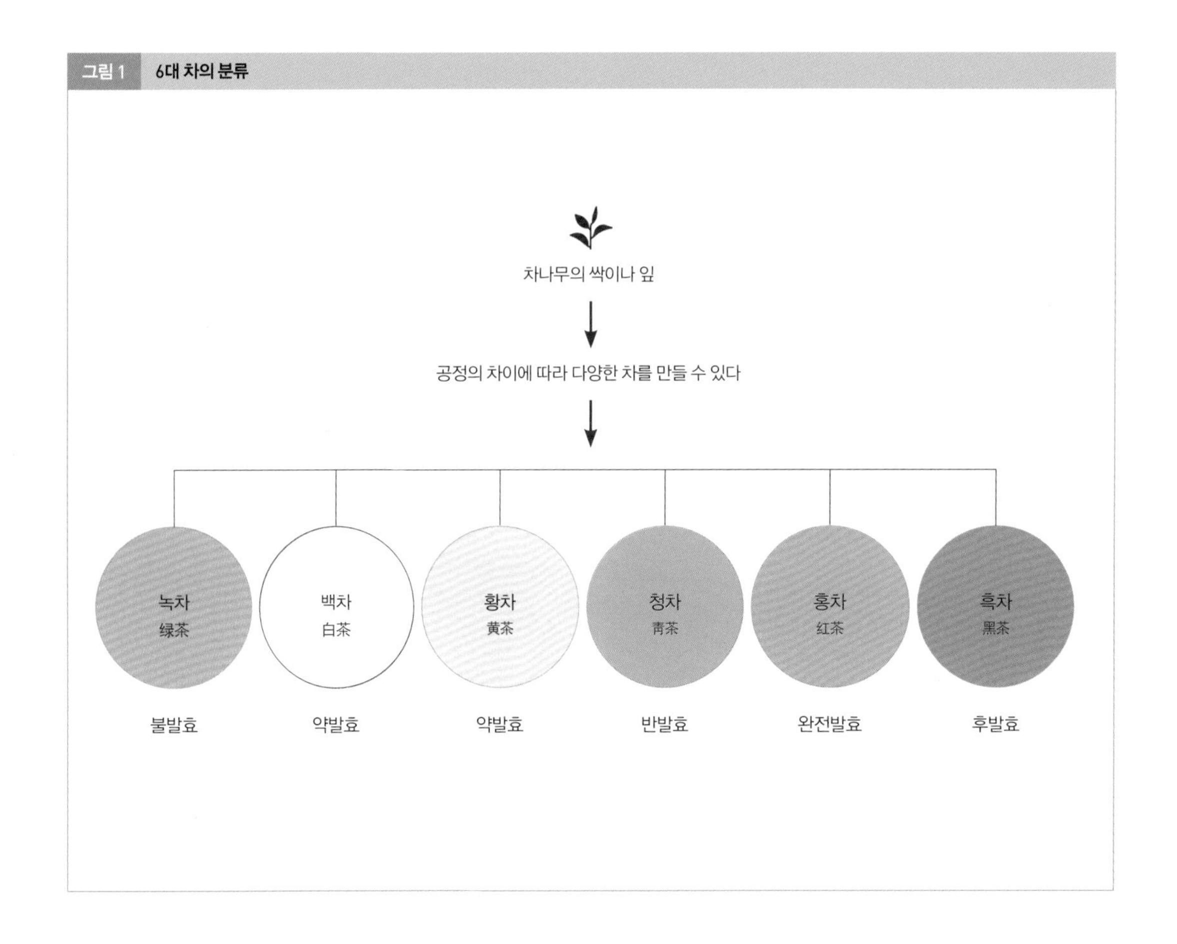

녹차

녹차는 공정이 비교적 단순하다. 녹차를 만들기 위해 생엽을 수확할 때는 상처를 최소화하여 의도하지 않은 발효(산화)가 일어나지 않도록 조심해야 한다.

위조萎凋(시들리기) 공정을 거치면서 풀향은 날려보내고 좋은 향기성분은 생성시키고 수분도 감소시켜 건조 과정을 용이하게 만든다.

가장 중요한 공정은 살청杀青인데, 찻잎의 세포에 있는 산화효소에 열을 가해서 불활성화(inactivation 또는 deactivation) 시키는 것이 주된 목적이다.

솥에 덖으면서 솥 표면의 열이 직접 차엽에 닿도록 하기도 하고[초청녹차(炒青绿茶), 덖음녹차], 증기에 쬐기도 하고 [증청녹차(蒸青绿茶)] 드물게는 마이크로웨이브로 하기도 한다. 살청이 제대로 되었다면 더 이상 발효(산화)는 일어나지 않는다.

이제 마실 때 차가 잘 우러나오도록 유념揉捻(비비기)을 해야 한다. 우롱차나 홍차의 유념은 살청 전에 세포를 깨트려 발효(산화)가 잘 일어나게 하는 것이 목적인데 반해, 녹차의 경우에는 살청 후에 하므로 발효와는 상관이 없다.

이제 건조만 하면 된다.

열풍으로 하기도 하고, 숯불의 더운 열기로 할 수도 있고, 솥의 표면에 직접 닿게 하기도 한다. 그 과정에서 이런 모양 저런 모양을 만들기 위해 별도의 공정을 넣기도 한다.

녹차인 서호 용정의 위조와 살청 공정. 녹차는 위조를 하지 않는다고 아는 사람이 많지만 얻을 수 있는 이점이 많으므로 대부분 하게 된다.

황차

황차의 출발점은 녹차이다. 그런데 여기에는 녹차에 없는 민황闷黄이라는 독특한 공정이 있다.

생엽을 위조, 살청, 그리고 유념하는 과정은 녹차와 동일하다. 그런데 바로 건조를 하지 않고 찻잎이 축축한 상태에서 몇 시간에서 2~3일, 길게는 5~7일 동안 종이나 천에 싸서 놔두는 민황 공정을 거치게 된다. 이 과정에서 습도와 온도에 의한(습열 작용) 자동산화가 발생하게 되어, 카테킨류가 산화 중합에 의해 테아플라빈(Theaflavins, 차황소)으로 변하면서 찻잎과 차탕의 색을 황색으로 변화시키고 차 맛도 부드럽게 만들어 준다. 그 후에는 건조하면서 모양을 만들면 된다. 일부에서는 미생물 증식에 의한 발효나 차엽 내의 산화효소에 의한 발효(산화)를 얘기하기도 하지만 그 주된 변화 기작은 습열 작용에 의한 자동산화이다.

대표적인 황차인 몽정황아(蒙顶黄芽)의 민황(闷黄) 공정과 완성된 차의 모습

백차

백차는 공정이 6대 차류 중에서 제일 단순하다.

생엽의 수확 후 바로 위조 공정으로 들어간다. 햇볕에 하기도 하고(일광위조), 실내에서 열풍으로 하기도 하고(열풍위조), 그 둘을 혼합해서 하기도 한다(복합위조). 그 다음은 살청이나 유념 공정 없이 바로 건조 공정으로 직행한다. 위조 공정이 서서히 진행될 때 건조에 의해 세포가 자연적으로 파괴되어 찻잎 내의 산화효소에 의해 발효(산화)가 약하게 발생한다. 그래서 약발효차라 분류한다. 건조 후에는 그대로 판매하거나[산차(散茶)] 압병하여 판매하기도 한다.

백차의 일광위조 및 실내 열풍위조

청차

청차(우롱차)는 공정이 상당히 복잡하다. 발효(산화)를 아예 막는 것도 아니고 충분히 일어나도록 두는 것도 아니라 그 중간 정도를 정해야 한다.

생엽을 수확하고 위조하기까지는 동일하다. 이제 세포를 적당히 깨트려 발효(산화)의 정도와 속도를 조절해야 한다. 조금씩 찻잎에 상처를 내고[요청(搖青)] 온도와 습도를 조절하여 산화반응이 일어날 수 있는 시간을 주는[량청(晾青)] 공정을 반복하면서 원하는 정도까지 산화가 일어나게 한다. 그 후에는 더 이상 산화가 일어날 수 없도록 살청을 하고 차가 잘 우러나오도록 유념을 한 후에 건조를 한다. 건조 후 간단한 정제 공정을 거친 후 바로 판매하기도 하지만 상당수의 우롱차들은 홍배烘焙라는 과정을 거치면서 독특한 향과 맛과 탕색을 가지게 된다.

철관음의 요청 공정과 무이암차의 발효(산화)가 진행된 찻잎의 모습

홍차

홍차는 완전발효차이다. 생엽 수확 후 위조를 통해 수분 함량을 줄여준다. 이제 발효(산화)가 마음껏 일어날 수 있도록 세포를 과감하게 부수어 주는 것이 중요하다. 손으로 세게 비비기를 해도 좋고, 유념기라는 기계를 써도 좋고, 만약 모양이 중요하지 않다면 로토반(Rotorvane)이나 CTC(Crush–Tear–Curl) 기계 장치를 이용하여 차엽을 완전히 부숴버리기도 한다.

그 후 반응할 시간을 충분히 주면 된다. 만약 차 싹이나 잎의 모양이 온전하다면 12시간 정도가 필요할 것이고, 잘게 부숴진 상태라면 2~4시간이면 충분할 것이다.

이 때 차엽 내의 카테킨류는 테아플라빈(차황소)을 거쳐 테아루비긴(Thearubigins, 차홍소)으로 산화 중합될 것이다. 그 과정에서 많은 향기성분의 변화도 일어나 독특한 홍차의 풍미가 완성된다.

건조를 하면 완성이 되는데, CTC 홍차의 경우 추가로 등급을 세분하는 공정이 있다.

홍차의 유념기 및 발효(산화)가 완료된 기문홍차의 모습

흑차

흑차는 악퇴渥堆하는 방법에 따라 크게 두 가지로 나눌 수 있다

현대적인 공법으로 제조하는 보이숙차나 육보차는 먼저 건조된 모차毛茶를 만든 후에 악퇴(후발효) 공정에 들어간다. 모차 제조까지의 공정은 녹차와 아주 비슷하다. 생엽을 수확 후 위조를 하고 살청을 통해 효소를 불활성화 시킨다. 유념을 하여 차가 잘 우러나올 수 있도록 한 후 건조를 한다. 이 때 보이차라면 햇볕에 건조[晒干]함을 원칙으로 한다. 녹차는 열풍 등으로 보이차보다 고온 조건에서 건조한다. 아주 중요한 악퇴 공정을 진행하기 위해서는 물을 뿌리거나 증기를 쬐어 수분 함량을 올려 곰팡이와 효모 등의 미생물이 잘 번식할 수 있는 여건을 조성해 준다. 찻잎 내의 산화효소가 아니라 미생물이 번식하면서 분비하는 산화효소에 의한 변화가 크게 일어나므로 진정한 의미의 발효차이다. 카테킨류는 테아플라빈(차황소)을 거쳐 테아루비긴(차홍소)을 지나 테아브라우닌(Theabrownins, 차갈소)까지 진행하게 된다.

호남성의 안화 흑차나 사천성과 호북성의 흑차는 차엽 본래의 수분으로 후발효를 진행한다. 생엽 수확 후 위조, 살청을 거쳐 유념까지는 동일하다. 그 후 건조로 가지 않고 악퇴를 먼저 실시한다. 이 때 미생물이 분비하는 산화효소에 의한 산화와 습열 작용에 의한 자동산화 등이 어우러져 독특한 품질을 형성하게 된다. 최종 건조를 하고 필요한 경우 긴압을 한다.

보이차의 악퇴 발효 모습. 대규모로 하기도 하고 소규모로 하기도 한다.

3. 산화와 발효

차는 발효 정도에 따라 크게 6가지 종류로 나눈다는 것은 앞에서 언급하였다. 발효가 되지 않으면 녹차, 반발효차로 분류하는 청차(우롱차), 완전 발효차인 홍차, 후발효차인 흑차, 그리고 약발효차인 백차와 또 다른 약발효차인 황차가 그것들이다.

여기서 한 가지 짚고 넘어가야 하는 것은 발효发酵(Fermentation)라는 용어이다. 이 말은 미생물의 작용에 의해 우리가 원하는 방향으로 변화가 진행되었을 때 사용한다. 참고로 우리가 원하는 방향이 아닌 경우가 초래되었을 때는 부패라고 한다.

하지만 차의 세계에서 말하는 발효는 내부분의 경우 산화(Oxidation)를 지칭한다. 산화반응이란 어떤 물질이 산소와 결합하거나 수소를 잃는 화학반응을 말한다. 자동차의 휘발유 연소, 철이 녹스는 현상, 인체의 노화 현상 등이 대표적인 예이다.

발효라는 말과 산화라는 말이 혼동되어 사용되는 이유는 미생물의 존재를 알기 이전의 과학자들이 차에서 일어나는 변화가 미생물에 의한 것과 같다고 생각했기 때문이다. 참고로 인류가 눈에 보이지 않는 미생물의 존재를 정확하게 알기 시작한 것은 약 150년밖에 되지 않았다.

그런데 발효라는 말이 들어맞는 경우도 있다. 후발효 공정인 악퇴渥堆를 거친 보이숙차普洱熟茶와 육보차六堡茶 등의 흑차류가 이에 해당한다.

이 책에서는 산화가 옳다 발효가 옳다 하는 주장을 하지 않고 같이 쓰려고 한다. 그 이유는 이미 관습적으로 많은 사람들이 혼동해서 쓰고 있는데, 그로 인해서 일어나는 문제점이 보이지 않기 때문이다. 하지만 과학적으로 정확하게 설명해야 하는 경우에는 두 용어를 구분해서 사용하겠다.

보이숙차 악퇴 중 미생물 번식 모습

차의 발효(산화)의 3가지 경우

모든 차의 발효(산화) 현상을 잘 관찰해 보면 3가지 다른 종류로 나눌 수 있음을 알게 된다.

(1) 찻잎 내의 효소에 의한 산화

미생물은 개입되지 않으므로 산화라고 해야 정확하다. 홍차, 청차(우롱차), 그리고 백차를 만들 때 일어난다. 이 경우 살청 공정[杀青, 효소 활성을 없애는 공정]을 하기 전에 산화를 일으킬 수 있도록 조건을 만들어 주어야 한다. 유념揉捻이나 CTC(Crush-Tear-Curl), 요청摇青 공정 등으로 세포를 부수고 온도와 습도를 조절하여 산화효소와 차 폴리페놀이 만나서 반응할 시간을 주어야 한다. 백차는 위조 공정 중에 건조로 인한 자연적인 세포 파괴가 일어나 산화가 이루어진다.

(2) 정말로 미생물에 의한 발효가 일어나는 경우

찻잎 자체의 효소가 아닌, 미생물이 외부로 분비하는 효소에 의한 산화이다. 보이숙차를 포함한 악퇴 공정을 가진 모든 흑차들이 이에 해당한다. 악퇴 전에 살청 공정이 있어 찻잎 자체의 효소는 벌써 대부분 실활 되었다.

(3) 찻잎 자체의 효소도 외부 미생물에 의한 효소도 작용하지 않는 상태에서의 산화

차 과학에 대해 전문적인 지식이 없는 경우 이 산화반응에 대해서 의아하게 생각할 수도 있다. 황차와 보이생차는 이 반응에 기인하여 독특한 품질이 형성된다. 이 개념을 이해하려면 효소(Enzyme)의 작용에 대한 정확한 이해가 필요하다.

효소라는 것은 화학반응에서 촉매작용(Catalysis, 반응 속도를 증가 또는 감소시키는 것)을 하는 것이지 반응의 유무를 결정하는 것은 아니다. 다시 말해 효소가 없더라도 반응(이 경우는 산화반응)은 일어난다. 다만 속도가 느릴 뿐이다. 효소의 활성이 없는 상태에서 '산소의 존재 하에 습도와 온도에 의해 속도가 제어되는' 산화반응을 자동산화(auto-oxidation)라고 한다. 황차나 보이생차는 산화가 일어나기 전에 살청 공정이 있어 효소는 이미 대부분 실활 되었으므로 그 변화의 원동력은 자동산화이다.

백호은침의 생산 당해년도 찻잎의 모습

백호은침의 3년 숙성 후 찻잎의 모습

자동산화반응의 다른 예들

녹차를 구매했거나 선물로 받아서 집에 두고 마시고 있다. 거실에 두었다가 몇 개월이 지나 마셔 보니 색상도 갈색으로 변했고 맛과 향도 신선함이 떨어진다. 이미 효소는 완전히 실활 되었지만 산소와 에너지가 있는 한 끊임없이 변화는 발생하는데, 이는 자동산화에 의한 변화이다.

10년 전에 구매한 보이생차의 탕색이 진해지고 맛도 부드러워졌다. 곰팡이 생길까 봐 습도 관리도 해가면서 신경 써서 보관하고 있다. 보이생차는 살청 온도가 낮아 찻잎 내의 산화효소가 보관 중에도 작용한다고 하는 사람도 있지만, 이런 낮은 수분 함량과 수분 활성도 조건에선 있을 수 없는 일이다. 시간이 지남에 따라 차맛이 숙성되어 가는 것도 자동산화에 의한 것이다.

살청 공정을 아예 거치지 않은 백호은침白毫银针이 3년이 지나니 찻잎의 푸른 색이 노란색으로 변하고 차탕도 진해졌다. 푸릇푸릇한 맛도 없어지고 백차 특유의 호향毫香이 강하게 느껴진다. 이렇게 백호은침이 숙성되어 가는 과정도 산화효소의 작용이 아니라 자동산화가 그 원인이다.

한마디로 말하면 집에 보관한 모든 차들은 자동산화 과정을 거치고 있다는 것이다. 원하는 경우(흑차류, 백차류, 무이암차 등의 일부 우롱차류 등)도 있고, 원하지 않는 경우(녹차류, 청향형 철관음 등)도 있지만 변화는 발생할 수밖에 없다. 산소가 있고 에너지가 있으니 피할 수 없다. 다만 효소가 존재하지 않으므로 느리게, 아주 느리게 진행될 뿐이다. 습도가 높아지거나 온도가 올라간다면 자동산화의 진행 속도는 빨라질 수 있다.

찻잎 내 효소에 의한 산화현상의 심층 이해

찻잎 내의 효소에 의한 산화현상에 대해 좀 더 자세히 알아보자.

홍차나 우롱차의 제조에 있어서 찻잎 내에 존재하는 산화효소에 의한 차 폴리페놀의 산화 현상은 가장 중요한 화학반응이다. 여기에 필요한 3가지 조건을 하나씩 살펴보면서 좀 더 이해를 해보자.

첫째로, 반응의 주체로서 찻잎 안에 들어 있는 성분인 '차 폴리페놀'이 필요하다. 이 성분은 하나의 화학물질을 지칭하는 것이 아니라 여러 물질들의 집합을 얘기하는데, 그래서 영어로는 'Tea Polyphenols'라고 복수형으로 쓴다. 그 중의 일부 성분이 카테킨류인데 이 또한 한 물질의 이름이 아니라 집합을 지칭하며 영어로는 Catechins라고 한다. 카테킨류의 주요 성분 중의 하나가 EGCG(Epigallocatechin gallate)인데 오래 전에 이 성분을 넣어서 만든 껌이 판매되기도 하였다.

이 '차 폴리페놀' 성분들은 산화반응에 관여한다는 점 외에도 여러 가지 방면에서 아주 중요한데, ① 쓴맛과 떫은 맛을 가지고 있어 차맛에 큰 영향을 미치고, ② 강력한 항산화 능력을 가지고 있어 차의 건강 기능성을 대표하는 성분이기도 하다.

둘째로, 산소의 존재가 필수적이다. 공기가 완전히 없는 진공상태나, 산소 대신 질소나 이산화탄소를 주입한 상태에서는 차의 산화는 일어나지 않는다. 그러나 의도적으로 완벽한 무산소 환경을 만들지 않는다면 산소는 어디에나 존재한다.

셋째로, 찻잎 속에 들어 있는 산화효소들이 필요하다. 대표적인 산화효소가 PPO라고 약칭하는 폴리페놀옥시데이스(Polyphenol Oxidase)이고, 퍼옥시데이스(Peroxidase, POD), 카탈레이스(Catalase, CAT) 등도 있다. 효소라는 것은 화학반응에서 촉매 작용(반응 속도를 증가)을 하는 것이지 반응 자체에 대한 스위치 역할을 하는 것이 아니다. 즉 효소가 없더라도 반응은 일어나지만 속도가 매우 느리다. 효소가 실활된 상태(inactivated 또는 deactivated) 에서도 산화반응이 일어난다는 것은 황차黄茶의 민황闷黄 공정에서도 보이고, 보이생차普洱生茶의 장기 숙성 중에 나타나는 변화에서도 관찰된다. 하지만 제대로 된 홍차나 우롱차가 생산되기 위한 산화(발효)의 속도와 정도를 얻기 위해서는 산화효소들이 꼭 작용을 하여야 한다.

그렇다면 왜 차나무에 달려 있는 찻잎은 평소에는 녹색을 띠고 있을까? 다시 말하면 왜 산화(발효)가 일어나지 않는 것일까?

세 가지 조건 중에서 산소는 어디에나 존재하니 산소의 문제는 아니다.

그 이유는 바로 효소(enzyme)인 폴리페놀옥시데이스와 기질(substrate)인 차 폴리페놀이 만나지 못하는 상황이 유지되고 있기 때문이다. 평상시 차 폴리페놀은 식물의 세포질 속에 있고, 효소는 엽록체(Chloroplast) 내에 있어 서로 액막에 의해 분리되어 있으므로 산화반응이 일어날 조건이 형성되지 않는다.

앞에서 산화가 일어나기 위해서는 3가지 조건이 필요하다 했는데, 사실 한 가지 더 필요한 것이 있다.

그것은 효소와 기질이 만나도록 세포 내부 구조를 물리적으로 파괴시키는 공정이다. 우리가 차의 제조 공정에서 들어 본 '비비기, 유념揉捻, rolling, CTC(Crush-Tear-Curl), 로토반(Rotorvane)' 등의 용어는 모두 세포 구조를 파괴하는 공정이다. 다만 녹차에서는 효소를 실활(inactivation) 시키고 나서 비비기 공정을 하는데, 그 목적이 산화(발효) 촉진이 아니라 차 성분이 잘 우러나오게 하기 위함이라는 점은 염두에 두자.

세포의 파괴에 의한 산화 현상의 발생은 우리 일상생활 속에서도 쉽게 관찰되는데, 사과나 감자를 자르고 난 후 잘린 표면에서의 색상 변화가 대표적인 예이다.

안휘성(安徽省) 황산(黄山) 옆에 위치한 기문현(祁门县)에서 기문홍차(祁门红茶) 생산 중에 촬영한 사진. 위쪽 사진의 오른편은 막 수확한 차엽, 왼편은 발효가 끝난 차엽이고, 아래쪽 사진은 사천성(四川省)에서 찍은 홍차를 만들기 위해 발효를 시키고 있는 차엽이다.

CTC 홍차는 위의 설비를 이용한다. 두 개의 축 중 하나는 천천히 돌고 다른 하나는 빨리 회전하여 찻잎이 짓이겨지고(Crush) 찢기고(Tear) 비틀리는(Curl) 동작이 동시에 일어나 세포를 효율적으로 부수어 산화(발효)가 일어날 조건을 용이하게 해준다.

그림 2 녹색으로 표시되어 있는 차 폴리페놀과 전체 폴리페놀과의 상관관계 및 차 제조 과정 중 성분 변화

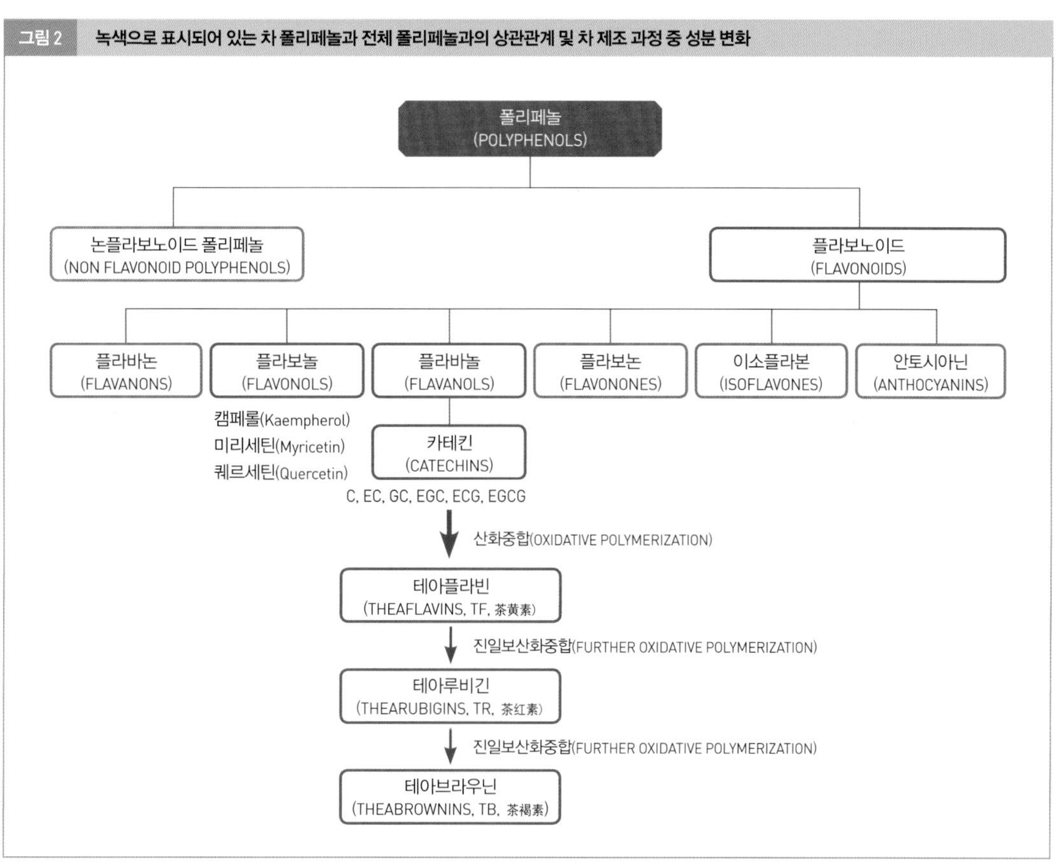

그림 3 식물세포 구조

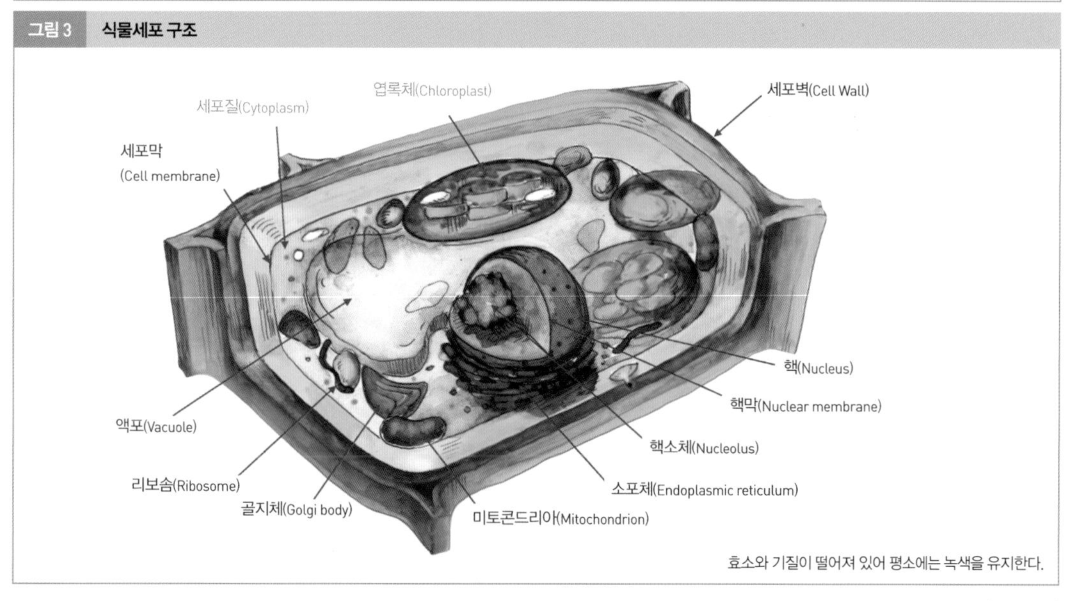

효소와 기질이 떨어져 있어 평소에는 녹색을 유지한다.

(삽화 이미숙)

그림 4 녹차와 홍차의 폴리페놀 중 플라보노이드 구성의 변화

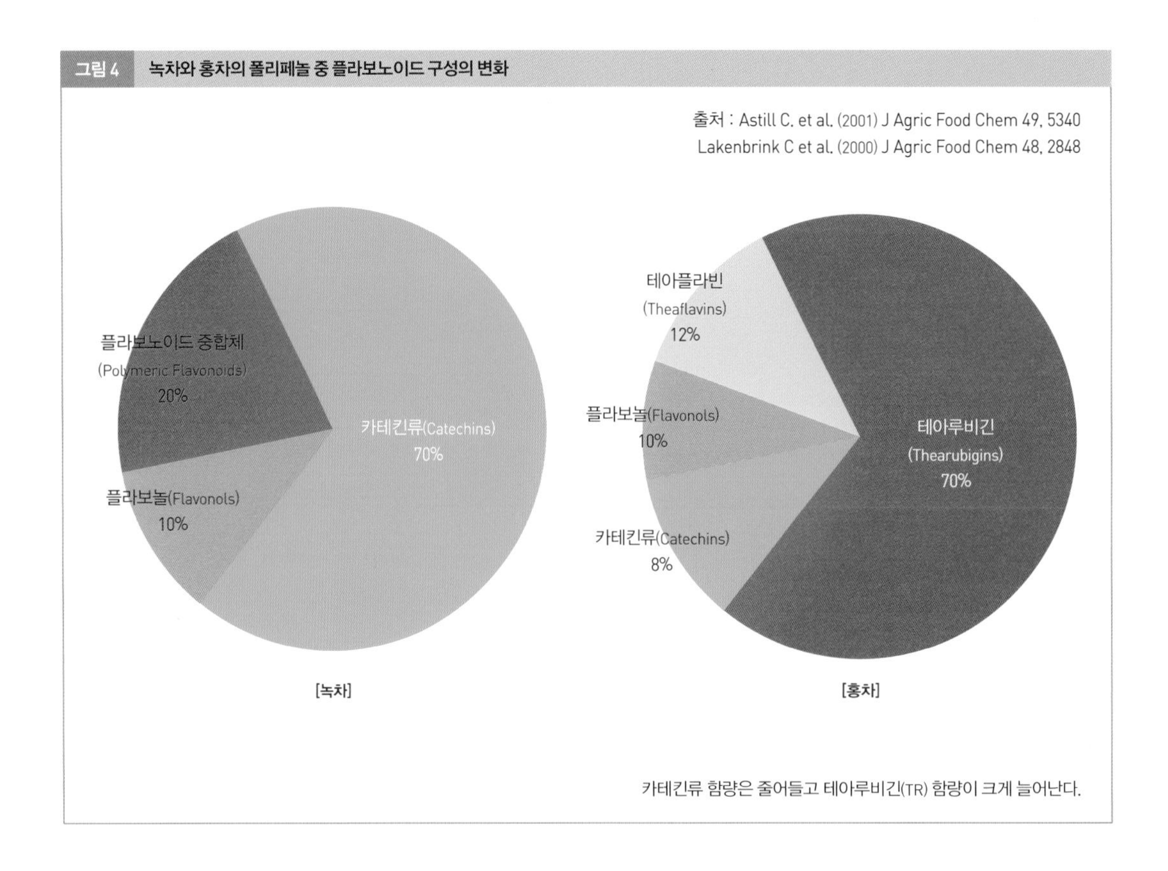

카테킨류 함량은 줄어들고 테아루비긴(TR) 함량이 크게 늘어난다.

산화 과정 중 일어나는 여러 현상들

간단해 보이는 식물세포도 사실은 정교하고 복잡한 조직이다. 정말로 많은 변화들이 일어나겠지만 그 중 중요한 반응들을 간추리면 다음과 같다.

카테킨 성분들의 산화중합

가장 중요한 변화라고 볼 수 있다. 카테킨 성분들이 산화중합반응(Oxidative Polymerization)에 의해 먼저 등황색을 나타내는 테아플라빈(Theaflavins, TF, 茶黄素)이 되고, 산화중합반응이 더 진행되면 붉은색을 나타내는 테아루비긴(Thearubigins, TR, 茶红素)이 된다.

녹차에는 카테킨 성분들이 많지만, 홍차가 되면 대부분의 카테킨 성분들은 테아플라빈(TF)이나 테아루비긴(TR)으로 전환되어 이들의 함량이 증가한다.

이 반응은 홍차나 우롱차의 색상에 지대한 영향을 미친다는 점 외에도 맛에서도 아주 중요한 의미가 있다. 테아플라빈(TF)과 테아루비긴(TR)은 카테킨류와 달리 쓴맛과 떫은맛이 약하다. 그러므로 산화(발효)가 진행되면 쓴맛과 떫은맛은 줄어들게 된다.

차의 분류 명칭과 산화중합물의 중국어 명칭 사이에 재미있는 상관 관계가 있는데, 차황소茶黄素인 테아플라빈

은 황차에 많고, 차홍소茶紅素인 테아루비긴은 홍차에 많고, 차갈소茶褐素인 테아브라우닌(TB)은 흑차에 많이 존재한다.

엽록소의 분해

녹색의 찻잎에 있는 엽록소가 분해되어 암갈색 성분인 페오피틴(Pheophytin)으로 변한다. 이 반응은 앞에서 언급한 카테킨류의 변화, 그리고 일부 우롱차의 경우 홍배 정도와 함께 최종적으로 그 홍차나 우롱차의 색상을 결정짓게 된다.

향기성분의 생성

향기성분이 차엽 중에서 차지하는 양은 적지만 미치는 영향은 아주 크다. 우리가 차를 마실 때 즐길 수 있는 향기성분들은 대부분 가공 공정에서 비롯된 것들이다. 특히 중국에서 생산되는 고급 홍차들[예를 들어 기문홍차(祁门红茶)의 홍향라(红香螺), 사천홍차(四川红茶) 홍아(红芽) 등]의 경우 선명하면서도 상쾌한 향들이 느껴진다. 장미향의 제라니올(geraniol), 달콤한 꽃향의 리날로올(linalool), 재스민 꽃향의 재스민(jasmine)과 시스재스몬(cis-jasmone) 등이 대표적인 향기 물질들이다. 그 외에도 꿀향, 난꽃향, 캐러멜향 등으로 묘사될 수 있는 다양한 향기성분들이 존재하면서 단독으로 또는 복합적으로 작용한다.

CTC 공정 후 잘게 부서진 축축한 찻잎을 전문 용어로는 Dhool이라고 한다. 위 사진의 왼쪽은 CTC 직후 아직 발효가 일어나기 전이고, 오른쪽은 2시간 경과 후 발효가 많이 진행된 상태이다.

오른쪽 사진은 인도네시아의 CTC 홍차 제조 공장에서 실제 발효가 일어나는 현장을 촬영한 것이다. CTC 후 컨베이어 벨트를 이용한 연속 발효 공정이다. 사진 앞쪽은 녹색 빛이지만 뒤쪽으로 갈수록 갈색 빛이 강해진다. 약 2시간에 걸쳐 천천히 이동하면서 발효가 일어나고 있다.

4. 차의 화학성분과 변화

차엽에는 다양한 화학성분들이 들어 있다.
단백질은 예상과 다르게 건엽 기준으로 15~30% 정도나 있는데, 분자량이 크므로 차를 우려도 나오지 않아 큰 의미가 없다. 하지만 보이숙차의 악퇴와 같은 많은 변화가 수반되는 공정을 거친다면 단백질의 일부는 분해되어 아미노산으로 변할 것이다.
지질은 3~7%, 섬유질도 여러 형태로 30~35% 정도 들어 있는데 이들 또한 불용성이라 큰 의미는 없다.
수용성 비타민류(비타민 C와 비타민 B군 등), 지용성 비타민류(A, D, E, K 등), 그리고 미네랄(칼륨, 인, 칼슘, 마그네슘 등) 등도 함유하고 있어 영양소로서 그리고 차탕의 맛에 일정한 기여를 할 것이다.
여러 휘발성 물질들(향기성분들)에 대해서도 이미 언급하였다.
그런데 화학성분의 관점에서 차가 특별한 이유는 차 폴리페놀(Tea Polyphenols), 테아닌(Theanine), 그리고 카페인(Caffeine) 때문이다.
각각에 대해서 자세히 알아보자.

차 폴리페놀

건조 차엽 기준으로 15~35% 정도 함유되어 있다.
여기에는 먼저 플라보놀(Flavonols)에 속하는 캠페롤(Kaempherol), 미리세틴(Myricetin), 그리고 퀘르세틴(Quercetin)이 있는데, 이 화합물들의 중요성은 비교적 낮다. 하지만 플라바놀(Flavanols, 특히 Flavan-3-ols)에 속하는 카테킨류(Catechins)는 차의 특성을 이해하는 데 반드시 알아야 할 존재들이다.
주로 8가지가 언급되는데, 중요하게 알아야 할 상식 위주로 간단하게 살펴보자.
한창 보이차 다이어트 열풍이 불었을 때 누구나 한 번씩 들어 보았던 이름인 갈산(Gallic acid, 몰식자산)이 붙어 있느냐 아니냐에 따라 크게 분류를 한다.
카테킨(Catechin, C), 에피카테킨(Epicatechin, EC), 갈로카테킨(Gallocatechin, GC), 에피갈로카테킨(Epigallocatechin, EGC) 등 4가지는 단순 카테킨(간단 카테킨, 유리형 카테킨이라고도 한다)에 해당한다. 이 물질들은 비교적 떫은맛이 적고 온화한 쓴맛을 가진다.
반대로 갈산이 염의 형태인 갈레이트(Gallate)로 에스터(Ester) 결합되어 있는 에피카테킨갈레이트(Epicatechin Gallate, ECG)나 에피갈로카테킨갈레이트(Epigallocatechin Gallate, EGCG) 등은 복잡 카테킨(에스터형 카테킨이라고도 한다)으로 분류한다. 이 성분들은 강한 쓴맛과 떫은맛을 가진다.
이 사실이 중요한 이유는 비슷한 카테킨류 함량을 가진 경우라도 단순 카테킨과 복잡 카테킨의 비율에 따라 쓴

그림 5 **단순 카테킨 구조식**

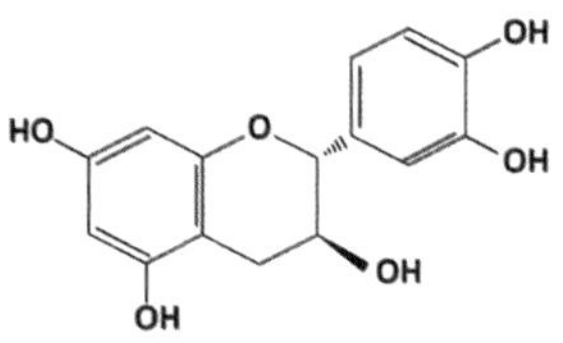

카테킨[(+)–Catechin, C]

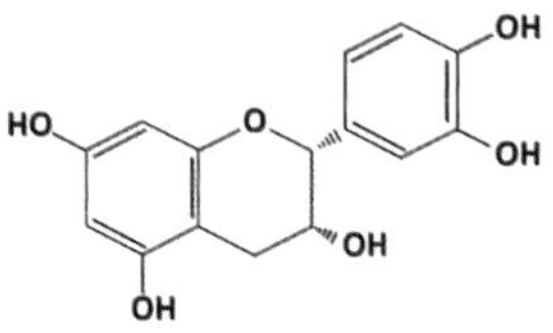

에피카테킨(Epicatechin, EC)

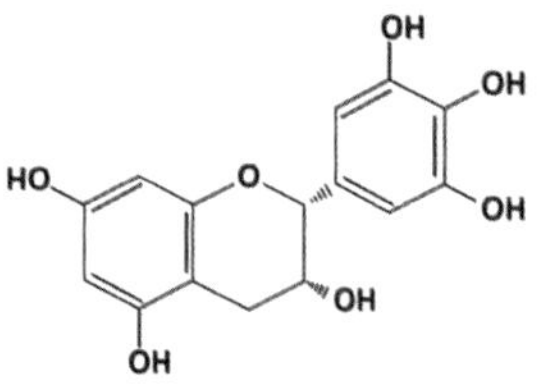

에피갈로카테킨(Epigallocatechin, EGC)

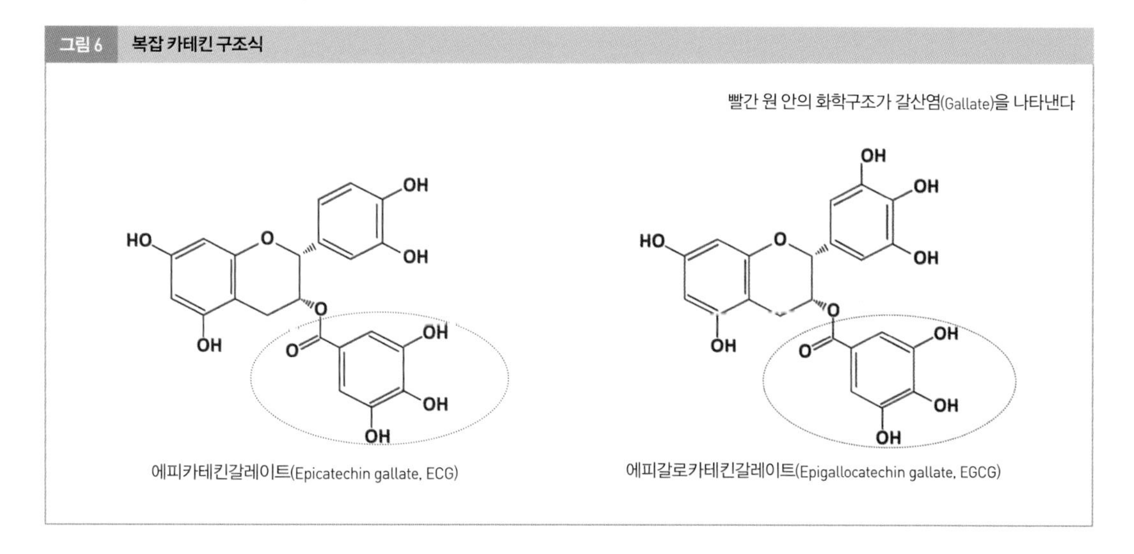

그림 6 **복잡 카테킨 구조식**

빨간 원 안의 화학구조가 갈산염(Gallate)을 나타낸다

에피카테킨갈레이트(Epicatechin gallate, ECG)

에피갈로카테킨갈레이트(Epigallocatechin gallate, EGCG)

맛과 떫은맛의 정도에 차이가 있을 수 있기 때문이다.

한 가지 예로 2008년 전후에 유행했던 운남성의 보이생차 중 야방차野放茶는 비교적 맛이 순한데, 그 이유는 총 카테킨 함량은 일반 보이생차와 비슷하게 높지만 그 중 단순 카테킨의 비율이 상대적으로 더 높기 때문이다.

앞에서 설명한 대로 백차, 황차, 우롱차, 홍차, 그리고 흑차류가 만들어질 때 카테킨류의 산화중합반응은 상당히 중요한 영향을 미친다.

가장 처음 생기는 물질인 테아플라빈(Theaflavins, TF, 茶黃素)은 등황색을 나타내는데, 쓴맛과 떫은맛이 약하고 온화한 단맛을 가진다. 황차의 경우 산화에 의해 이 성분의 함량을 올리는 것에 공정의 초점이 맞춰져 있어 탕색과 맛 특성이 결정된다.

좀 더 산화중합이 진행되면 붉은색을 나타내는 테아루비긴(Thearubigins, TR, 茶紅素)이 많이 생성되는데, 이 성분 함량이 높은 차가 바로 홍차이다.

계속해서 산화중합이 진행되면 암갈색의 테아브라우닌(Theabrownins, TB, 茶褐素)으로 변하는데, 보이숙차普洱熟茶

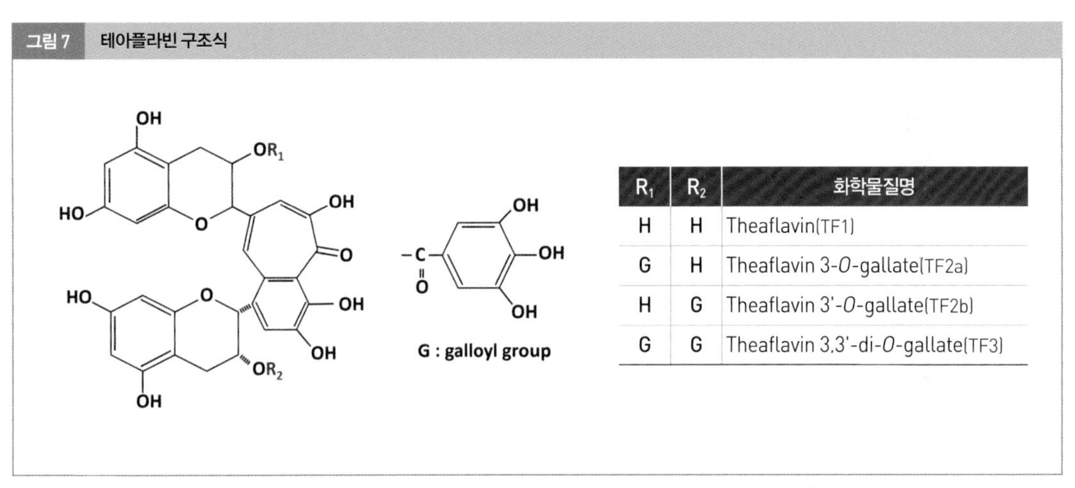

R_1	R_2	화학물질명
H	H	Theaflavin(TF1)
G	H	Theaflavin 3-*O*-gallate(TF2a)
H	G	Theaflavin 3'-*O*-gallate(TF2b)
G	G	Theaflavin 3,3'-di-*O*-gallate(TF3)

그림 7 테아플라빈 구조식

출처 Molecules, 2018 Apr; 23(4): 918

등 흑차류의 품질 특성이 여기서 나타난다.

이러한 차 폴리페놀 성분들은 차의 기능성을 얘기할 때 가장 중요하게 여겨지는 성분들이다.

차는 만병통치약이 아니라 식품의 일종이다.

일부 사람들의 경우 차의 효능을 지나치게 강조하고 있는데 이는 잘못된 현상이다.

여러 임상 연구들을 종합하여 유의적인 경향을 찾아내는 통계분석 방법인 메타 분석(Meta-analysis)을 거쳤을 때 말할 수 있는 차의 효능 중 일부는 다음과 같다.

- 240ml의 홍차를 매일 3잔 마시면 심근경색에 걸릴 확률이 11% 줄어든다.
- 녹차나 홍차를 하루 3잔 이상 마시면 뇌졸중 걸릴 확률이 21% 줄어든다.
- 녹차를 하루 1잔 마시면 심장동맥 관련 질병에 걸릴 확률이 10% 줄어든다.
- 차를 하루 2잔 마시면 제2형 당뇨병에 걸릴 확률이 4.6% 줄어든다.

하지만 많은 사람들이 얘기하고 있는 혈중 콜레스테롤 농도 저하, 항노화, 항암 등의 효과는 객관적으로 입증되었다고 할 수 없다.

필자가 속했던 중국의 립톤 연구소에서는 2008년경에 카테킨류 함량을 10배 정도 높인 녹차 티백을 출시한 적이 있다. 뱃살 감량에 의해 허리 라인을 예쁘게 해준다는 임상실험을 정식으로 거치고 중국 정부의 기능성식품 인증까지 받았었다. 효능 자체는 환상적인 수준이 아니라 유의적으로 차이가 발생될 정도로는 나왔다고 해야 할 것이다.

이 제품의 맛은 어떨까? 충분히 예상하겠지만 쓴맛과 떫은맛이 엄청 강해서 인상이 찡그려질 정도였다. 이런 저런 이유로 판매는 신통치 않아 곧 단종되고 말았던 아픈 기억이 있다.

기능성을 목적으로 만약 고농도로 카테킨류를 섭취한다면 혹시나 있을 부작용, 예를 들어 위장 장애 등에 대해서도 충분히 고려해야 한다.

탄닌이라는 용어에 대해서 정리해보자

많은 사람들이 아직도 차의 성분을 얘기할 때 탄닌(Tannins)이라는 표현을 쓰는데, '차 폴리페놀(Tea Polyphenols)'이라고 쓰는 것이 좋다.

탄닌은 폴리페놀의 일부분으로서 분자량이 500~3000 사이로 가죽의 무두질 작용[유혁작용(tanning), 동물가죽 내의 단백질 성분이 젤라틴과 함께 침전을 이루어 불용성이 되면서 부패성이 없는 물질로 바뀌는 것]을 할 수 있는 화학성분을 말한다.

3가지로 분류할 수 있는데, ① 가수분해형 탄닌(hydrolysable tannins) ② 축합형 탄닌(condensed tannins) ③ Pseudo tannins(pseudo는 가짜라는 뜻)이다. 차의 카테킨은 ③에 해당하는데 가죽의 무두질 작용을 하지 못하므로 pseudo라는 말이 붙었다.

차의 카테킨 성분을 얘기할 때 가죽의 무두질 작용과 연관지을 필요는 없다. 또한 탄닌이라는 용어는 차에 함유된 폴리페놀(차 폴리페놀)을 모두 포함할 수 있는 용어가 아니다. 플라보놀(Flavonols)에 해당하는 캠페롤(Kaempherol), 미리세틴(Myricetin), 그리고 퀘르세틴(Quercetin)은 탄닌의 범주에 포함되지 않는다.

이런 종합적인 이유로 탄닌이라는 용어보다는 '차 폴리페놀'이라는 용어가 더 적합하다.

테아닌(Theanine)

정식 명칭은 N-ethyl-L-Glutamine이고 중국어로는 차안산茶氨酸이라 하는데, 건엽 기준으로 0.4~3% 정도를 차지한다.

이 성분은 아미노산의 유도체로 차를 마실 때 감칠맛과 단맛을 느끼게 해주는 중요한 물질인데, 차나무 이외에는 거의 발견되지 않는다.

테아닌 함량이 높다는 것은 차맛이 좋다는 것과 직접적인 연관 관계가 있기에 그 함량을 높이기 위해 여러가지 노력을 한다.

품종을 통해 방법을 찾은 경우가 바로 중국 절강성 안길현安吉县의 안길백차安吉白茶인데, 일반 녹차보다 아미노산(테아닌 포함) 함량이 훨씬 높다고 알려져 있다.

재배 방법을 통해 테아닌 함량을 높인 경우가 일본의 옥로차(교쿠로차, 玉露茶)이다. 테아닌은 햇볕을 받으면 폴리페놀로 변하는데, 차광재배를 함으로써 전환되는 속도와 양을 줄여주는 원리이다.

녹차의 기능성을 얘기하는데 있어 이 테아닌도 빼놓을 수 없다.

그림 8 폴리페놀(Polyphenols)

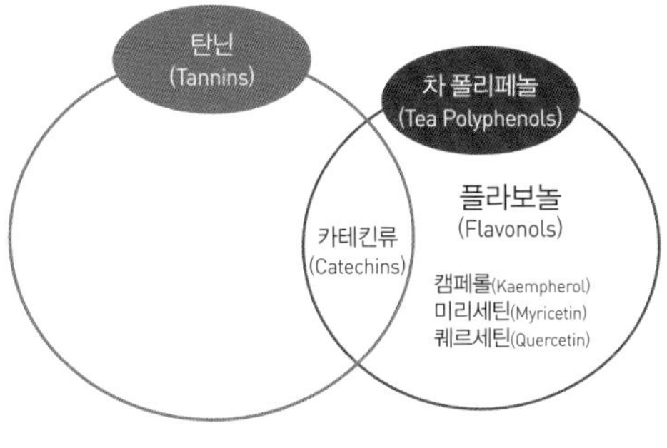

폴리페놀, 탄닌, 그리고 차 폴리페놀의 관계를 도식화했다. 카테킨류(catechins)는 탄닌으로도 분류될 수 있고 차 폴리페놀로도 분류될 수 있다.

그림 9 테아닌 구조식

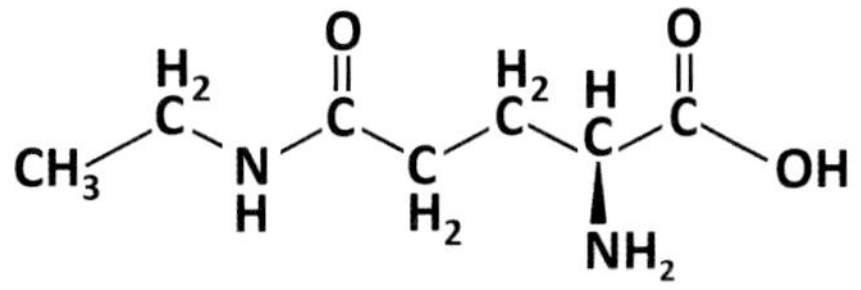

테아닌(L-Theanine)

■ 뇌파의 종류와 정신적 상태

뇌파 종류	주파수	정신적 상태
베타파(Beta-wave)	14+ Hz	각성상태, 활발한 두뇌활동
알파파(Alpha-wave)	8-13 Hz	집중력(Relaxed & Alert)
세타파(Theta-wave)	4-7 Hz	얕은 수면
델타파(Delta-wave)	0.5-3 Hz	깊은 수면

결론부터 얘기한다면 적정량의 테아닌 섭취는 두뇌의 알파파(α-wave)를 증가시켜 집중력을 향상시킬 수 있다.

필자는 이전에 테아닌을 주성분으로 하여 집중력 향상을 위한 수험생 드링크를 개발한 적이 있다. 그 때 일본에서 간이 뇌파 측정 장치를 구매하여 테아닌 함량을 달리한 음료를 마시게 한 후에 몇몇 사람들을 대상으로 간이 임상실험을 한 적이 있다. 논문으로 발표할 수준으로 정교한 실험은 아니었지만 뇌파의 변화는 충분히 관찰되었다.

민감한 사람들은 테아닌 섭취량이 50mg 정도에서 이미 알파파가 증가되는 느낌을 가질 수 있고, 덜 민감한 사람들도 대개 150mg 정도면 느낄 수 있다고 한다. 테아닌 50mg을 섭취하기 위해서는 2g의 녹차나 홍차 티백을 서너 잔 마시면 된다(일반적으로 녹차나 홍차 한 잔에는 15mg 정도의 테아닌이 들어 있다).

마신 후 몸에 흡수되는 데 시간이 걸리므로, 섭취 후 약 30분 정도 지나 효과가 나타나기 시작해 그 후 30분 정도 지속되다가 서서히 사라지게 된다. 물론 사람마다 대사 속도가 다르므로 그 발현 시간이나 유지 시간도 조금씩 다를 수 있다.

이런 효과를 바탕으로 미국에서는 동일한 화학구조로 인공 합성한 테아닌 100~200mg을 주성분으로 하는 건강보조식품을 판매하기도 한다. 포장재에 적혀 있는 문구들을 살펴보면 'Promotes relaxation(심신의 이완을 돕고), Reduce stress(스트레스를 줄여주고), Supports learning ability(학습능력을 올려주고)' 등으로, 생각보다 직접적으로 효능이 표시되어 있다.

찻잎에는 커피와 같이 카페인도 들어 있는데, 이 테아닌은 커피와 완전히 반대되는 작용[이를 길항작용(拮抗作用)이라 한다]을 한다.

카페인

지금은 많은 사람들이 차나무(학명 *Camellia sinensis*)의 잎으로 만든 모든 차들은 카페인을 함유하고 있다는 사실에 대해서 잘 알고 있는 듯하다.

카페인의 생리 작용은 익히 알려져 있다. 뇌파 중의 베타파(Beta-wave)를 증가시켜 흥분작용을 일으키고 정신 활동을 높여 기억력, 판단력, 지구력을 향상시키며 이뇨작용을 촉진한다. 이러한 효능들은 차가 오랫동안 인류가 즐기는 음료로 선택된 중요한 이유 중의 하나일 것이다. 많은 양을 한꺼번에 섭취한다거나 지속적으로 다량 섭취한다면 문제가 발생할 소지가 있는 것은 사실이므로 주의를 해야 한다. 하지만 일상적인 차 생활을 하는 경우라면 크게 걱정할 필요는 없으리라고 본다.

아무래도 차와 커피는 많은 관점에서 대비되는 기호음료이므로 카페인 관점에서도 비교해 보자.

커피 원두(coffee bean)에는 1~2.5% 정도 카페인이 함유되어 있지만, 건조된 차엽에는 커피보다 약 2배 높은 1.5~3.5%(드물게 5%까지 함유하기도 한다) 정도 들어 있다. 하지만 한 번 마시는 양을 기준으로 한다면 차에는 커피의 1/3에서 1/5에 해당하는 카페인이 들어 있다. 한 번 음용 시에 사용되는 '차엽과 커피 원두의 양'의 차이와 1회 섭취하는 부피의 차이에 의해 역전되는 현상이 발생하는 것이다.

더욱 중요한 것은 똑같은 카페인 물질이라도 그 근원에 따라 생체이용률(bioavailability)에서 현격한 차이가 난다는 점이다. 동일한 양의 카페인이 입으로 섭취되더라도 몸으로 흡수되어 생리작용을 일으키는 정도에서 차와 커피는 차이가 있다.

예상하겠지만 차에서 유래한 카페인의 생체이용률이 커피보다 낮다. 그 이유는 차의 주요 생리활성 성분인 차 폴리페놀이 일부 카페인과 결합하여 용해도를 저하시킴으로써 몸으로 흡수되는 대신 소변으로 배출되도록 하기 때문이다.

그림 10 카페인 구조식

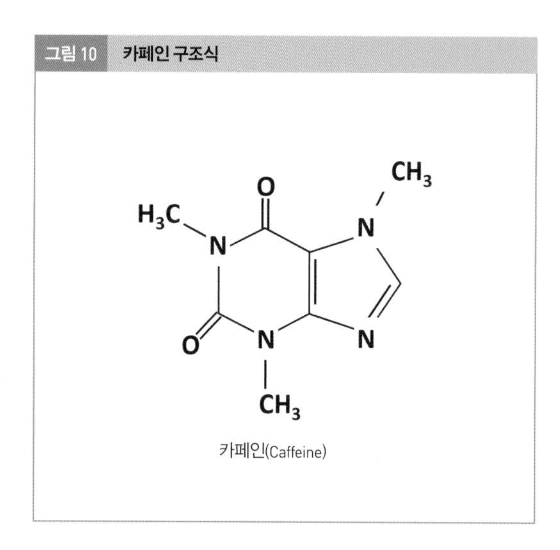

카페인(Caffeine)

또 다른 큰 이유는 앞에서 언급한 테아닌 성분이 차에는 동시에 들어 있고, 정확히 카페인과 반대되는 작용을 하기 때문이다. 동일한 차엽 내에 흥분작용을 하는 카페인 성분과 진정작용을 하는 테아닌 성분이 같이 들어 있다는 사실이 신기할 따름이다.

결론적으로 차를 마심으로써 기대되는 카페인의 생리작용은 커피에 비해서는 상당히 낮다는 것을 알 수 있다. 필자가 산 증인인 셈인데, 커피는 한 모금을 마셔도 살짝 열이 나고 심장이 빨리 뛰는 등의 현상이 일어나는데 반해 차는 몇 시간을 계속 마셔도 느껴지는 정도가 훨씬 경미하다.

수치로 살펴보자.

우리나라 식품의약품안전처에서는 1일 카페인 최대 섭취량을 정해두었는데, 성인의 경우 400mg, 임산부는 300mg, 그리고 어린이의 경우 몸무게 kg당 2.5mg(예, 몸무게 30kg 어린이는 75mg)이다.

한 잔의 차에는 카페인이 얼마나 들어 있을까?

차에 따라, 차의 등급에 따라, 우리는 방법(차의 양, 물의 온도, 우리는 시간 등)에 따라 다를 것이지만 참고할 수 있도록 숫자를 제시해 본다.

일반적으로 소엽종 차나무에는 카페인 함량이 낮고 대엽종에는 높다. 대부분의 녹차는 소엽종이나 중엽종 위주로 만들므로 카페인이 낮은 편이고, 대엽종을 주로 원료로 쓰는 홍차는 카페인이 높은 편이다. 개략적으로 녹차에는 건엽 1g당 10~20mg의 카페인을 예상하면 되고, 홍차에는 20~30mg의 카페인이 우려져 나온다고 보면 된다.

만약 싹이 많이 함유되었다면 카페인 함량은 더 높다. 싹에서 잎으로 자랄수록, 또 가지 부분이 많아질수록 카페인 함량은 낮아진다.

카페인정보모음[www.caffeineinformer.com]이라는 웹사이트의 수치를 기준으로 차 한 잔당 카페인 함량을 본다면 녹차는 25mg, 백차는 28mg, 황차는 33mg, 우롱차는 37mg, 홍차는 42mg으로 나와 있다. 홍차를 머그컵으로 9잔 이상 마셔야 성인 기준 400mg에 가까워지니 크게 걱정할 사항은 아니다.

그렇다면 커피는 어떨까? 즐겨 마시는 아메리카노 커피(355ml 기준)에는 154mg, 에스프레소(44ml 기준)에는 77mg, 커피믹스 1봉 12g에는 69mg 정도가 들어 있으니 참고하면 된다.

차의 카페인에 대해 많은 사람들이 잘못 알고 있는 사실 중 하나가 '보이숙차에는 카페인이 없거나 아주 낮다'는 주장이다. 아마도 보이숙차의 맛이 부드러우므로 그런 추측을 했으리라 보는데, 악퇴 발효라는 엄청난 화학적 변화를 거치고서도 카페인 함량은 실상 크게 변함이 없다. 오히려 건엽 기준으로 했을 때는 약간 늘어나는 경향을 보이는 실험 결과도 있다.

많은 사람들과 차를 같이 마시면서 관찰해 보니 사람마다 카페인의 민감도에 큰 차이가 있음을 알 수 있다. 차에서 유래한 카페인의 생리작용이 강하지 않다 하더라도 본인의 민감도를 잘 파악하여 마시는 양이나 시간을 잘 조절해야 한다. 특히 어린이들과 임산부들은 대사작용이 느려 동일한 양의 카페인도 일반 성인보다 더 강하게 작용할 수 있으므로 조심해야 한다.

제 2 장

중국의 차 산업

1. 전 세계 차 생산량과 소비량

필자가 차에 대한 통계를 얻는 곳은 여러 군데지만, 가장 대표적인 두 군데는 다음과 같다.
유엔의 빈곤 퇴치를 목적으로 하는 FAO(유엔식량농업기구, The Food and Agriculture Organization of the United Nations)라는 기관에서는 차를 포함한 모든 작물들에 대한 생산량, 경작면적, 수율 등에 대한 자료를 무료로 제공하고 있다.
다른 하나는 중국 차 산업 전반에 대한 정보를 실어 놓은 『차 산업 블루북茶业蓝皮书-중국차산업발전연구보고中国茶产业发展研究报告』로, 이하에서는 2018년 최신판의 수치를 활용하려고 한다.
두 군데의 수치가 조금씩 다른 경우도 있지만 큰 경향을 이해하는 데에는 전혀 문제가 없다.
먼저 어느 나라에서 얼마만큼 차를 생산하고 있는지 살펴보자.
중국의 차 생산량이 제일 많을 것은 분명한데 과연 얼마만큼인가? 2018년 통계를 기준으로 전 세계 차 생산량은 633만 톤이 넘는다. 이 중에서 중국이 생산하는 양은 261만 톤으로 전체의 41.2%를 차지한다. 엄청난 비중이다.
그 다음이 인도로 134만 톤, 비중으로는 21.2%에 해당한다. 이 두 국가의 총 생산량이 이미 62.4%로 절반을 훌쩍 넘는다. 흥미로운 사실은 2004년까지만 해도 인도가 세계 1위의 차 생산국이었다는 점이다. 1990년을 보면 인도가 약 69만 톤, 하지만 중국은 54만 톤으로 약 15만 톤

■ 2018년 상위 30개국 차 생산량 및 비율

순위	나라 이름	2018년 생산량(톤)	비율(%)
1	중국	2,610,400	41.2
2	인도	1,344,827	21.2
3	케냐	492,990	7.8
4	스리랑카	303,840	4.8
5	터키	270,000	4.26
5	베트남	270,000	4.26
7	인도네시아	141,342	2.23
8	이란	109,357	1.73
9	미얀마	109,043	1.72
10	일본	83,052	1.31
11	아르헨티나	81,981	1.29
12	방글라데시	78,150	1.23
13	우간다	62,339	0.98
14	부룬디	53,603	0.85
15	태국	50,614	0.8
16	말라위	49,041	0.77
17	탄자이나	36,854	0.58
18	모잠비크	32,921	0.52
19	르완다	31,068	0.49
20	짐바브웨	26,293	0.41
21	네팔	24,803	0.39
22	대만	14,738	0.23
23	말레이시아	10,869	0.17
24	에티오피아	10,388	0.16
25	라오스	8,055	0.13
26	카메룬	5,779	0.09
27	파푸아뉴기니	5,589	0.09
28	콩고	3,696	0.06
29	대한민국	2,712	0.04
30	조지아	1,700	0.03
전 세계 차 생산량 합계 (톤)		6,337,969	100

(출처 www.fao.org/faostat/en/#home)

의 차이가 있다. 2000년을 보더라도 인도가 약 83만 톤으로 중국의 약 69만 톤보다 14만 톤이 많다. 2005년부터 이 숫자는 역전되기 시작하며 생산량 증가율 측면에서도 중국이 크게 앞질러 현재와 같은 차이가 발생되었다. 구체적으로 본다면 중국은 2005년부터 2018년까지 매년 평균 8.5%의 생산량 증가를 나타내고, 인도는 같은 기간 평균 3.1%의 완만한 증가를 보였다.

생산량 3위는 놀랍게도 아프리카의 케냐로 50만 톤 가까이 되고 스리랑카는 4위로 30만 톤이 조금 넘는다. 그 외 관심 가는 국가를 살펴보면, 터키와 베트남이 27만 톤으로 공동 5위, 일본은 8만 톤이 조금 넘는 10위, 대만은 1만 5천 톤 가까이 되면서 22위를 차지한다. 우리나라는 2,712톤으로 통계가 잡히고 29위에 해당한다.

전 세계적으로 어떤 차가 많이 소비될까? 녹차일까, 홍차일까, 아니면 다른 차일까?

정답은 홍차이다. 아주 옛날 데이터를 보면 홍차와 녹차의 비율이 9 : 1이 되기도 했다 고 한다.

하지만 최근에는 상황이 많이 바뀌었다. 필자가 개략적으로 계산해 보면 생산량 기준으로 60% 정도가 홍차이고 25% 정도가 녹차, 그리고 나머지가 15% 정도 되지 않을까 한다. 일부 문헌에 보이는 홍차와 녹차의 비율이 3 : 1이라는 것과 비슷한 수치이다. 이렇게 녹차의 비율이 높아진 주된 이유는 녹차 생산 비중이 가장 높은 중국의 차 생산량이 급격하게 늘고 있고, 중국의 생활 수준이 높아지면서 녹차의 소비 또한 급격하게 늘기 때문이다. 녹차가 말차抹茶(Matcha) 등과 함께 유럽이나 미국에서 최근에 큰 인기를 끌고 있다는 점도 중요한 영향 인자이다.

참고로 홍차보다 녹차의 소비가 우세한 나라는 몇 국가 되지 않는다. 2015년 유로모니터 인터네셔널(Euromonitor International) 자료를 참고하면 한국, 중국, 일본, 베트남, 우즈베키스탄, 알제리, 튀니지 등 7개 국가만 해당된다.

그림 1 국가별 차 선호 패턴

출처 : Euromonitor International, 2015

각 나라별 일인당 연간 차 소비량은 얼마나 될까?

출처마다 수치가 다르긴 하지만 Statista.com이라는 웹사이트에 실린 2016년 자료를 참고해 보자.

터키가 3.16kg을 소비하면서 1위를 차지한다. 매일 평균 8.7g 정도를 소비하는데, 홍차 티백(2g)으로 따지면 하루에 4개 이상 마신다는 얘기다.

아일랜드가 2.19kg으로 2위, 매일 6g으로 홍차 티백을 3개 꼴로 소비한다.

영국은 1.94kg으로 3위를 차지하고 러시아, 모로코, 뉴질랜드, 이집트, 폴란드도 차 소비량이 높다.

아시아로 오면, 일본은 0.97kg으로 제일 상위에 위치하며 9위, 중국은 0.57kg으로 19위를 차지한다. 중국은 절대적인 소비량에서는 세계에서 가장 높을 것이지만 워낙 인구 수가 많으니 인구로 나눈 일인당 양으로 계산하면 그리 높아 보이지 않는다. 홍콩은 중국 본토보다 높은 0.65kg, 하지만 대만은 0.29kg 즉 290g으로 예상보다 차 소비량이 낮다.

한국은 어떨까?

170g으로 나온다. 이 양을 알기 쉽게 표현하면 우리나라 사람은 1인당 2g 기준의 티백을 4.3일에 하나씩 소비한다는 것이다. 터키 정도까지는 아니더라도 올라갈 공간은 많다고 보며 꼭 그렇게 되리라 믿어 본다.

■ 주요 관심 국가들의 2016년 일인당 연간 차 소비량

순위	나라 이름	2016년 일인당 연간 차 소비량 (kg)
1	터키	3.16
2	아일랜드	2.19
3	영국	1.94
4	러시아	1.38
5	모로코	1.22
6	뉴질랜드	1.19
7	이집트	1.01
8	폴란드	1.00
9	일본	0.97
10	사우디아라비아	0.90
16	독일	0.69
17	홍콩	0.65
19	중국	0.57
20	캐나다	0.51
21	말레이시아	0.48
22	인도네시아	0.46
25	싱가포르	0.37
27	인도	0.33
28	대만	0.29
34	미국	0.23
38	베트남	0.20
39	대한민국	0.17
47	태국	0.05
48	필리핀	0.03

출처 www.statista.com

2. 중국 차엽 생산량과 교역량 추이

중국의 차 생산량 추이는 어떻게 될까?
요즘 중국에서도 커피시장이 크게 성장하고 있다는 소식이 들리는데, 그로 인해서 차 생산량이 영향을 받고 있을까?
FAOSTAT에서 받은 1961년부터 2018년까지의 수치로 분석을 해보자.
2000년대 초반까지는 완만한 상승세를 보이다가 2004년을 기점으로 해서 매년 거의 두 자리 수의 성장세를 보인다. 2018년 생산량을 2000년도와 비교한다면 놀랍게도 3.82배 증가했다는 것을 알 수 있다.
이렇게 증가한 데는 여러 가지 이유가 있겠지만 중국의 국민 소득이 증가함에 따라 차 소비가 늘어나면서 차를 생산하고 판매하는 것이 좋은 사업거리이기 때문이다.
커피 시장이 증가하고 있는 것은 맞지만 차 시장 또한 크게 성장하는데, 이는 소득의 증가에 따라 마실 거리에 대한 전반적인 수요가 늘어나 양쪽 다 성장할 수 있는 공간이 생기는 것으로 이해할 수 있다.
그렇다면 이렇게 생산된 엄청난 양의 차엽은 누가 소비를 할까? 중국에서 수출되어 나가는 양은 얼마이고, 또 수입되어 들어오는 차의 양은 얼마나 될까?

그림 2 중국 차엽 생산량 증가 추이(1961~2018년)

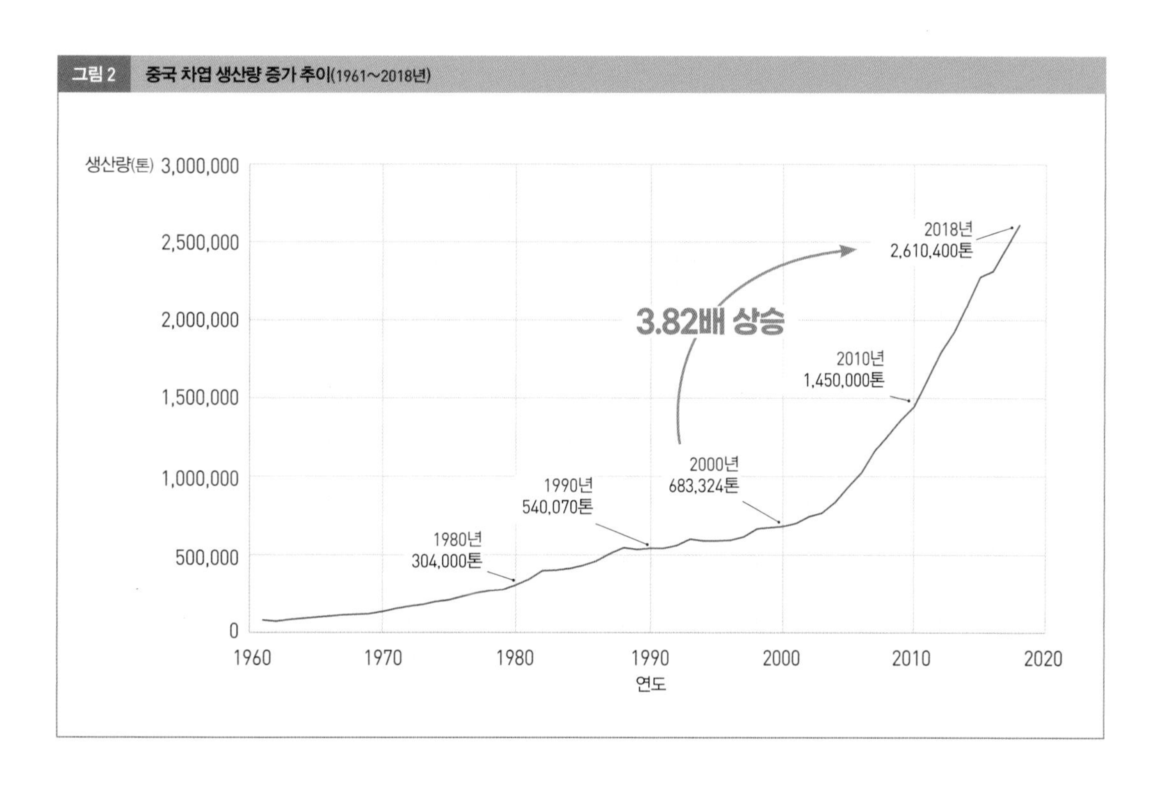

가장 최신 데이터가 2017년 교역량인데, 수출량이 355,258톤, 그리고 수입량은 아주 적은 29,694톤이다. 흥미로운 점은 수출된 총량이 2017년 중국 차엽 생산량 246만톤의 14.4%에 해당되는 비교적 적은 양이라는 것이다. 다시 말하면 2017년 총 생산량의 대부분에 해당하는 85.6%는 중국 내에서 소비가 되었다는 것이다.

대만과 우리나라의 차 생산량 추이는 어떨지 살펴보자. 대만의 차 챙산량 추이는 오랫동안 계속해서 감소하는 추세였다가 최근 2년간은 약간의 증가세가 관찰된다. 전세계 사람들의 건강에 대한 관심이 고조되고 있고, 대만차 자체의 특징도 뚜렷하므로 소비도 늘고 그에 따라 생산량도 늘어나리라 조심스레 전망해 본다.

우리나라는 가장 생산량이 많았던 2018년 수치도 2,712톤밖에 되지 않지만 매년 조금씩 증가세를 보인다. 커피가 탁월하게 우세한 위치를 점하는 한국 시장에서 과연 차의 생산량과 소비량이 얼마나 늘어날지 귀추가 주목된다. 건강 지향적인 시장 추세에 맞추어 늘어나리라 굳게 믿는다.

그림 3 중국 차엽 교역량 추이(1961~2017년)

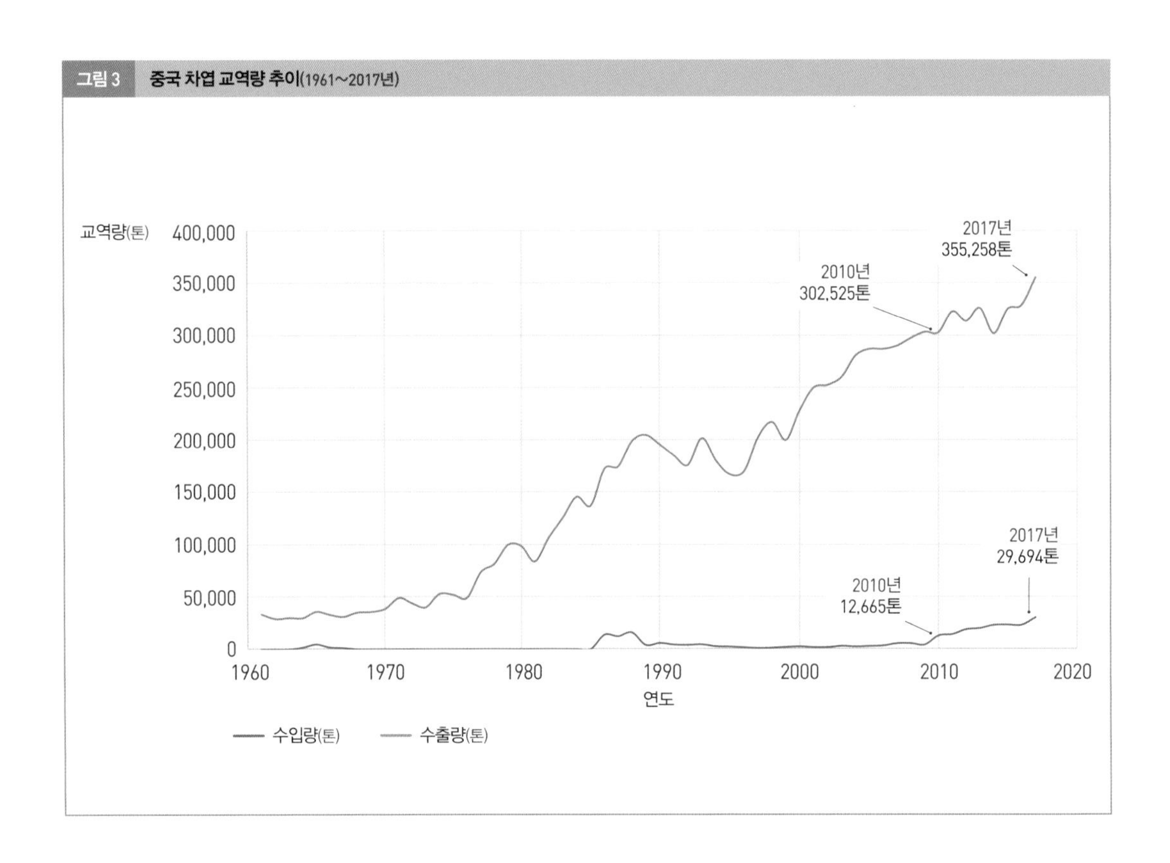

그림 4 **대만 차엽 생산량 추이**(1961~2018년)

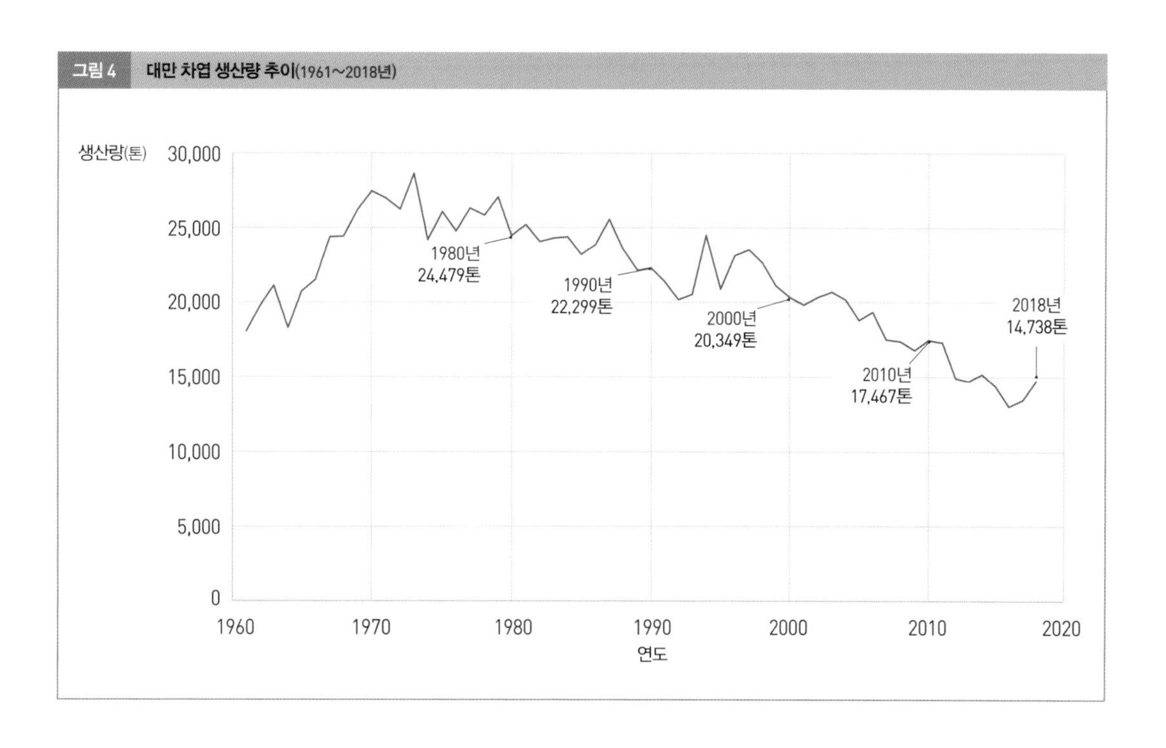

그림 5 **한국 차엽 생산량 추이**(1961~2018년)

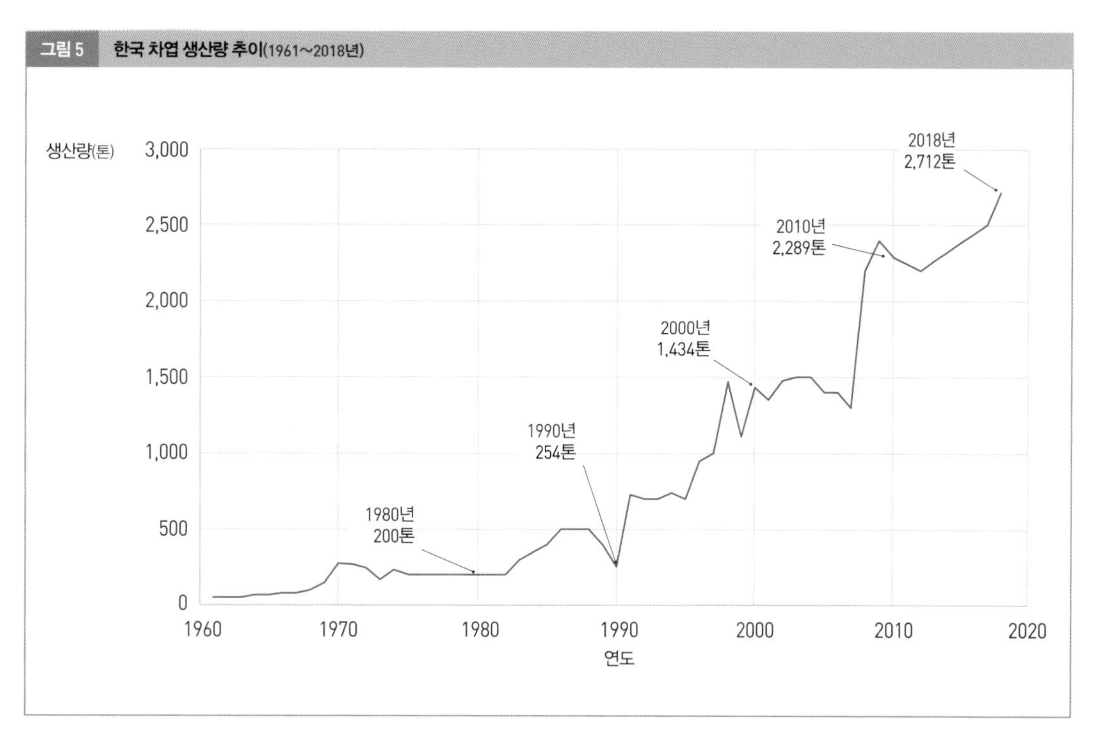

3. 중국의 차 생산 지역에 대한 이해

먼저 넓디 넓은 중국의 어느 지역에서 차가 생산되는지 살펴보자.

지도에서 회색 이외의 색칠된 부분에서 차가 생산된다.

차는 추운 곳에서 자랄 수 없는 아열대 작물이므로 위도상의 북방한계선이 존재한다. 품종 개량을 통해 내한성을 갖출 수 있다면 범위는 더 넓어질 수 있을 것이지만 지금은 엄연히 한계가 있다.

중국의 차 생산지는 크게 4개의 구역으로 분류를 한다.

강남차구江南茶区는 절강성, 강서성, 안휘성 남부, 강소성 남부, 복건성 북부, 호북성, 호남성을 포함한다.

화남차구华南茶区는 복건성 남부, 광동성, 광서장족자치구, 해남성, 대만을 포함한다.

서남차구西南茶区는 운남성, 귀주성, 사천성, 중경, 서장자치구의 동남부를 포함한다.

마지막으로 강북차구江北茶区는 안휘성 북부, 강소성 북부, 섬서성 남부, 산동성 남부, 하남성 남부, 감숙성의 남부를 포함한다.

각 지역마다 기후 조건 및 토양이 다르므로 자라는 차의 품종 및 만드는 차의 종류가 다르다. 위도가 낮은 지역에서는 열대 및 아열대 기후를 나타내므로 교목 형태에 대엽종의 차나무들이 자란다. 다른 나무들과의 경쟁에서 살아남기 위해서는 높이 올라가서 햇볕을 확보하고 큰 잎으로 최대한 많이 광합성을 해야 할 필요성이 있을 것이다. 이런 지역의 차엽들은 차 폴리페놀과 카페인 함량 등이 높으므로 녹차로 음용한다면 쓰고 떫은 맛이 강해 기호도가 떨어질 것이다. 그래서 발효를 통해 맛을 순화시킨 상태의 차를 주로 즐기게 된다.

반대로 위도가 높은 지역으로 갈수록 낮은 기온의 겨울을 견뎌내야 하므로 키가 작은 관목 형태와 소엽종의 차나무들이 보인다. 어느 식물학자의 진화론적인 관점에서의 가설을 빌리자면, 잎이 크고 넓은 경우 겨울철 눈에 의해 가지가 부러질 가능성이 높으므로 잎을 떨어뜨려 버리거나(활엽수의 경우 낙엽으로) 잎을 작게 만들어야 한다는(상록수의 경우 소엽종으로) 것이다. 소엽종 차엽들은 차 폴리페놀이나 카페인 함량이 비교적 낮으므로 발효를 거치지 않고 녹차로 음용하기에 적합하다.

하지만 오랜 시간동안 많은 사람들이 차 산업에 종사하면서 다양한 시도를 하고 소비자의 요구 조건도 까다로워지면서, 그리고 기술도 발전해 가면서 그러한 경향들은 점점 의미가 없어져 가고 있다.

그림 6 중국의 차 생산 지역 및 4대 차구

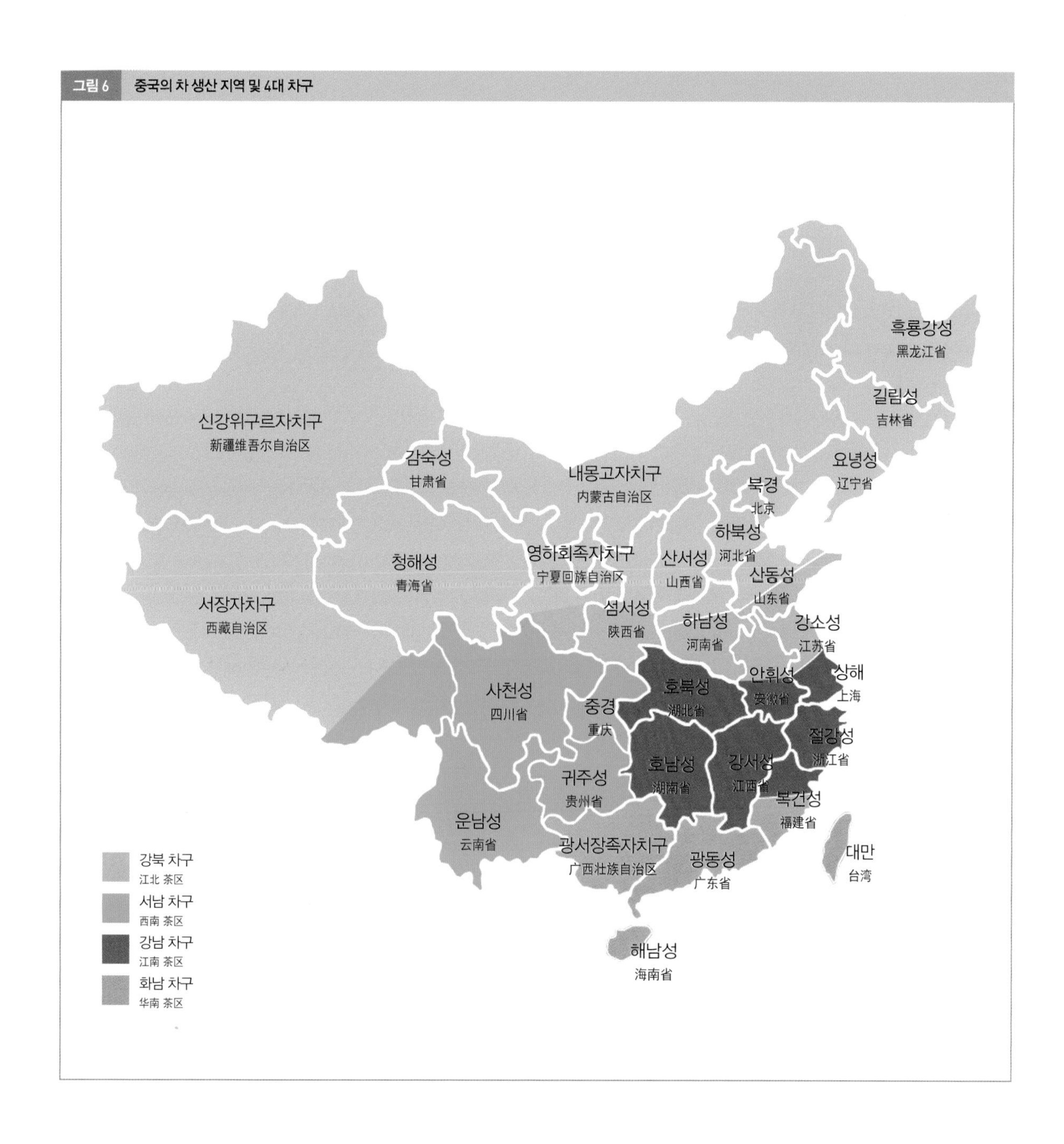

4. 중국 각 지역별, 차 종류별 생산량 비교

다시 중국으로 돌아와서, 각 성별로 6대 차류의 생산량을 살펴보자.

여기서 인용할 데이터는 중국 내에서 출판된『차 산업 블루북茶业蓝皮书』에 의한 것이라 FAOSTAT에서 보는 것과는 차이가 있다.

2017년 차엽 총 생산량이 이 책에서는 약 273만 톤으로 나오는데, 이는 FAOSTAT의 246만 톤보다 약 11%정도 많은 숫자이다.

가장 많은 양의 차를 생산하는 곳은 복건성으로 중국 전체 생산량의 16%를 넘게 차지한다. 흑차나 황차를 제외한 여러 차들을 고루 생산하는데, 특히 청차 생산량이 많다. 복건성 지역이 무이암차武夷岩茶와 철관음铁观音 등의 이름난 우롱차 산지이므로 충분히 예상 가능하다. 그 외 백호은침白毫银针 등의 백차와 정산소종正山小种과 금준미金骏眉 등의 홍차도 많이 생산될 것이다. 녹차 생산량이 적지 않은 것도 눈에 띄는 부분이다.

두 번째로 차가 많이 생산되는 곳은 운남성이다. 보이숙차로 대표되는 흑차류, 전홍滇红 등의 홍차류, 그리고 녹차류 등이 골고루 생산된다. 월광백月光白이라는 아름다운 이름으로 불리는 백차의 생산량은 생각보다 적은 180톤이다.

세 번째로 많은 곳은 귀주성이다. 도균모첨都匀毛尖이라는 녹차로 유명한 곳인데, 2000년도에 비하면 약 18배 정도의 비약적인 생산량 증가가 이루어진 곳이다. 뛰어난 자연환경을 바탕으로 질 좋은 녹차들을 많이 생산해 내고 있다.

녹차인 은시옥로恩施玉露와 흑차인 청전차青砖茶로 유명한 호북성이 4위이며, 녹차와 흑차가 생산량의 대부분을 차지한다.

5위의 사천성은 다양한 명차가 나온다. 녹차 중에는 몽정감로蒙顶甘露와 죽엽청竹叶青이 있고, 황차에는 몽정황아蒙顶黄芽, 흑차에는 강전차康砖茶를 포함한 장차藏茶가 있다. 청차 이외의 모든 차류들이 고루 보인다.

안화흑차安化黑茶와 황차의 대표격인 군산은침君山银针으로 유명한 호남성이 6위를 차지한다. 생산량 통계에서도 흑차의 비중이 잘 나타나 있다.

서호용정西湖龙井, 안길백차安吉白茶, 경산차径山茶 등 많은 명차들을 보유한 절강성은 예상외로 7위밖에 안 된다.

황산모봉黄山毛峰, 육안과편六安瓜片, 태평후괴太平猴魁, 기문홍차祁门红茶 등 많은 유명한 차를 보유한 안휘성이 8위인 것 또한 완전히 예상 밖이다.

그 뒤를 광동성, 섬서성, 광서장족자치구 등이 따른다.

■ 2017년 중국 각 성별, 차 종류별 생산량

省	성 이름	녹차 绿茶	홍차 红茶	청차 青茶	흑차 및 기타차 黑茶及其他茶	백차 白茶	황차 黄茶	2017년 총생산량 (톤)	점유율(%)
福建	복건	131,000	51,000	233,000		25,000		440,000	16.1
云南	운남	170,436	77,122	750	139,072	180		387,560	14.2
贵州	귀주	255,220	42,819	1,025	25,480	2,496	130	327,170	12.0
湖北	호북	199,302	48,372	2,572	61,794	267	40	312,347	11.4
四川	사천	240,700	15,200	2,800	21,000		300	280,000	10.3
湖南	호남	85,023	24,257	3,315	81,352	1,558	1,943	197,448	7.2
浙江	절강	163,955	7,100	360	7,050	480	55	179,000	6.6
安徽	안휘	120,040	9,570	330	210		4,150	134,300	4.9
广东	광동	36,800	9,800	43,400	0	0	100	90,100	3.3
陕西	섬서	82,373	3,810	22	3,182	0	0	89,387	3.3
广西	광서	31,298	30,650	1,512	15,900	68	5.5	79,434	2.9
河南	하남	55,375	8,756		3,317	3		67,451	2.5
江西	강서	50,091	12,188	1,586	0	0	6	63,871	2.3
重庆	중경	31,387	4,300	600	662	0	0	36,949	1.4
山东	산동	24,046	3,368	4	0	0.23	0.16	27,418	1.0
江苏	강소	11,102	3,121	0	75	0	0.02	14,298	0.5
甘肃	감숙	1,218	130	0	0	0	0	1,348	0.05
海南	해남	1,005	70	0	0	0	0	1,075	0.04
합계		1,690,371	351,633	291,276	359,094	30,052	6,730	2,729,156	100

출처 茶业蓝皮书, 中国茶产业发展研究报告(2018), 社会科学文献出版社

6대 차류별로 생산량을 비교해 보자.

뭐니뭐니 해도 녹차의 생산량이 압도적으로 많다. 170만 톤에 육박하며 전체의 62%를 차지한다. 전세계적으로 본다면 홍차의 생산량이 훨씬 많겠지만 중국은 녹차의 나라이다. 그 다음이 홍차인데 35만 톤이 조금 넘으며 13%를 차지한다. 청차는 30만 톤 조금 못 미치며 11% 정도이다. 흑차 단독으로는 얼마인지 수치가 나오지 않는데 생산량이 계속 늘어나리라 예상된다. 백차는 약 3만 톤 정도로 1.1%밖에 차지하지 않는다. 황차는 더욱 적어 6,730톤으로 0.25%로 나온다.

시대가 변해감에 따라 소비자가 선호하는 것도 달라지고 그에 따라서 생산되는 차의 종류도 달라질 것이다. 차를 생산하는 이유는 이윤을 얻기 위함이다. 시장이 원하는 방향으로 갈 수밖에 없다. 향후에는 어떤 차가 더 각광을 받을지 지켜보자.

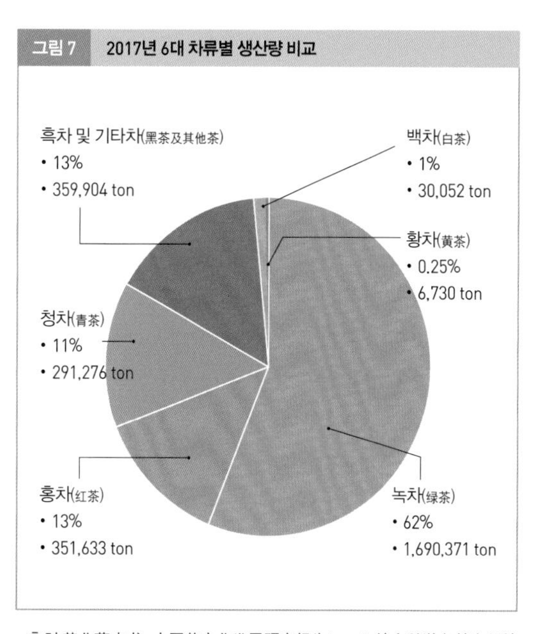

그림 7 2017년 6대 차류별 생산량 비교

출처 茶业蓝皮书, 中国茶产业发展研究报告(2018), 社会科学文献出版社

5. 중국차의 잔류농약 허용 기준 및 다원 관리

차를 이해함에 있어서 중국의 중요성은 누구도 간과할 수 없고, 또 차를 즐김에 있어 중국차를 배제한다는 것은 상상할 수 없는 일이다. 많은 한국 사람들이 중국차를 마시고 즐기지만 항상 마음 한구석에는 중국차에 대한 불신과 걱정을 가지고 있을 것이다.

여기서는 필자가 중국에서 10년 넘게 차 산업계에 직접 종사하면서 보고 듣고 느끼고 탐구해 낸, 사실에 근거한(추측이나 상상이 아닌!) 내용을 적어보고자 한다.

간혹 차에 함유된 농약에 대한 느낌을 강하게 얘기하는 사람들이 있는데 3가지 경우라 추측된다. 첫 번째는 정말로 농약이 아주 높은 농도로 함유된 아주 위험한 차를 음용한 경우, 두 번째는 다른 화학성분(예로 차 폴리페놀이나 카페인 등)이 주는 느낌을 농약이 주는 것으로 오해하는 경우, 그리고 세 번째는 몇 억원이나 하는 기계보다 민감도가 높아 ppm(mg/kg, 즉 백만분의 일) 단위의 농도도 감별해내는 초인적인 감각을 가진 경우이다. 워낙 다양한 경우와 대단한 능력의 소유자들이 있어 개개의 경우를 잘 관찰해봐야 하겠지만 두 번째 경우도 꽤 많으리라는 것이 필자의 추측이다. 확실하지 않은 판별법을 퍼뜨려 많은 사람들이 잘못된 판단을 내리게 하는 일이 없어졌으면 하는 바램이다.

농약은 필요할까?

분명히 농약의 순기능은 존재한다. 작물을 보호하여 생산량을 증가시킴으로써 판매 가격을 안정화시키고, 사람에게도 유해할 수 있는 병충해를 미리 제거하기도 할 것이다.

시장은 다양한 소비자의 요구를 만족시켜야 한다. 비용을 좀 더 지불하고 유기농을 찾는 소비자도 고려해야 하지만, 농약을 사용했지만 안전성이 보장된 차를 찾는 소비자도 만족시켜야 한다.

중요한 것은 '농약 사용을 어떻게 관리하여 안전성을 확보하는가'이다.

각 나라에서는 잔류농약의 허용 기준을 규정하고 관리하여 그 안전성의 지표로 사용하고 있다. 이 때 사용하는 용어가 MRL인데 Maximum Residue Limit 또는 Maximum Residue Level이란 뜻이고, 그 단위로 ppm 즉 mg/kg을 사용한다.

MRL의 실질적 의미는 규정된 숫자 이하의 농도로 식품에 잔류된 경우 '평생동안 매일 먹어도 국민 건강에 이상이 없는 수준'이라는 것이다. 농약에 대해서 무턱대고 안심을 하는 것은 당연히 안 되지만, 그렇다고 너무 과민반응을 보일 필요도 없다고 본다.

우리나라에서는 차에 대해서 식품의약품안전처의 식품공전 상에 70개의 농약이 규정되어 있고 그 허용량이 명시되어 있다(국내 등록되어 있지 않아 2021년까지만 운영되는 잠정 잔류 허용 기준 21개 포함). 만약 거기에 규정되지 않은 농약의 경우 PLS 즉 Positive List System이라 하여 일괄적으로 '0.01ppm 이하(생엽 기준)'의 기준을 적용한다.

유럽은 차를 수입하는 곳이므로 그 기준이 훨씬 까다롭고 엄격하다. 총 474개의 농약이 규정되어 있고 각각의 MRL도 상당히 낮게 설정되어 있는 편이다.

중국은 어떠할까?

중국의 생활 수준이 올라가고 차를 포함한 많은 산업의 교역량이 늘어남에 따라 그 기준 자체도 계속해서 엄격해지고 있다. 2020년 초를 기준으로 총 65개의 농약에 대해서 기준이 설정되어 있다.

이해하기 쉽도록 한국과 비교하면서 표로 정리해 보자.

먼저 중국과 한국이 공통으로 관리하는 농약 종류와 그 기준을 보자.

30개 공통항목 중 20개에서 중국의 허용 기준치가 한국보다 높으며, 한국의 허용 기준치가 더 높은 경우는 4개이다. 그리고 동일한 기준을 적용하는 경우는 6개임을 알 수 있다.

■ 중국과 한국이 공통으로 관리하는 농약 종류와 그 기준(총 30개)

농약 명칭			잔류농약 기준(mg/kg)	
영문	한글	중문	한국	중국
bifenthrin	비펜트린	联苯菊酯	3	5
Buprofezin	뷰프로페진	噻嗪酮	15	10
Carbendazim	카벤다짐	多菌灵	2	5
Cyhalothrin & lambda-cyhalothrin	사이할로트린	氯氟氰菊酯和高效氯氟氰菊酯	2	15
Cypermethrin & beta-cypermethrin	사이퍼메트린	氯氰菊酯和高效氯氰菊酯	15	20
Deltamethrin	델타메트린	溴氰菊酯	5	10
Difenoconazole	디페노코나졸	苯醚甲环唑	2	10
Endosulfan	엔도설판 (α,β-엔도설판 및 엔도설판 설페이트의 합)	硫丹	10	10
Fenazaquin	페나자퀸	喹螨醚	0.05	15
Fenitrothion	페니트로티온	杀螟硫磷	0.2	0.5
Fenpropathrin	펜프로파트린	甲氰菊酯	3	5
Glufosinate-ammonium	글루포시네이트	草铵膦	0.05	0.5
Hexythiazox	헥시티아족스	噻螨酮	20	15
Imidacloprid	이미다클로프리드	吡虫啉	30	0.5
Methomyl	메토밀	灭多威	0.05	0.2
Thiamethoxam	티아메톡삼	噻虫嗪	2	10
chlorfenapyr	클로르페나피르	虫螨腈	3	20
acetamiprid	아세타미프리드	啶虫脒	7	10
fenvalerate&esfenvalerate	펜발러레이트	氰戊菊酯和S-氰戊菊酯	0.05	0.1
etoxazole	에톡사졸	乙螨唑	15	15
Dicofol	디코폴	三氯杀螨醇	20	0.2
Methamidophos	메타미도포스	甲胺磷	0.05	0.05
profenofos	프로페노포스	丙溴磷	0.5	0.5
chlorpyrifos	클로르피리포스	毒死蜱	2	2
dinotefuran	디노테퓨란	呋虫胺	7	20
flufenoxuron	플루페녹수론	氟虫脲	10	20
etofenprox	에토펜프록스	醚菊酯	10	50
clothianidin	클로티아니딘	噻虫胺	0.7	10
thiacloprid	티아클로프리드	噻虫啉	10	10
tolfenpyrad	톨펜피라드	唑虫酰胺	30	50

자료제공: 杜琳

다음으로 한국에는 없고 중국에서만 규정하는 농약 리스트를 아래 표에서 볼 수 있다. 그런데 중국에서는 위에 언급한 65개 외에, 차를 재배하는 토양이나 차 자체에서 발견되지 말아야 할 농약이나 화학물질들을 55개나 따로 규정해 놓았다. 이 항목들도 실제로는 만족이 되어야 한다는 뜻이다.

■ 한국에는 없고 중국만 있는 농약 기준(총 35개)

농약 명칭		중국 잔류농약 기준 (mg/kg)
영문	중문	
Acephate	乙酰甲胺磷	0.1
Cartap	杀螟丹	20
Cyfluthrin and beta-cyfluthrin	氟氯氰菊酯和高效氟氯氰菊酯	1
DDT	滴滴涕	0.20
Diafenthiuron	丁醚脲	5
Diflubenzuron	除虫脲	20
Flucythrinate	氟氰戊菊酯	20
glyphosate	草甘膦	1
HCH (Hexachlorociclohexane)	六六六	0.2
Imidaclothiz	氯噻啉	3
Permethrin	氯菊酯	20
Pyridaben	哒螨灵	5
pymetrozine	吡蚜酮	2
trichlorfon	敌百虫	2
phorate	甲拌磷	0.01
parathion-methyl	甲基对硫磷	0.02
phosfolan-methyl	甲基硫环磷	0.03
carbofuran	克百威	0.05
phosfolan	硫环磷	0.03
isazofos	氯唑磷	0.01
ethoprophos	灭线磷	0.05
demeton	内吸磷	0.05
isocarbophos	水胺硫磷	0.05
terbufos	特丁硫磷	0.01
phoxim	辛硫磷	0.2
omethoate	氧乐果	0.05
indoxacarb	茚虫威	5
paraquat	百草枯	0.05
chlorothalonil	百菌清	10
pyraclostrobin	吡唑醚菌酯	10
emamectinbenzoate	甲氨基阿维菌素苯甲酸盐	0.5
carbaryl	甲萘威	5
simazine	西玛津	0.05
azadirachtin	印楝素	1
atrazine	莠去津	0.1

■ 다원이나 차 자체에서 사용이 금지된 농약 등(총 55개)

농약 명칭	
영문	중문
Aldicarb	涕灭威
Aldrin	艾氏剂
Aluminium phosphide	磷化铝
Arsenic compounds	砷类
Cadusafos	硫线磷
Calcium phosphide	磷化钙
Camphechlor	毒杀芬
Carbofuran	克百威
Chlordimeform	杀虫脒
Coumaphos	蝇毒磷
Daminozide	丁酰肼
DDT	滴滴涕
Demeton	内吸磷
Dibromochloropane(DBCP)	二溴氯丙烷
Dieldrin	狄氏剂
Dicofol	三氯杀螨醇
EDB (1,2-Dibromoethane Ethylene Dibromide)	二溴乙烷
Endosulfan	硫丹
Ethoprophos	灭线磷
Fenamiphos	苯线磷
Fenvalerate	氰戊菊酯
Fipronil	氟虫腈
Fluoroacetamide	氟乙酰胺
Fonofos	地虫硫磷
Gliftor	甘氟
HCH(Hexachlorociclohexane)	六六六
Mercury compounds	汞制剂
Lead compounds	铅类
Isazofos	氯唑磷
Isocarbophos	水胺硫磷
Isofenphos-methyl	甲基异柳磷
Magnesium phosphide	磷化镁
Methamidophos	甲胺磷
Methidathion	杀扑磷
Methomyl	灭多威
Methyl bromide	溴甲烷
Monocrotophos	久效磷
Nitrofen	除草醚
N,N'-Bis(1,3,4-thiadazol-2-yl) methane diamine	敌枯双
Omethoate	氧乐果
Parathion	对硫磷
Parathion-methyl	甲基对硫磷
Phorate	甲拌磷
Phosfolan	硫环磷
Phosfolan-methyl	甲基硫环磷
Phosphamidon	磷胺
Silatrane	毒鼠硅
Sodium fluoroacetate	氟乙酸钠
Sulfotep	治螟磷
Terbufos	特丁硫磷
Tetramine	毒鼠强
Zinc phosphide	磷化锌
Acephate	乙酰甲胺磷
Carbosulfan	丁硫克百威
Dimethoate	乐果

참고로 중국에는 없지만 한국에만 규정되어 있는 농약 리스트도 아래 표에서 보자.

중국이 법 제정의 중요성을 정확하게 인지하고 있고, 현실은 감안하면서도 국제적인 기준과 가까워지도록 노력하는 모습은 보인다고 생각된다.

하지만 법 자체의 제정보다는 그 실행이 더 중요한 것이 사실이다.

■ **중국에는 없고 한국만 있는 농약 기준(총 40개)**

농약 명칭		한국 잔류농약 기준 (mg/kg)
영문	한글	
Novaluron	노발루론	5
Diuron	디우론	0.1
Dimethoate	디메토에이트	0.05
Monocrotophos	모노크로토포스	0.05
Methoxyfenozide	메톡시페노자이드	0.05
Mepanipyrim	메파니피림	0.3
Milbemectin	밀베멕틴	0.5
Benomyl	베노밀	2
Bitertanol	비터타놀	10
Bifenazate	비페나제이트	3
Cyenopyrafen	사이에노피라펜	0.5
Cyflumetofen	사이플루메토펜	2
Spinetoram	스피네토람	0.05
Spinosad	스피노사드	0.1
Spirodiclofen	스피로디클로펜	5
Amitraz	아미트라즈	10
Abamectin	아바멕틴	0.05
Acequinocyl	아세퀴노실	3
Azoxystrobin	아족시스트로빈	1
Iminoctadine	이미녹타딘	1
Imibenconazole	이미벤코나졸	0.2
Chromafenozide	크로마페노자이드	3
Chlorfluazuron	클로르플루아주론	10
Tebuconazole	테부코나졸	5
Tebufenpyrad	테부펜피라드	2
Tralomethrin	트랄로메트린	5
Triazophos	트리아조포스	0.02
Triflumizole	트리플루미졸	3
Thiodicarb	티오디카브	0.05
Thiophanate-methyl	티오파네이트메틸	2
Permethrin(Permetrin)	퍼메트린	20
Pendimethalin	펜디메탈린	0.04
Fenpyroximate	펜피록시메이트	10
Propargite	프로파자이트	5
Flonicamid	플로니카미드	10
Flubendiamide	플루벤디아마이드	50
Fluazinam	플루아지남	7
Pyraclofos	피라클로포스	5
Pyridaryl(Pyridalyl)	피리달릴	0.05
Hexaflumuron	헥사플루뮤론	5

그렇다면 실제 차 산업 현장에서의 느낌은 어떨까?

필자가 유니레버 립톤 브랜드의 연구소에서 일한 총 17년 중, 12년은 중국에서 근무했다. 그래서 업무상으로도 많은 차밭을 방문했고 또 개인적으로도 상당수의 차밭을 방문하였다.

규모가 어느 정도 있는 회사들의 경우 중국 국내의 수요뿐만 아니라 일본이나 미국 또는 유럽 등지로의 수출도 고려하는 경우가 많다. 이들이 농약 관리의 중요성에 대해서 모를 리가 없다. 회사가 자체적으로 차밭을 100% 가지고 있는 경우라면 관리는 비교적 쉽다. 규정을 잘 정하고 사원들을 잘 교육시켜 관리를 하면 된다.

문제가 발생될 수 있는 경우는 소규모의 차농들에게서 수매해 거둬들이는 차엽들이다.

어떻게 이 문제를 풀까?

먼저 농민들과 계약 재배를 한다. 농민들은 수익이 보장되는 장점이 있고 회사는 수확량을 확보할 수 있어 좋다. 계약된 농민들에 대해서 회사는 주기적으로 교육을 실시한다. 또한 농약을 무상으로 공급해 준다. 농약을 쳐야 하는 시기에, 알맞은 종류의 농약을, 면적에 맞춰서 꼭 필요한 양만큼 제공함으로써 농약의 종류와 양과 시기를 철저하게 관리할 수 있다. 모든 사항을 기록으로 남기는 것은 기본이다. 업무상으로 주로 방문한 안휘성, 사천성, 복건성의 차 회사들의 농약 관리 수준은 상당히 만족스러운 수준이었다

소규모의 회사나 차농이 직접 경작하고 만드는 경우는 어떨까?

위험성은 존재한다고 볼 수 있다. 특히 농약에 대한 이해가 전혀 없는, 식품의 품질 관리에 대한 기본 지식이 전혀 없는 연로한 차농이 운영하는 차밭은 더 위험할 가능성이 크다. 차 이외의 작물에만 사용해야 하는 농약을 뿌릴 가능성도 있고, 차나무에는 직접 뿌리지 않았지만 다른 작물에 뿌린 농약이 바람에 날려 오염되거나, 경사지를 따라 흘러내린 농약에 다원의 토양이 오염될 수도 있는 등 다양한 위험성은 존재한다.

농약의 위험을 회피할 수 있는 방법은 무얼까?

중국의 유기농 인증 로고가 있는 제품을 구매하는 것이 대표적이다. 이 경우 그에 합당한 가격을 지불할 의사가 있어야 한다.

더 바람직하게는 유럽이나 미국, 그리고 일본의 유기농 인증을 받은 제품을 구매하는 것이다.

세계유기농업운동연맹(IFOAM, International Federation of Organic Agriculture Movements), 미국 농무부(USDA, United States Department of Agriculture), 일본의 JAS(Japan Agriculture Standards)가 자주 보이는 유기농 인증들이다.

중국에서는 유기농 인증 외에 헷갈리는 두 용어를 같이 사용한다.

'유기농식품'이란 농약, 화학비료, 생장조절제 등의 사용이 금지되고, 유전자 변형기술도 사용이 금지되는 조건을 만족시켜야 한다.

'녹색식품绿色食品'이라 표현된 것은 농약, 화학비료, 생장조절제를 제한해서 쓸 수 있지만 유전자 변형기술은 사용이 금지된 경우를 말한다.

'무공해식품无公害食品'이란 용어도 쓰는데, 농약, 화학비료, 생장조절제는 제한해서 사용, 그리고 유전자 변형기술도 사용이 가능한 경우를 말한다.

유기농이 가장 까다로운 조건임에도 일부 중국의 소비자들은 녹색식품이나 무공해식품이 더 안전하다고 오해하

복건성의 유기농 다원(上)과 사천성의 농약을 잘 관리하고 있는 다원(下)

기도 한다. 이런 용어들에 대한 정의를 잘 이해하고 구매하는데 활용하도록 하자.
본인이 직접 눈으로 차밭 환경을 확인하는 것도 좋은 방법이다. 다른 작물과 혼재되어 자라는지, 주변에 항공방재를 해야 하는 작물이 없는지(한 예로 밤나무가 심어져 있는 산등성이가 그리 멀지 않은 곳에 있는 차밭), 차밭을 관리하는 회사나 차농이 농약에 대해서 충분한 이해를 하고 있는지 등을 꼼꼼히 따져봐야 한다. 하지만 직접 방문하기도 쉽지 않고, 또 묻는 당사자가 전반적인 이해도가 낮다면 큰 실효성이 없는 방법이긴 하다.
사실 비교적 쉽고도 더 확실한 방법이 있다.
아주 이른 봄에 수확한 찻잎으로 만든 차를 구매하는 것이 그것이다. 중국은 지역마다 이른 봄의 기온이 다르므로 일괄적으로 얘기할 수 없지만, 4월 5일인 청명절 이전에 수확했다면 농약이 뿌려졌을 가능성은 거의 없다. 농약을 뿌리는 것에도 비용이 들고 또 그보다 더 중요하게 노동력도 든다. 그 힘든 작업을 필요하지도 않은데 할 바보는 없다. 이 방법은 녹차에는 완벽하게 적용할 수 있지만 수확 시기가 늦은 우롱차류나 백차의 수미 등에는 적용할 수 없다.
위에 제시한 방법들이 힘들다면 규모가 큰 차 회사의 제품을 구매하는 것을 권한다. 품질 관리의 원칙이 정해져 있고 주기적으로 농약 등 품질 분석을 실시할 것이므로 신뢰도가 높을 확률이 크다.
한국으로 정식 수입 통관되는 제품을 고르는 것도 한 가지 방법이다. 하지만 그렇다고 해서 완전히 안전성이 보장되는 것은 아니므로 위의 방법들도 참고하여 다양한 정보를 바탕으로 선택하면 될 것이다.
가격은 아주 낮지만 안전하고도 품질이 아주 좋은 제품을 찾는 소비자들이 아직도 있을 것이다. 그런 것은 없다고 보는 것이 합당하다. 생각지도 못하는 위험성이 존재할 가능성이 큰데, 그런 위험에 노출시킬 필요는 없다.
중국의 좋은 명차를 합당한 가격을 주고 맘 편하게 즐긴다는 마음가짐이 필요하다.

중국의 유기농 인증
(中国有机产品认证) 로고

국제적 유기농 인증
기관의 로고들

6. 일곱 번째 차 분류

앞서 1장에서 차를 발효도에 따라서 6대 차류로 분류한다고 하였다.
발효가 되지 않은 불발효차인 녹차, 발효가 아주 낮게 된 약발효차인 백차와 황차, 반발효차인 청차(우롱차), 완전 발효차인 홍차, 그리고 후발효차인 흑차가 그것이다.
그렇다면 여기에 해당되지 않는 중국의 차들은 어떻게 분류해야 할까? 대표적인 예가 재스민차로 부르고 있는 말리화차茉莉花茶이다. 이를 해결하기 위해 중국의 국가표준中华人民共和国国家标准 차엽분류茶叶分类 편에서는 7번째 분류로서 재가공차再加工茶(Reprocessing tea)를 두고 있다. 그 내부의 소분류로는 재스민차를 포함한 화차花茶, 긴압차紧压茶, 티백 제품을 뜻하는 대포차袋泡茶, 말차 등 가루형태의 분차粉茶가 있다.

재스민꽃

재스민차의 음화(窨花) 공정

각 성별로 이름을 내세울 만한 차가 몇 개 정도 있는지 비교해 보자.

복건성이 그 숫자 면에서 단연코 앞선다. 사실 무이암차의 품종 이름을 많이 적는다면 숫자는 이보다 더 커질 수 있다. 절강성, 사천성(중경시 포함), 호북성, 안휘성, 호남성, 광동성, 강서성, 귀주성 등이 그 뒤를 따른다. 광동성의 경우에도 봉황단총의 품종 이름을 몇 개 적느냐에 따라 숫자는 유동적이다.

앞에서 각 성별로 생산되는 차 양을 비교하여 순위를 매겼었는데, 복건성이 1위, 운남성이 2위, 귀주성 3위, 호북성 4위, 사천성 5위, 호남성 6위, 절강성 7위, 그리고 안휘성은 8위를 하였다.

복건성은 명차 개수에서나 생산량에서 1위를 차지하였다. 명차의 개수는 많지만 생산량이 비교적 적은 절강성의 경우, 그리고 이와는 반대로 종류는 적지만 생산량이 많은 운남성의 경우가 눈에 띈다.

그렇다면 차의 종류별로 나누어 본다면 어떨까?

녹차가 가장 많으리라는 것은 짐작하지만 얼마나 차지할까?

아래 표를 보면 녹차가 압도적으로 많고 청차, 홍차, 흑차 순이다. 청차의 개수는 무이암차와 봉황단총의 품종 이름을 몇 개 적느냐에 따라 상당히 유동적이다.

흥미로운 사실은 황차 개수가 15개로 생각보다 많다는 것이다.

앞서 제시한 차 종류별 2017년 생산량 통계를 본다면 녹차가 62%, 홍차가 13%, 청차 11%, 흑차 및 기타차 13%, 백차 1%, 황차 0.25%였다. 황차의 생산량이 앞으로 늘어날 것이라 조심스레 전망해 본다.

각 차구별, 각 성별로 차 이름을 표에 정리하고 그 중에서 몇몇 유명한 차들에 대해서는 현장의 생생한 사진 자료들과 함께 자세히 알아보자.

■ 각 성별 명차 개수 비교

지역 이름	명차 개수	점유율(%)
복건성(福建省)	139	19.8
절강성(浙江省)	75	10.7
사천성(四川省)+중경시(重庆市)	67	9.5
호북성(湖北省)	61	8.7
안휘성(安徽省)	55	7.8
호남성(湖南省)	55	7.8
광동성(广东省)	54	7.7
강서성(江西省)	40	5.7
귀주성(贵州省)	29	4.1
광서장족자치구(广西壮族自治区)	24	3.4
강소성(江苏省)	23	3.3
운남성(云南省)	22	3.1
산동성(山东省)	18	2.6
섬서성(陕西省)	15	2.1
하남성(河南省)	14	2.0
감숙성(甘肃省)	5	0.7
해남성(海南省)	5	0.7
서장자치구(西藏自治区)	2	0.3
합계	703	100

■ 차류별 명차 개수 및 점유율

차 분류	명차 개수	점유율(%)
녹차	448	63.7
청차	153	21.8
홍차	48	6.8
흑차	24	3.4
황차	15	2.1
재가공차(화차)	8	1.1
백차	7	1.0
합계	703	100

중복으로 해당되는 경우 대표되는 차 분류로 선택

강북 차구
江北 茶区

서남 차구
西南 茶区

강남 차구
江南 茶区

화남 차구
华南 茶区

제 3 장

강남차구의 명차들

1. 절강성의 명차들

차 분류	명차 이름	
	한글	중문
녹차	용정차	龙井茶
	서호용정	西湖龙井
	사봉용정	狮峰龙井
	대불용정	大佛龙井
	안길백차	安吉白茶
	경산차	径山茶
	오우조차	乌牛早茶
	개화용정차	开化龙顶茶
	개화황금차	开化黄金茶
	임해반호	临海蟠毫
	천도은진	千岛银珍
	천도옥엽	千岛玉叶
	건덕포차	建德苞茶
	양암구청차	羊岩勾青茶
	삼배향차	三杯香茶
	송양차 (송양은후)	松阳茶 (松阳银猴)
	경녕혜명차	景宁惠明茶
	봉화곡호	奉化曲毫
	강산녹모단차	江山绿牡丹茶
	태순삼배향차	泰顺三杯香茶
	온주조차	温州早茶
	청전어차	青田御茶
	보타불차	普陀佛茶
	천목청정	天目青顶

차 분류	명차 이름	
	한글	중문
녹차	안탕모봉	雁荡毛峰
	동려설수운록차	桐庐雪水云绿茶
	무양춘우	武阳春雨
	여요폭포선명	余姚瀑布仙茗
	반안운봉	磐安云峰
	난계모봉	兰溪毛峰
	구갱차	鸠坑茶
	구갱모첨	鸠坑毛尖
	평수일주차	平水日铸茶
	평수주차	平水珠茶
	수창용곡차	遂昌龙谷茶
	수창은후	遂昌银猴
	장흥자순차	长兴紫笋茶
	고저자순	顾渚紫笋
	천태산운무차	天台山云雾茶
	화정운무	华顶云雾
	망해차	望海茶
	용곡려인	龙谷丽人
	저기녹검	诸暨绿剑
	선거벽록	仙居碧绿
	망부은호	望府银毫
	사명용첨	四明龙尖
	무주거암	婺州举岩
	오운곡호	五云曲毫
	서시은아	西施银芽
	포강춘호	浦江春毫

차 분류	명차 이름	
	한글	중문
녹차	승천설룡	承天雪龙
	향고요백호	香菇寮白毫
	선도곡호	仙都曲毫
	반천향	半天香
	천존공아	天尊贡芽
	반산운무	盘山云雾
	동해용설	东海龙舌
	신창설아	新昌雪芽
	우원송침	禹园松针
	황암용건춘	黄岩龙乾春
	기창	旗枪
	쌍용은침	双龙银针
	천강휘백 (전강휘백)	泉岗辉白 (前岡輝白)
	동갱차	东坑茶
	선궁설호	仙宫雪毫
	청계옥아	清溪玉芽
	상산은호	常山银毫
	망호은호	望湖银毫
청차	용천금관음	龙泉金观音
황차	막간황아	莫干黄芽
	온주황탕	温州黄汤
	평양황탕	平阳黄汤
홍차	치이금홍	奇尔金红
	구곡홍매	九曲红梅
	월홍공부	越红工夫

녹색으로 표시된 명차들의 이름은 모두 국가 또는 지방정부의 지리적 표시제 보호를 받고 있다.

용정차

절강성에는 예로부터 차 산업이 발전되어 왔다. 이로 인해서 전국적으로 이름이 알려진 명차들이 꽤 많다.

그 중 으뜸은 용정차龙井茶다. 용정차는 그 유명세로 인해 국가에서 이름을 보호해 주고 있다. 중국에는 우리나라의 지리적 표시제(PGI, Protected Geographical Indication)에 해당하는 지리표지산품地理标志产品 규정이 있다. 그에 따르면 용정차의 생산 지역을 3군데로 나누고, 그 지역에서 생산되는 차들만 용정차라는 이름을 쓸 수 있다.

첫 번째는 항주杭州의 서호西湖 지역이고 거기에서 생산되는 용정차를 서호용정西湖龙井이라 일컫는다. 전체 생산량의 10%밖에 되지 않지만 5개의 가장 유명한 생산지가 있으며, 각 지역을 나타내는 한자로 표시한다. 먼저 사자를 뜻하는 狮(사)자가 첫 번째로, 용정촌龙井村의 사봉산狮峰山일대를 말하며 여기에서 생산되면 사봉용정狮峰龙井이라는 특별한 이름으로 불릴 수 있는 자격을 얻는다. 용을 뜻하는 龙(용)자가 두 번째로, 옹가산翁家山과 용정천龙井泉 주변을 말하고, 구름을 뜻하는 云(운)자가 세 번째로 운서云栖와 오운산五云山 일대, 호랑이를 뜻하는 虎(호)자가 네 번째로 호포虎跑일대, 마지막 다섯 번째는 매화를 뜻하는 梅(매)자로 매가오梅家坞 일대를 이른다.

GB

中华人民共和国国家标准

GB/T 18650—2008

地理标志产品　龙井茶

Product of geographical indication—Longjing tea

2008-07-15 发布　2008-10-01 实施

中华人民共和国国家质量监督检验检疫总局
中国国家标准化管理委员会　发布

中华人民共和国地理标志保护产品

PGI

龙井茶

PEOPLE'S REPUBLIC OF CHINA

지리적 표시제를 규정한 〈중국 국가 표준〉 중 〈용정차〉 문건의 표지 및 그 로고

용정차가 생산되는 두 번째 지역은 전당강钱塘江 주변으로 전당용정으로 불린다. 면적이 가장 넓지만 생산량은 약 30% 정도 된다. 절강성浙江省 항주시 임안구临安区, 빈강구滨江区, 소산구萧山区, 위항구余杭区, 부양구富阳区, 그리고 동려현桐庐县, 건덕시建德市, 순안현淳安县 등이 포함된다.

세 번째는 월주越州 지역인데 소흥시绍兴市, 신창현新昌县, 승주시嵊州市, 제기시诸暨市, 반안현磐安县, 동양시东阳市, 천태현天台县 등이 해당된다. 총 면적은 전당강 지역보다 작지만 생산량은 약 60%정도에 이른다. 신창현에서 생산되는 용정차를 대불용정大佛龙井이라 부르는데, 최근에 이 이름을 지리적 표시제로 따로 등록을 했다.

용정차가 생산되는 용정촌(上)과 매가오 마을(下)

용정샘과 어차수 용정촌에는 그 유명한 용정 샘물이 있고(左), 청 건륭황제(乾隆皇帝)와의 이야기가 서려 있는 18그루 어차수(御茶树)가 있다(右).

용정촌의 앞산 정상에 올라가면 항주 시내도 보이고 서호(西湖)도 가까이 보인다. 사봉용정이 나오는 사봉산(狮峰山)은 용정촌 안의 나지막한 동산이다(붉은 원 안).

용정차의 제조 공정은 비교적 간단한 편이다.

채엽 후에는 위조(시들리기)를 해주어 향기성분도 올리고 수분도 날려보낸다.

그 다음, 녹차의 가장 중요한 공정인 살청杀青을 하여 산화효소의 활성을 없앤다. 용정차에서는 전통적으로 솥을 이용하여 살청과 모양 만들기를 동시에 진행하는데 이 공정을 청과青锅라 칭한다.

청과 공정을 끝내면 체별하여 작은 부스러기는 버린다. 최종 건조와 모양 만들기를 목적으로 하는 휘과(辉锅 또는 煇锅) 공정을 거치면 용정차가 완성된다.

용정차의 위조 과정(上)과 채엽 표준(1아1엽 또는 1아2엽)

용정차의 청과 공정을 막 시작했을 때에는 녹색의 생엽이 그대로이지만(上), 8분 정도 경과하면 고온에 의해 색도 바래고 누르는 압력에 의해 모양도 납작하게 변한다(下).

지금은 대부분 자동화된 기계를 사용한다. 넓적한 면을 가진 축이 회전하면서 사람의 손동작을 대신한다.

용정차는 그 빼어난 맛으로 중국의 10대 명차에 항상 선정된다. 봄 기운이 돌기 시작하면 위에서 언급한 지역에서 용정차의 생산이 가능하기 전에, 더 남쪽에 위치한 지역에서는 차엽의 수확을 더 먼저 할 수 있으므로 용정차 공정으로 차를 만들어 전국으로 유통시킨다. 맛은 따라올 수 없겠지만 봄 햇차를 남들보다 빨리 맛보고 싶어하거나 선물하려는 사람들의 수요를 만족시키는데 그 유명세가 사용된다.

용정차는 대표적인 덖음녹차로 구수한 향이 특징이라 한국 사람들도 즐겨 마시는 차 중의 하나이다.

용정차 휘과 공정 대개 2차례에 걸쳐서 진행한다.

서호용정을 마셔본다. 하얀 솜뭉치 같이 보이는 것은 제조공정 중에 잎 표면의 미세한 털이 떨어져 나와 뭉쳐 생긴다.

용정차 자세히 보기

안길백차

안길백차安吉白茶도 전국적으로 이름이 알려져 있다. 이 차는 다른 차들에 비해서 아미노산 함량이 높아 감칠맛이 뛰어나다. 제조 공정상의 분류에 의하면 녹차에 해당됨에도 백차라는 이름을 가지고 있는 특이한 차이기도 하다. 이는 이른 봄 찻잎의 녹색이 옅어져 하얗게 보이는 차 품종의 특성 때문이다. 이 차 또한 국가에서 지리적 표시제로 보호해 주고 있다.

채엽 후 위조 과정은 꼭 거친다. 녹차의 위조 과정은 이로운 점이 많다.

만드는 공정은 비교적 단순하다. 현재는 이조기理条机라는 잘 발달된 기계를 사용한다. 칸칸마다 녹차를 일정량 넣고, 밑에서는 가스불로 가열하면서 좌우로 빠르게 왕복운동을 하게 한다. 살청 측면에서 보면 아주 효과적이다.

안길백차의 시조나무 백차조(白茶祖)와 백화(白化)현상이 보이는 찻잎

수확된 안길백차 생엽과 위조 과정 밑에서 바람을 불어넣어 온도 조절과 수분 휘발을 용이하게 해 준다.

시간을 줄이는 측면에서도 그렇고 균일성을 높이는 측면에서도 그렇고 부분적인 과열을 막는 측면에서도 아주 좋다.

건조는 일반 홍건기로 하면 된다. 위조 후부터 계산하면 전체 차를 만드는 데 걸리는 시간은 채 2시간도 되지 않는 아주 효율적인 시스템이다.

이조기로 살청과 모양 만들기를 동시에 한다. 몇 대를 연결해 놓으면 효율을 높일 수 있다.

안길백차 완성품과 우린후의 엽저 백화 현상이 아주 뚜렷하다.

안길백차 자세히 보기

오우조차

국가에서 지리표시제로 보호해주는 차 이름이 하나 더 있는데 바로 오우조차乌牛早茶이다. 절강성 온주시温州市 영가현永嘉县에서 생산되는데, 여기는 항주시로부터 약 300km 남쪽에 위치하여 따뜻한 날씨로 인해 봄차 생산 시기가 빠르다. 시중에서는 '오우조차'라는 이름으로 판매하기보다는 '오우조 품종으로 만든 용정차'라 할 가능성이 크다.

지방정부 지정 명차들

지리적 표시제는 국가에서도 지정을 하지만 지방정부에서 지정하기도 한다.

경산차径山茶, 개화용정开化龙顶, 임해반호临海蟠毫, 천도옥엽千岛玉叶, 혜명차惠明茶, 강산녹모단江山绿牡丹 등 앞의 표에서 녹색으로 표시된 차들이 모두 해당된다.

경산차는 항주시杭州市 여항구余杭区의 해발 769m의 경산径山 기슭에서 생산된다. 당대唐代로부터 이름을 날린 명차로, 경산에는 육우陆羽가 차를 끓인 흔적이 남아 있는 육우천陆羽泉도 있다.

경산 정상부에 위치한 차밭과 경산차의 최종 건조 공정(원 안).
(사진과 차엽 샘플 제공: 杭州余杭区黃湖镇 云顶农庄)

개화용정开化龙顶은 절강성의 개화현开化县 제계향齐溪乡 대용산大龙山 용정담龙顶潭 부근이 주산지이므로 생겨난 이름이다. 한글 발음으로는 서호용정西湖龙井차와 헷갈릴 수 있지만 한자가 다르므로 중국어 발음은 엄연히 다르다. 송대宋代에 공차贡茶로서 이름을 날렸지만 현재는 그 유명세가 덜하다.

그래서인지 필자가 방문한 차창에서는 판매 촉진을 위해 3가지 다른 형태의 차를 만들고 있었다. 또한 개화현의 차 시장에서는 홍차를 만들어 판매하는 차농들도 보였다. 현대적인 기술을 차 제조에 적극적으로 응용하는 모습도 보이는데, 특이하게도 전자레인지의 가열 원리를 이용한 마이크로웨이브파를 살청에 실제로 활용하고 있었다.

두 가지 다른 등급의 경산차 건엽과 유리잔에 우린 모습 일아일엽(一芽一叶)과 일아이엽(一芽二叶) 위주로 되어 있으며, 차탕에서는 깔끔한 단맛과 은은한 밤향이 느껴진다.

개화용정 생산 공장에서 보게 된 마이크로웨이브 파장을 활용한 살청 설비

개화용정이 생산되는 개화현 부근의 차밭과 그 곳 방문시에 촬영한 찻잎을 갉아먹는 애벌레의 모습

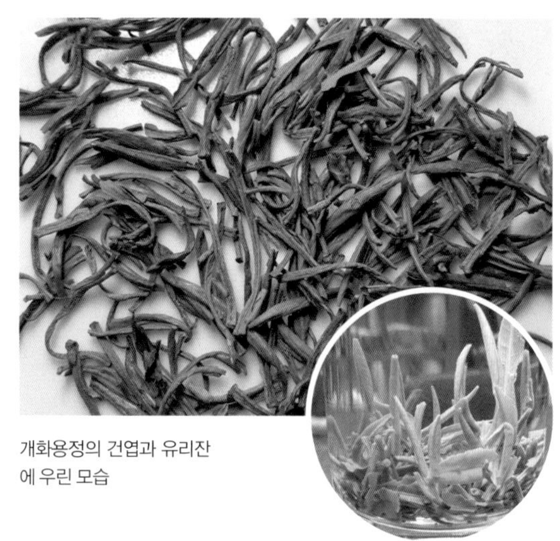

개화용정의 건엽과 유리잔에 우린 모습

온주황탕, 평양황탕, 막간황아

절강성 지역에서는 특이하게도 3종의 황차가 보인다. 그 중 온주황탕温州黄汤과 평양황탕平阳黄汤의 경우 최근에는 상해에서 열리는 차 박람회에 참여하는 등 이름을 알리기 위해 노력하고 있다. 참고로 평양平阳은 온주시温州市에 속한 하나의 현县 이름이다.

평양황탕은 청대清代에 공품贡品으로 황실에 보내졌으며, 그 양은 용정차보다 더 많았다고 한다. 재미있게도 밀크티[奶茶]의 원료로 사용되기 위해서라 기록되어 있다. 안타깝게도 생산이 중단되었다가 2009년경부터 다시 복원되어 생산되고 있다.

황차를 만들기 위해서는 복잡한 공정을 거쳐야 한다. 채엽 후 탄방, 살청, 유념 후 첫 번째 민황闷黄에 들어간다. 실내 온도를 25~28℃ 정도로 조절하고 상대습도는 65~75%로 맞추어 5~6시간 정도 자동산화가 일어나도록 한다. 홍건기에서 살짝 건조 후에 두 번째 민황을 7~8시간 진행하고, 다시 홍건기에서 건조 후에 세 번째 민황을 4~6시간 진행 후 최종 건조를 하면 된다.

맛에서도 민황 정도가 느껴진다. 쓴맛이나 떫은맛이 전혀 느껴지지 않고 편안하고 부드러운 맛을 자랑한다. 은은한 단맛에 옅은 찹쌀밥 향미가 친숙하게 느껴진다.

평양황탕의 건조엽과 우린 후 엽저의 모습 민황 정도가 낮지 않아 차엽이 노란 빛을 많이 띈다.

평양황탕을 유리잔에 우린 모습과 차탕의 색상

막간황아莫干黃芽는 휴양지로 이름난 최고 해발 724m의 막간산莫干山과 그 인근에서 생산된다.

건엽을 보면 민황 정도가 낮지 않음을 알 수 있다. 노란 빛의 차엽에 하얀 솜털이 보이는 것이 참 예쁘다. 건엽 상태에서도 상쾌한 꽃향기가 느껴진다. 황차 특유의 부드러운 차탕은 항상 편안한 느낌을 준다. 카테킨류가 테아플라빈(Theaflavins, TF)으로 많이 전환되었음을 맛으로 알 수 있다.

막간황아는 대부분 황차로 생산되지만 최근에는 녹차로도 만들어 낸다.

막간산에는 대나무 숲이 많고 군데군데 차밭도 보인다. 산 정상 부근에 별장이나 숙박 시설이 많이 지어져 있어 여름철에 피서를 많이 간다.

막간황아 건엽과 우린 후 엽저

절강성의 종류별 차 생산량 현황

절강성에서는 세 종류의 홍차 이름도 보이지만 시중에서는 잘 보이지 않는다.
절강성에서 어떤 종류의 차가 어느 정도 생산되는지 살펴보자.
차 종류별로 생산량을 비교해 본다면 예상했듯이 녹차가 대부분을 차지한다. 나머지 차 종류를 모두 합해도 채 10%가 되지 않는다. 유일하게 보이는 청차인 용천금관음龙泉金观音도 생산이 꽤 되는 듯하고, 이름이 보이지 않는 '흑차 및 기타차'도 생산이 꽤 된다. 기업용으로 쓰이거나 수출용으로 생산되는 것일 가능성이 크다.

■ 절강성의 차 종류별 생산량 비교(2017년)

차 종류	녹차 绿茶	홍차 红茶	청차 青茶	흑차 및 기타차 黑茶及其他茶	백차 白茶	황차 黄茶	2017년 총생산량 (톤)
생산량 (톤)	163,955	7,100	360	7,050	480	55	179,000
구성비율 (%)	91.59	3.97	0.20	3.94	0.27	0.03	100

2. 호남성의 명차들

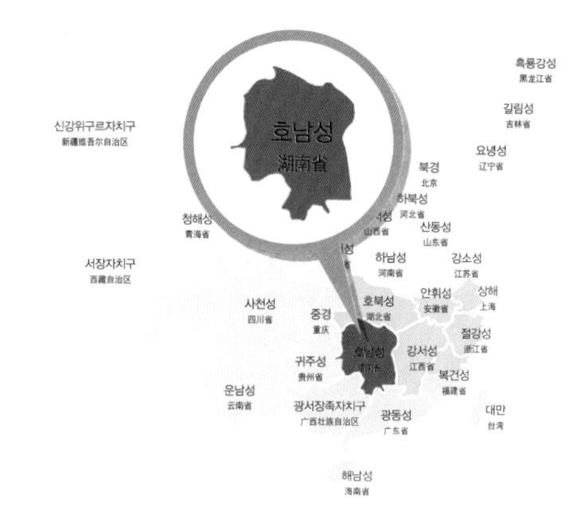

차 분류	명차 이름	
	한글	중문
황차	악양황차	岳阳黄茶
	군산은침	君山银针
	북항모첨	北港毛尖
녹차·황차	위산모첨	沩山毛尖
흑차	안화흑차	安化黑茶
	흑전	黑砖
	복전	茯砖
	화전	花砖
	천첨	天尖
	공첨	贡尖
	생첨	生尖
	천량차	千两茶
	백량차	百两茶
녹차	고장모첨	古丈毛尖
	도원야차왕	桃源野茶王
	영롱차	玲珑茶
	갈탄차	碣滩茶
	태청쌍상녹아차	太青双上绿芽茶
	동강호차	东江湖茶
	장사녹차	长沙绿茶
	보정황금차	保靖黄金茶
	보정남침	保靖岚针
	강화고차	江华苦茶
	강화모첨	江华毛尖
	군산모첨	君山毛尖
	남악운무	南岳云雾
	안화송침	安化松针

차 분류	명차 이름	
	한글	중문
녹차	고교은봉	高桥银峰
	오개산미차	五盖山米茶
	상파록	湘波绿
	설봉모첨	雪峰毛尖
	악양동정춘	岳阳洞庭春
	석문은봉	石门银峰
	석문우저차	石门牛抵茶
	침주벽운	郴州碧云
	관장모첨	官庄毛尖
	황죽백호	黄竹白毫
	악북대백	岳北大白
	도량모첨	都梁毛尖
	동정춘아	洞庭春芽
	용주차	龙舟茶
	기산백아	祁山白芽
	사구은아	狮口银芽
	탑산산람	塔山山岚
	연운산금침	连云山金针
	연운산은첨	连云山银尖
	소산소봉	韶山韶峰
	안봉대백	雁峰大白
	운봉모첨	云峰毛尖
	악녹모첨	岳麓毛尖
	하서원차	河西园茶
화차	용하화차	龙虾花茶
홍차	도원홍차	桃源红茶
	상덕홍차	常德红茶
	호홍공부	湖红工夫

녹색으로 표시된 명차들의 이름은 모두 국가 또는 지방정부의 지리적 표시제 보호를 받고 있다.

호남성에서는 2가지 차 종류가 유명하다.
군산은침君山银针, 북항모첨北港毛尖으로 대표되는 악양황차岳阳黄茶가 그 첫 번째이다.

군산은침

군산은침은 중국 내에서 가장 대표적인 황차라 볼 수 있는데, 악양시岳阳市 동정호洞庭湖의 군산도君山岛라는 섬에서 자라는 찻잎으로 만든 것을 최고로 친다.
황차를 만들기 위해서 꼭 필요한 민황闷黄 공정이 다른 차들보다 긴데, 대개 72시간이 걸리고 때로는 96시간까지 가기도 한다. 황금색의 고급스러운 포장과 함께 상당히 비싼 값에 판매된다.

군산도 입구 표석과 군산도 내부의 아름다운 차밭

군산은침(左)과 또 다른 황차인 사천성(四川省)의 몽정황아(蒙顶黄芽)의 건엽 비교
군산은침을 유리컵에 우리면 싹이 꼿꼿이 서는 멋진 광경이 연출된다.

이 지역에는 역사적으로 유명한 또 다른 황차인 위산모첨沩山毛尖도 있는데, 특이하게도 연기를 입힌다. 이 공정을 현지에서는 연훈(烟熏)이라 한다. 중국의 명차 중에서 연기를 입힌 것은 이 외에는 복건성의 홍차인 정산소종밖에 없는 듯하다. 참고로 안화흑차의 모차를 전통적 방법으로 건조하면 송연향松烟香이 있지만, 이 경우는 일부러 연기를 입히기 위한 공정의 결과가 아니므로 차이가 있다. 요즘에는 소비자의 기호가 변해 위에서 언급한 3가지 차들 모두 연기 향이 있는 차의 생산은 줄어들고 있다.

위산모첨 생산에 쓰는 연기를 만들어내는 원료는 소나무가 아니라 풍구枫球라는 열매를 쓴다.

위산모첨을 구매하려고 하니 녹차밖에 보이지 않는다. 황차는 판매가 저조하여 최근에는 아예 생산을 하지 않는다고 한다. 이 또한 소비 추세 변화에 따른 제조 회사의 불가피한 선택이다.

위산모첨의 연기 만드는 재료인 풍구 (사진 출처: 바이두)

녹차 제다 공정으로 만든 위산모첨의 건엽과 차탕 및 엽저. 연기를 입혀 놓아 건엽에서부터 훈연향이 강하게 난다.

■ 호남성의 차 종류별 생산량 비교(2017년)

차 종류	녹차 绿茶	홍차 红茶	청차 青茶	흑차 및 기타차 黑茶及其他茶	백차 白茶	황차 黃茶	2017년 총생산량 (톤)
생산량 (톤)	85,023	24,257	3,315	81,352	1,558	1,943	197,448
구성비율 (%)	43.06	12.29	1.68	41.20	0.79	0.98	100

안화흑차

안화흑차安化黑茶로 통칭되는 흑차는 이 지역에서 가장 촉망받는 차 종류라 할 수 있다. 흑차 단독이 아니라 기타차와 같이 포함되어 있긴 하지만 성 전체 차 생산량의 41.2%를 차지한다.

이 지역의 흑차는 후발효하는 방법에서 우리가 흔히 알고 있는 보이숙차의 그것과는 다르다. 보이숙차는 먼저 완전히 건조된 쇄청모차晒青毛茶를 만든 다음 보관했다가 필요할 때 다시 물을 뿌려서 미생물 성장이 일어날 수 있는 조건을 만들어 준다. 광서성 육보차六堡茶의 현대적인 제조 방법도 이런 보이숙차와 같은 방식을 쓴다.

하지만 안화흑차는 차엽 자체가 가지고 있는 수분으로 후발효를 시킨다. 즉 제조 공정을 본다면 살청, 유념, 악퇴(후발효), 건조의 순이다. 사천성과 호북성에서 나오는 흑차들도 이와 동일한 공정을 거친다.

안화흑차에 관련된 용어들이 아주 헷갈리는데, 중화인민공화국 국가표준에 의해서 분류를 해보면 다음과 같다.

먼저 천첨天尖, 공첨贡尖, 생첨生尖 이 3가지를 묶어서 상첨차湘尖茶라 한다. 3개의 첨자가 있는 차라 하여 3첨으로 일컫기도 한다.

긴압차紧压茶의 분류 방법 9개 중 3개가 안화흑차와 연관되는데, 복전茯砖, 흑전黑砖, 화전花砖이 그것이다. 이 3개를 묶어서 3전이라 칭한다.

천량차千两茶로 대표되는 차들을 묶어서 화권花卷이라 한다. 시중에서 자주 볼 수 있는 것은 길이가 150~160cm이고 직경이 20~26cm이며 무게가 36.25kg인 천량차, 그 1/10인 백량차百两茶, 그리고 다시 1/10인 십량차十两茶 정도이다. 하지만 분류적으로는 만량차(万两茶, 362.5kg), 오천량차五千两茶, 오백량차五百两茶, 삼백량차三百两茶 등도 존재한다.

위 차들을 다 묶어서 안화흑차를 3첨, 3전, 1권으로 표현하기도 한다.

천량차

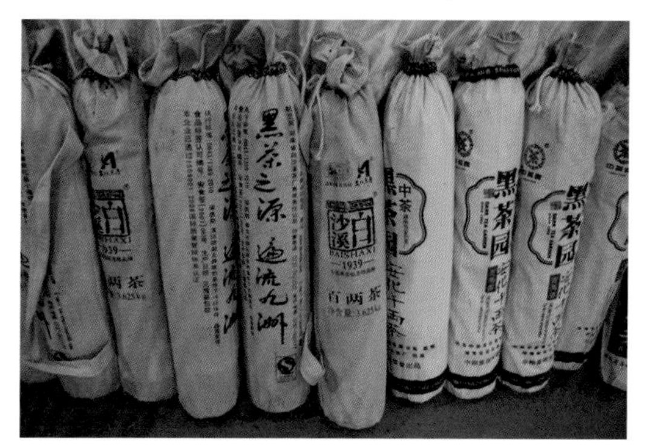

백량차

안화흑차 중 복전차茯砖茶의 가장 특이점은 긴압된 차의 내부를 잘라보면 노란색 곰팡이가 눈에 보인다는 것이다. 이를 형용적으로 아름답게 묘사하여 금화金花라 부른다. 이 곰팡이는 학명이 *Eurotium cristatum*(또는 *Aspergillus cristatus*)이며 우리나라에서는 관돌산낭균冠突散囊菌으로 불린다. 서양적인 사고방식에서는 유해균이 아니냐 또는 곰팡이 독소를 생성하지 않느냐는 우려도 많았지만 오랫동안 음용한 역사가 그 안전성을 증명해준다. 오히려 다양한 건강상의 효능을 나타낸다는 연구 자료도 많다.

이전에는 이 곰팡이가 자연적으로 발생했을 것이지만 지금은 발화发花 공정이라 하여 그 곰팡이가 많은 공간에 며칠 동안 둠으로써 인위적으로 접종을 시킨다.

최근에는 복전차 외의 안화흑차들(천량차 등)도 금화가 피도록 한 경우가 많다.

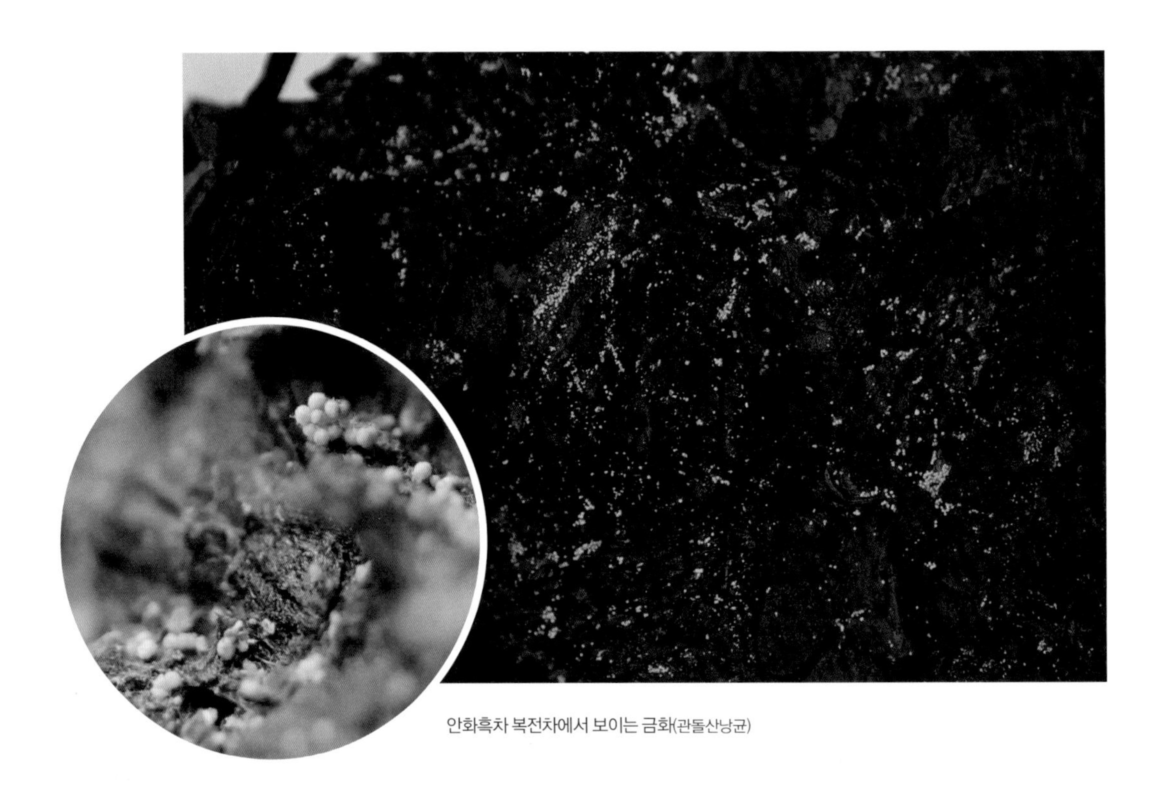

안화흑차 복전차에서 보이는 금화(관돌산낭균)

안화흑차 자세히 보기

호남성의 녹차들

녹차는 종류도 가장 많고 생산량 측면에서도 가장 높다. 경쟁 상대가 너무나 많은 녹차의 나라에서 전국적인 이름을 떨치기는 쉽지 않겠지만, 그렇다고 명차가 없는 것은 아니다.

고장모첨古丈毛尖은 외관만큼은 천하제일이다. 여리디 여린 싹에 하얀 솜털이 표면을 덮고 있다. 이렇게 섬세하게 만들려면 얼마나 공을 들여야 할까! 온도를 살짝 낮춰 우려낸 차탕은 마치 쌀뜨물을 우려낸 듯 달달하고 두텁다 못해 빽빽한 느낌이다. 멋진 녹차라는 감탄사가 절로 쏟아진다.

고장모첨古丈毛尖을 포함하여 도원야차왕桃源野茶王, 영롱차玲珑茶, 갈탄차碣滩茶 등은 지리적 표시제에 의해 보호받고 있는 녹차들이다.

고장모첨의 아름다운 외관 외관이 익숙한 용정차와 비교를 해보면 그 섬세함이 바로 느껴진다(위쪽 사진의 왼편이 고장모첨, 오른편이 서호용정).

고장모첨의 차탕과 우린 후 엽저

고장모첨 자세히 보기

3. 호북성의 명차들

차 분류	명차 이름	
	한글	중문
녹차	은시옥로	恩施玉露
	등촌녹차	邓村绿茶
	용봉차	龙峰茶
	해산첩취	薤山叠翠
	구산암록	龟山岩绿
	황매선차	黄梅禅茶
	수주아차	随州芽茶
	영산운무차	英山云雾茶
	오가대공차	伍家台贡茶
	노군미차	老君眉茶
	매자공차	梅子贡茶
	학봉차	鹤峰茶
	옥천선인장차	玉泉仙人掌茶
	협주벽봉	峡州碧峰
	성수녹차	圣水绿茶
	무당도차	武当道茶
	효감용검차	孝感龙剑茶
	굴향사면차	屈乡丝绵茶
	마파차	马坡茶
	목어녹차	木鱼绿茶
	마평공차	磨坪贡茶
	흥산백차	兴山白茶
	강하광명차	江夏光明茶
	구궁산차	九宫山茶
	당애차	唐崖茶
	동하벽진차	董河碧珍茶
	백장담차	百丈潭茶
	나전향로차	罗田香露茶
	곡계녹차	曲溪绿茶
	대오녹차	大悟绿茶
	대오수매	大梧寿梅

차 분류	명차 이름	
	한글	중문
녹차	등촌운무	邓村云雾
	천당운무	天堂云雾
	채화모첨	采花毛尖
	송봉차	松峰茶
	융중차	隆中茶
	죽계모봉	竹溪毛峰
	선은공차	宣恩贡茶
	관산모첨	官山毛尖
	관산은봉	官山银峰
	금죽운봉차	金竹云峰茶
	검춘차	剑春茶
	무동취향	雾洞翠香
	화지차	花枝茶
	진향명	真香茗
	기반산모첨	棋盘山毛尖
	무창용천차	武昌龙泉茶
	금수취봉	金水翠峰
	벽엽청차	碧叶青茶
	폭천차	瀑泉茶
	차계취아차	车溪翠芽茶
황차	원안황차	远安黄茶
	원안녹원	远安鹿苑
홍차	의도의홍차	宜都宜红茶
	오봉의홍차	五峰宜红茶
	의창의홍	宜昌宜红
	의홍공부차	宜红工夫茶
흑차	미전차	米砖茶
	청전차(노청차)	青砖茶(老青茶)
	함안전차	咸安砖茶
	양루동전차	羊楼洞砖茶

녹색으로 표시된 명차들의 이름은 모두 국가 또는 지방정부의 지리적 표시제 보호를 받고 있다.

은시옥로

호북성의 대표 명차는 은시옥로恩施玉露라는 녹차이다. 은시시恩施市 부근의 오봉산五峰山 일대에서 자라는데, 그 지역에는 아침저녁으로 안개가 많이 끼어 옥로차가 만들어지는 조건이 잘 형성되어 있다. 이 차는 일반적인 중국의 녹차와 다른 점이 꽤 많다. 가장 특이한 점은 일본 녹차와 똑같이 증기로 살청을 하는 몇 안 되는 증청녹차蒸青绿茶라는 것이다.

살청 후에는 큰 부채로 바람을 일으켜 냉각시킴과 동시에 수분을 일부 날려보내는[扇干水汽] 점도 다른 곳에서는 보기 힘들다. 증기 살청을 한다고 하지만 일본 녹차와 비슷하게 해초의 맛과 향이 나지는 않는다. 그 이유는 유념 앞과 뒤에 간접적으로 열을 가하면서 건조시키는 공정이 있고, 최종 건조 때에도 숯불의 열이 가해져 분자량이 낮은 해초 느낌의 향기성분들을 날려버리기 때문이다. 외형은 일본 녹차와 비슷하게 뾰족한 침상인데, 모양을 만들면서 광이 나게 만드는 정형상광整形上光이라는 공정을 거친다. 현재는 일본 녹차의 자동화 설비를 받아들여 생산한다.

은시옥로의 증기를 이용하는 살청 공정(사진제공 润邦茶业)과 완성된 찻잎 외형

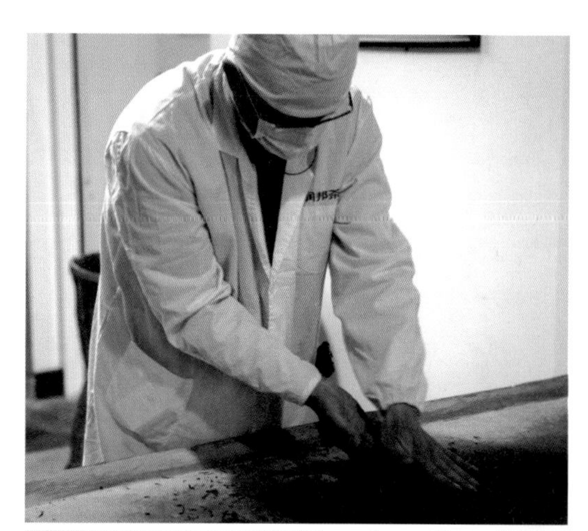

은시옥로 정형상광 공정 전통적인 방법(上, 润邦茶业 제공)과 현대화된 기계설비를 활용하는 방법(下)

옥천선인장차

옥천선인장차玉泉仙人掌茶라는 녹차도 유명하다. 우리가 아는 선인장이라는 식물로 만든 차가 아니라 신선의 손바닥, 정확히 말하면 손가락 같이 생겼다고 붙여진 이름인데 당양시当阳市의 옥천산玉泉山일대에서 생산된다. 이 차 또한 증청 녹차이다. 중국 역사상의 두 걸출한 인물과 연결되는데, 당대唐代의 시인으로 유명한 이백李白이 이 차를 마시고 읊은 시가 아직도 남아 있으며, 이시진李时珍의 『본초강목本草纲目』에도 이 차에 대한 언급이 있다고 한다.

일아일엽一芽一叶이나 일아이엽一芽二叶을 채엽 표준으로 하는데, 쭉쭉 뻗은 모습을 하고 있는 찻잎을 보니 과연 손가락 같다는 생각도 든다. 포장재를 여니 고소한 향과 함께 감칠맛(Umami)마저 느껴지는 향이 가득하다. 유념이 강하지 않아 좀 진하게 우려도 떫은 맛이 높지 않고 두터운 차탕을 자랑한다.

그 외에도 등촌녹차邓村绿茶, 용봉차龙峰茶, 노군미차老君眉茶, 학봉차鹤峰茶 등 지리적 표시제 보호를 받는 것들을 포함하여 많은 녹차들이 있다.

선인장차의 건엽과 우린 후 엽저

청전차와 미전차

호북성에서는 두 가지 긴압차가 유명하다.

먼저 흑차 긴압차인 청전차青砖茶를 살펴보자. 노청차老青茶 또는 천자차(川字茶, 차 표면에 川자를 새겨놓았음)라 부르기도 한다. 차의 잎으로만 만들어 벽돌모양의 차 표면에 쓰는 면차面茶와 가지도 섞인 품질이 비교적 낮은 이차里茶를 원료로 사용한다. 악퇴 발효 전의 모차毛茶를 만들 때 햇볕 아래서 건조 시키는(晒干) 점은 보이차와 동일하다.

홍차로 만든 유일무이한 긴압차도 이 지역에서 생산하는데 그 이름이 미전차米砖茶이다. 『삼국지』의 적벽대전으로 유명한 적벽시赤壁市가 생산지이다. 부서진 홍차 잎을 원료로 하는데 그 모양이 마치 쌀알[米粒]과 같다 하여 붙여진 이름이다. 이전에는 러시아, 몽고, 유럽 등지로 수출이 많이 되었으나 지금은 티베트 지역으로 많이 팔린다.

호북성 흑차인 청전차. 악퇴는 살청, 유념 후 찻잎의 수분 함량이 있을 때 진행하며, 악퇴 정도는 높지 않아 차탕 색이 진하지 않다 (7년 숙성된 차를 우림).

호북성의 홍차 긴압차인 미전차. 잘게 부서진 홍차 잎으로 만들어 어떤 무늬도 압병해서 만들어낼 수 있다. 4년 숙성된 차를 우린 차맛은 예상 외로 나쁘지 않다.

원안녹원

호북성에도 오랜 역사를 가진 황차가 있는데, 원안녹원远安鹿苑으로 대표되는 원안황차远安黄茶가 그것이다. 민황에 소요되는 시간은 10시간 내외로 군산은침이나 몽정황아보다는 훨씬 짧다. 싹이나 일아일엽을 채엽 표준으로 하며 건엽에서 백호가 많이 보인다. 차탕은 황차답게 부드러우며 은은한 단맛을 보인다.

호북성 황차인 원안녹원의
건엽과 우린 후 엽저

호북성의 종류별 차 생산량 현황

호북성의 차 종류별 생산량을 보면 예상대로 녹차가 압도적으로 많다. 그 다음이 흑차 및 기타차이며 홍차도 미전차 및 여러 의홍공부차宜红工夫茶의 영향으로 꽤 높은 비율을 차지한다.

■ 호북성의 차 종류별 생산량 비교(2017년)

차 종류	녹차 绿茶	홍차 红茶	청차 青茶	흑차 및 기타차 黑茶及其他茶	백차 白茶	황차 黄茶	2017년 총생산량 (톤)
생산량 (톤)	199,302	48,372	2,572	61,794	267	40	312,347
구성비율 (%)	63.81	15.49	0.82	19.78	0.09	0.01	100

4. 안휘성의 명차들

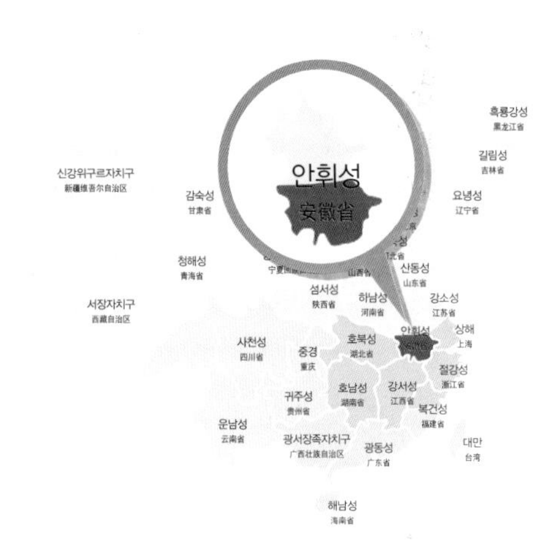

차 분류	명차 이름	
	한글	중문
녹차	황산모봉	黄山毛峰
	태평후괴	太平猴魁
	육안과편	六安瓜片
	송라차	松萝茶
	천화곡첨(남양곡첨)	天华谷尖(南阳谷尖)
	황산백차(휘주백차)	黄山白茶(徽州白茶)
	황화운첨	黄花云尖
	백운춘호	白云春毫
	소갱녹차	霄坑绿茶
	도독취명	都督翠茗
	동성소화	桐城小花
	황석계모봉	黄石溪毛峰
	경현난향차	泾县兰香茶
	용지향첨	龙池香尖
	이현석묵차	黟县石墨茶
	서성소란화	舒城小兰花
	경정녹설	敬亭绿雪
	용계화청	涌溪火青
	아산서초괴	鸦山瑞草魁
	금산시우차	金山时雨茶
	정계난향차	汀溪兰香茶
	석태부서차	石台富硒茶
	석태향아	石台香芽
	석태은검	石台银剑
	악서취란	岳西翠兰
	악서취첨	岳西翠尖
	정덕천산진향차	旌德天山真香茶

차 분류	명차 이름	
	한글	중문
녹차	정덕호아	旌德毫芽
	구화모봉	九华毛峰
	천주검호	天柱剑毫
	금채취미	金寨翠眉
	노죽대방	老竹大方
	정곡대방	顶谷大方
	둔계녹차	屯溪绿茶
	석순취아	石笋翠芽
	천호운라	天湖云螺
	천호봉편	天湖凤片
	봉래선명	蓬莱仙茗
	황산은구	黄山银钩
	황산취란	黄山翠兰
	화산은호	华山银毫
	감로청봉	甘露青峰
	횡용취미	横龙翠眉
	제산취미	齐山翠眉
	선우향아	仙寓香芽
	만산춘명	万山春茗
	잠천설봉	潜川雪峰
황차	곽산황아	霍山黄芽
	곽산황대차	霍山黄大茶
	환서황대차	皖西黄大茶
	황괴	黄魁
홍차	기문홍차	祁门红茶
	기홍홍향라	祁红 红香螺
	금채홍차	金寨红茶
흑차	안차	安茶

녹색으로 표시된 명차들의 이름은 모두 국가 또는 지방정부의 지리적 표시제 보호를 받고 있다.

안휘성 북부는 강북 차구에 해당하지만 분류의 편의상 강남 차구에서 같이 보도록 하자.

안휘성은 생산량 측면에서 보면 중국 전체에서 약 5%를 생산하고, 순위로는 8위로 그리 높지 않다. 하지만 중국의 10대 명차를 뽑는다면 꼭 포함되는 3개의 명차를 가지고 있다. 녹차에서는 황산모봉黄山毛峰과 육안과편六安瓜片이 해당되고, 홍차에서는 기홍祁红으로 줄여서 부르는 기문홍차祁门红茶가 있다. 천혜의 자연 환경과 좋은 생산 기술, 거기에 더해서 예부터 이름난 휘상徽商의 상업 수완 덕일 것이다.

황산모봉과 이현석묵차

황산모봉은 천하의 명산이라 일컫는 황산黄山 인근에서 생산된다.

1875년경에 상인이었던 사정안谢正安이라는 사람이 만들기 시작했다. 이 분이 시작한 차 사업은 아직도 사유대谢裕大라는 큰 회사로 남아 있는데, 필자가 일한 유니레버와 오랫동안 비즈니스 관계를 유지하고 있다.

황산 지역은 평지가 적어 경사진 산을 일구어 차밭을 만든다. 밀식재배를 할 수 없어 차나무가 띄엄띄엄 자라니 높은 품질의 차를 생산할 수 있는 좋은 환경을 가지고 있다.

사유대(谢裕大) 공장 경내에 있는 차왕수(上)와 황산모봉 창시자 사정안(谢正安)의 상(右).

산비탈에 일구어진 황산 지역 차밭과 황산모봉 완성품

비교적 기계화와 자동화도 빨리 실현하여 현재는 많은 양을 생산하여 국내 소비 및 해외로의 수출도 활발히 하고 있다. 물론 농약 관리 등 다원에서부터 공장의 생산 환경까지 전반적인 품질 관리에도 많은 힘을 쏟고 있다.

황산 주변에는 천혜의 자연환경으로 유명한 차가 많다. 이현석묵차黟县石墨茶는 황산시의 이현이라는 지명의 석묵령이라는 고개에서 생산되는데, 오랜 역사를 가진 명차이다. 차의 색깔이 검은 색을 띠어 먹 묵墨이라는 한자를 쓴다고 설명하기도 한다.

전 자동화 연속 공정으로 황산모봉을 생산한다. 덖음 방식의 살청 설비도 회전식 원통형으로 되어 있어 자동화 및 연속 생산이 가능하다.

이현석묵차의 건엽과 우린 후 엽저. 감칠맛과 단맛, 그리고 차탕의 두터움이 상당히 좋다.

육안과편

육안과편六安瓜片은 일반 녹차와는 다르게 싹을 포함하지 않은 잎으로만 만든다. 싹이 없음에도 그 감칠맛과 깔끔한 단맛은 필자가 가장 좋아하는 녹차로 손꼽을 수밖에 없게 만들었다. 차에 관한 한 중국인들의 창의성에 감탄을 보낸다.

육안과편은 안휘성 육안시六安市 금채현金寨县 인근에서 생산된다. 거대한 댐을 만들면서 수몰된 지역이 많아, 산봉우리 위의 차밭이었던 곳이 호수 안의 섬 차밭이 된 곳도 많다. 산도 깊어 계곡에는 안개가 자욱해 차밭 환경으로서는 더할 나위 없이 좋다.

육안과편은 찻잎 하나를 따는 것을 채엽 기준으로 한다. 싹은 따지 않고 자라나게 두었다가 잎이 되면 수확한다. 그래서 최적의 수확 시기도 비교적 늦은 곡우谷雨(4월 20일경) 전후이다.

수몰 지역의 섬으로 된 차밭(上)과 홍석곡(红石谷)이라는 계곡의 안개 낀 차밭

육안과편 채엽 기준과 채엽 후 싹 부분이 그대로 남아 있는 차나무 가지

육안과편은 얘깃거리가 참 많은데 살청 방법의 독특함도 빼놓을 수 없다.

전통적인 방법은 덖음솥에다 다파茶把라 부르는 빗자루를 사용한다. 거실바닥을 깨끗이 쓸어내는 그 빗자루와 똑같다. 뜨거운 것을 피하면서도 해바라기씨(과편, 瓜片) 모양으로 만들기 위해 고안해 낸 것이다. 솥은 한 개가 아니라 최소한 두 개를 동시에 사용하는데, 하나는 온도를 높게 해서 살청을 하기 위함이고, 다른 하나는 온도를 낮추면서 계속적인 모양 만들기 및 건조를 해나가기 위함이다.

육안과편이 인기를 끌면서 효율 측면에서 개선할 필요가 생겼다. 차 제조 현장에서 널리 쓰이는 이조기理条机를 도입해서 해결한다. 하지만 여기서도 창의성은 발휘된다. 길고 가느다란 쇠막대기를 이조기의 칸마다 넣어줌으로써, 최종 찻잎이 도르르 말린 형태의 해바라기씨 모양이 되게 한다.

육안과편의 전통적인 살청 방법에 쓰이는 솥과 다파로 하는 살청 (六安市石婆店镇泉水村茶厂 촬영)

현대적인 살청은 이조기를 쓰되 각각의 칸마다 긴 쇠막대를 넣어 모양을 만들어 준다.

육안과편의 흥미진진한 공정 이야기는 또 있다.

마지막 공정을 랍노화(라 라오후오, 拉老火)라 하는데, 최종 건조와 함께 향기를 올리는[提香] 목적으로 진행된다. 숯불을 피워 놓고 대바구니 위에 차를 올리고 숯불의 열을 쬐었다 그쳤다를 30분 내지 1시간 동안 반복한다. 그 중간에는 작은 부스러기가 제거되도록 대바구니를 쳐주는 동작도 한다. 이 공정에도 창의성을 발휘하여 레일을 만들어 대바구니 2개를 번갈아 밀었다 당겼다를 반복하면서 생산성을 향상시킨다.

육안과편 만들기의 전통적인 방법과 현대적인 공정의 결과물은 어떨까?

맛과 향은 랍노화 공정 중에 온도와 시간의 조절로 차이가 비교적 적게 만들 수 있지만 외관에서는 차이가 크다. 전통적인 방법으로 만든 것은 모양이 덜 일정하고 넓적한데 반해, 현대적인 방식으로 만들면 침상형에 가깝고 균일하게 생겼다. 생산성에서의 차이가 가격에 반영이 되니 감안해서 선택을 하면 된다.

육안과편의 마지막 공정인 랍노화 모습

전통적인 공정(上)과 현대적인 공정(下)으로 만들어진 육안과편의 외형 차이

육안과편 자세히 보기

육안과편이 나오는 금채현金寨县에 몇 번 가보면서 궁금한 점이 있었다. 잎을 따내고 나면 그래도 싹은 아직 남아 있는데, 뭔가 좋은 차를 만들어 낼 수 있지 않을까? 그 지역에서는 일아이엽의 황아 녹차도 만들어 내기에 그게 답이려니 했는데 다른 명차를 만들어 내고 있었다. 금채취미金寨翠眉라 불리는데 1980년대부터 만들기 시작했다 한다. 육안과편도 1905년경부터 만들었으니 그 역사가 그리 오래되지 않은 중국의 명차이지만, 이 차는 아주 최근에 만들기 시작했다.

금채취미는 길쭉한 싹으로 만 만드는데, 맛도 모양만큼이나 시선을 끌 만하다.

태평후괴

태평후괴太平猴魁는 제조 공정이 독특하여 그 특이한 모양새가 눈길을 끄는 녹차이다.

일아이엽으로 큼지막하게 자란 찻잎을 수확하여 위조를 한 후 이조기로 살청을 한다.

채엽한 찻잎의 위조와 이조기를 이용한 살청(이하 태평후괴 공정 사진 5장은 Ashida Yusuke 촬영)

핵심 공정인 모양 만들기를 위해 찻잎 하나하나를 넓은 면의 천 위에 펼친다. 그 위에 다시 천을 덮고 방충망 같이 생긴 틀을 올린 후 롤러로 골고루 압력을 주면서 누른다. 아직은 찻잎이 축축한 상태이기 때문에 부서질 염려는 없다. 이 과정이 모양 만들기이면서 유념의 효과도 있다.

그 상태로 건조를 위한 틀 위에 뒤집어서 찻잎만 그 모양 그대로 위치시킨다.

건조는 숯불의 열을 활용한다. 여러 단을 서랍식으로 겹쳐 놓을 수 있게 되어 있는데, 막 건조를 시작하는 것은 온도가 가장 높은 제일 밑 칸으로 넣는다. 다음 것이 오면 다시 제일 밑으로 넣고 그 이전 것은 그 윗단으로 올리는 식으로 열 강도를 조절한다.

잘 만들어진 태평후괴는 난꽃 향이 난다. 요즘은 기계로 눌러서 만들기도 하는데, 외형을 보면 압력이 너무 세서 종이 같이 얇게 펴진 것을 볼 수 있다.

태평후괴는 최상급 차의 경우 상당히 고가에 거래된다.

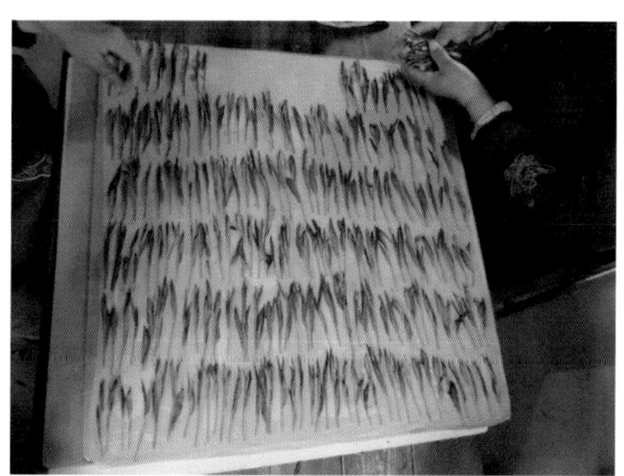

찻잎을 천 위에 펼치고 롤러로 눌러준다.

건조 공정을 진행하는 모습(上). 태평후괴의 완성된 찻잎(下). 오른편은 수공으로 만들었고, 왼편은 기계로 만들었다.

송라차

송라차松萝茶는 휴녕현休宁县 송라산松萝山에서 생산되는데, 황산으로부터 남쪽으로 약 40km 정도 떨어진 곳이다. 여기는 당대唐代부터 차가 유명했고, 명대明代에는 이미 송라차의 제조 공법이 확립되었다. 300년 전부터 유럽으로 수출되기도 했다. 명대 이시진李时珍의 『본초강목本草纲目』에 이 차도 언급이 되어 있다고 한다.

찻잎은 돌돌 말린 형태인데, 우린 차탕에서는 옅은 밤향[板栗香]과 함께 두터운 맛이 느껴진다.

송라차의 말린 형태의 찻잎과 우린 후 엽저

서성소란화와 악서취란

서성소란화舒城小兰花는 안휘성의 서성현舒城县에서 생산되며 명나라 말기에서 청나라 초기에 시작되었다. 일아일엽과 일아이엽을 주로 수확하며, 난꽃 모양, 난초 색상, 난꽃 향의 삼란三兰의 품질 특성을 가진다고 묘사한다.

매년 회사 동료가 선물해주는 소란화는 황산모봉과 유사하게 꽤 강한 풀향이 있어 개인적으로는 그리 선호하지 않았다. 그런데 최근 구한 제품은 포장을 개봉하면서부터 약간의 고소한 향이 느껴지고 차탕에서도 풀향은 느껴지지 않았다. 향기가 은은하게 나지만 꼭 '난향이다'라고 주장하기는 쉽지 않다. 깔끔한 단맛에 두터운 차탕이 인상적이다.

서성소란화의 비교적 품질이 높은 제품의 건엽 및 우린 후 엽저

서성현에서 130km 정도 남서쪽으로 내려오면 악서현岳西县이 있는데, 여기에서는 악서취란岳西翠兰이라는 녹차가 생산된다. 일아이엽을 채엽 표준으로 하는데 전체적인 느낌은 서성소란화와 크게 다르지 않다.
홍청녹차의 특징인 약간의 풀향이 느껴지며 차탕은 달고 은은한 향이 느껴진다. 지리적 표시제로 이름을 보호받지만 이름이 높지 않아서인지 가격은 저렴하다. 일상적으로 음용하기 위한 차로는 손색이 없다.

악서취란의 건엽과 차탕

용계화청과 금산시우차

용계화청涌溪火青이라는 주차珠茶 형태의 녹차도 유명하다. 명말청초明末清初에 생산되기 시작했으며 절강성의 평수주차(平水珠茶)의 제조법을 참고하여 만들어진 것이다. 경현泾县의 용계산涌溪山 인근에서 생산된다.

용계화청은 과립(颗粒) 형태로 생겼다. 우린 후 엽저를 보면 말렸다가 펴진 흔적이 남아 있다.

이런 과립 형태로 만들기 위해서는 특별한 공정이 필요하다. 배로과掰老锅라는 생소한 이름의 솥을 쓰는데, 윗부분이 잘린 공모양의 솥에 차를 넣고 둥근 표면에 계속해서 문질러 찻잎이 말리도록 한다. 모양 만들기와 최종 건조를 겸해서 5~6시간이 걸리는 힘든 공정이다.
최근에는 곡호기曲毫机라는 기계를 쓰기도 한다.
용계화청의 경현에서 남쪽으로 100km 내려오면 적계현绩溪县이라는 곳이 나오고 거기의 금산金山 부근에는 금산시우차金山时雨茶라는 또 다른 명차가 생산된다. 현재는 두 가지 형태로 생산하는데, 하나는 주차 형태로 발계형发髻形이라 하고 용계화청과 생산공정은 비슷하다. 다른 하나는 난화형兰花形으로 모양은 굽어져 있지 않다. 일아일엽이나 일아이엽을 채엽 표준으로 하는데, 대체로 용계화청보다 백호가 많고 차엽 크기도 작은 편이다.

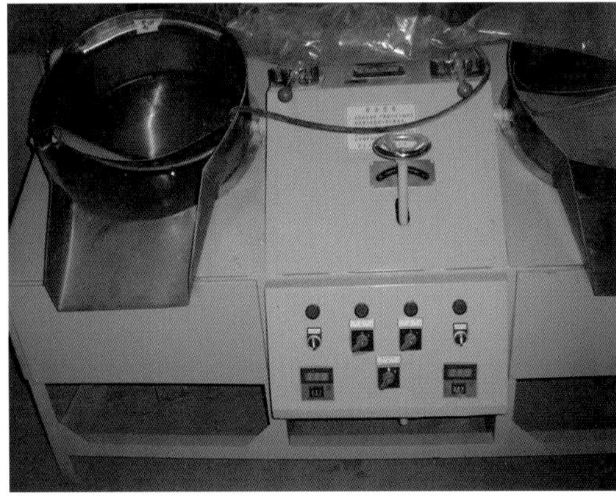

용계화청의 배로과 공정. 수공 방법(上, 사진 제공 耿虎老师)과 기계 설비(下)

금산시우차의 발계형 차엽과 우린 후 엽저 차탕에서는 상쾌한 단맛이 느껴졌다.

노죽대방

노죽대방老竹大方이라는, 용정차와 비슷하게 편평한 모양을 가진 차도 있다. 명대에 만들어지고 청대에는 이미 공차로 선정되기도 했다. 안휘성 황산시黃山市 서현歙县 청량봉清凉峰 부근에서 나온다. 건엽을 자세히 보면 군데군데 고온에 노출되어 부풀어 오른 흔적이 보인다. 밥 만드는 솥에다 살청을 하느라 온도를 잘 조절하지 못해서 생긴 현상인데 이 차의 한 가지 특성으로 여겨지고 있다. 잘못 만든 것을 하나의 특징으로 승화시키고, 또 그것을 받아들여주는 시장과 소비자의 개방성에 놀란다. 하지만 최근에는 기계화가 되면서 이렇게 부분적으로 고온으로 부풀어 오른 차들은 사라지고 있다고 한다.

건엽에서부터 약간 고소한 향이 나고, 차탕에서는 구수한 콩 볶은 향과 밤향 느낌이 난다. 차탕도 다른 녹차들보다는 색상이 짙다.

노죽대방 중에 품질이 높은 것을 정곡대방차顶谷大方茶라 하고, 품질이 낮은 것은 보통대방차普通大方茶라 부른다.

노죽대방의 건엽의 모습
확대해 보면 고온에 노출되어 부풀어 올라 있는 것이 보인다.

노죽대방 우린 엽저와 차탕

기문홍차

이상에서 많고 많은 안휘성의 녹차들 중 몇 가지를 살펴보았다. 이제 다른 차류를 보도록 하자.

기문홍차祁门红茶는 인도의 다즐링(Darjeeling) 홍차, 스리랑카의 우바(Uva) 홍차와 함께 향기가 높은 세계 3대 홍차로 거론된다. 줄여서 기홍祁红이라고도 부르며 그 향기를 기문향祁门香이라 칭한다.

기문홍차가 생산되는 지역은 황산시黄山市에서 1시간가량 떨어져 있는 기문현祁门县이다.

전통적인 기문홍차는 홍차까지 발효시킨 후 꼭 절단하고 체별하는 공정을 거친다.

그래서 우린 후 엽저를 보면 등급이 높아도 그리 아름답지는 않다.

기문현 들어가는 입구에 등소평이 얘기한 "너희 기문홍차, 세계적으로 유명하지!"가 적혀 있다. 수확을 기다리는 찻잎에서 향이 느껴지는 듯하다.

기문홍차의 위조와 유념 공정 대량 생산에 적합하도록 유념기가 엄청 크다(祁门正阳茶厂에서 촬영)

기문홍차 발효가 완료된 후의 차엽과 최종 건조를 하고 있는 모습

전통적인 등급 구분은 예차礼茶, 특명特茗, 특급特级, 1급一级 ~ 7급七级 순이다.

최근에는 모양의 중요성에 대한 소비자의 요구도 만족시키고 새로운 맛과 향이 나오도록 공정을 바꾼 홍향라红香螺라는 홍차 등급도 인기를 끌고 있다. 싹만을 따서 발효까지 마친 후 최종 건조 전에 손바닥으로 비비면서 나선형 모양을 만들어 주는데 이는 동정벽라춘洞庭碧螺春에서 따온 공정이다. 절단하지 않고 온전한 싹이 그대로 있어 아름다운 모양을 즐길 수 있다. 마셔보면 꿀향이 은은하게 느껴져 이른 아침 고요한 시간에 마시면 아주 매력적인 차이다.

기문홍차 특급의 건조 차엽과 우린 후 엽저 모습

기문홍차 홍향라의 최종 건조 전에 모양을 만들어 주는 공정과 완성품

곽산황아와 황괴

통계상에서는 황차로 분류되지만 실제로는 녹차화 되어 버린 곽산황아霍山黄芽도 안휘성과 주변 지역에서는 상당히 인기다. 원래 곽산황아는 민황 정도가 가장 높은 황차로 알려져 있지만, 만들기도 어렵고 시장성도 적어 최근에는 민황을 아주 약하게 하거나 하지 않는 추세이다.

역사적으로 유명한 황차인 곽산황아를 뒤로 하고, 최근에는 다른 형태로 황차를 살리려는 노력을 한다. 차학과茶学科로 유명한 안휘농업대학安徽农业大学에서 산학협동의 형태로 황괴黄魁라는 차를 2008년경부터 만들어 내고 있다. 이는 차나무 품종 이름이자 차의 이름인데, 찻잎 자체가 상당히 노란색을 띤다. 황차라 맛 특성이 강하진 않지만 감칠맛과 단맛은 가히 새로운 명차라 할 만하다.

곽산황아 완성품 약하게나마 민황 공정을 거쳤다.

황색이 강한 황괴의 생엽 (사진 출처: 安徽黄魁茶业有限公司)**과 우린 후 엽저** 스토리도 있고 맛도 좋지만 가격이 상당히 높다.

안휘성의 종류별 차 생산량 현황

차 종류별 생산을 보면 녹차가 대부분을 차지한다. 홍차도 7% 이상으로 생산량이 적지 않다. 3% 조금 넘는 황차의 생산량 중 일부는 녹차로 보는 것이 더 합당할 수 있다.

■ 안휘성의 차 종류별 생산량 비교(2017년)

차 종류	녹차 绿茶	홍차 红茶	청차 青茶	흑차 및 기타차 黑茶及其他茶	백차 白茶	황차 黄茶	2017년 총생산량 (톤)
생산량 (톤)	120,040	9,570	330	210	0	4,150	134,300
구성비율 (%)	89.38	7.13	0.25	0.16	0	3.09	100

5. 강서성의 명차들

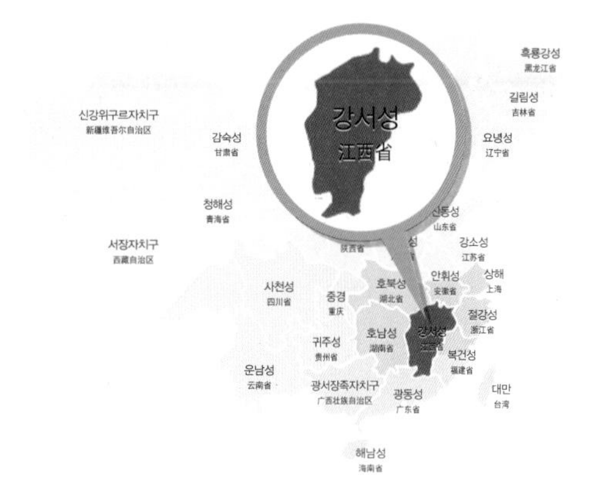

차 분류	명차 이름	
	한글	중문
녹차	여산운무	庐山云雾
	수천구고뇌차	遂川狗牯脑茶
	무원녹차	婺源绿茶
	무원명미	婺源茗眉
	대장산운무차	大鄣山云雾茶
	정안백차	靖安白茶
	자계백차	资溪白茶
	쌍정록	双井绿
	상요백미	上饶白眉
녹차·홍차	부량차	浮梁茶
녹차	삼청산백차	三清山白茶
	황강산옥록	黄岗山玉绿
	여천백차	黎川白茶
	마고차	麻姑茶
	정강취록	井冈翠绿
	정강벽옥	井冈碧玉
	문공은호	文公银毫
	영암검봉	灵岩剑峰
	소포암차	小布岩茶
	산곡취록	山谷翠绿

차 분류	명차 이름	
	한글	중문
녹차	천공차	天工茶
	천향운취	天香云翠
	부요선지	浮瑶仙芝
	양도은침	梁渡银针
	신천용취	信川龙翠
	고적취봉차	古迹翠峰茶
	통천암차	通天岩茶
	주타철차	周打铁茶
	서주황벽차	瑞州黄檗茶
	용무차	龙舞茶
	신강우융차	新江羽绒茶
	구룡차	九龙茶
	와갱차	窝坑茶
	운림차	云林茶
	영수찬림차	永修攒林茶
	대고백호	大沽白毫
홍차	영홍공부	宁红工夫
	연산하홍차	铅山河红茶
	동고녕홍차	铜鼓宁红茶
	수수녕홍차	修水宁红茶

녹색으로 표시된 명차들의 이름은 모두 국가 또는 지방정부의 지리적 표시제 보호를 받고 있다.

여산운무

강서성의 차 중에는 여산운무庐山云雾라는 오랜 역사를 가진 녹차가 유명하다. 구강시九江市의 여산庐山이라는 명산에서 생산되는데 주요 산지는 해발이 800m 이상으로 일년 중 안개가 195일 이상 끼는 곳에서 만들어져 얻은 이름이다. 국가에서 지리적 표시제에 의해 이름을 보호해 주고 있다.

여산에는 강왕곡康王谷 곡렴천谷帘泉이 있는데, 당나라 때 육우陆羽가 이곳 물로 차를 우리고 나서 『다경茶经』에 '천하제일天下第一'이라고 기술한 곳이다. 높은 산의 산수이니 경도는 상당히 낮을 것이고, 물 맛은 달달하게 느껴질 것이다.

여산운무 자세히 보기

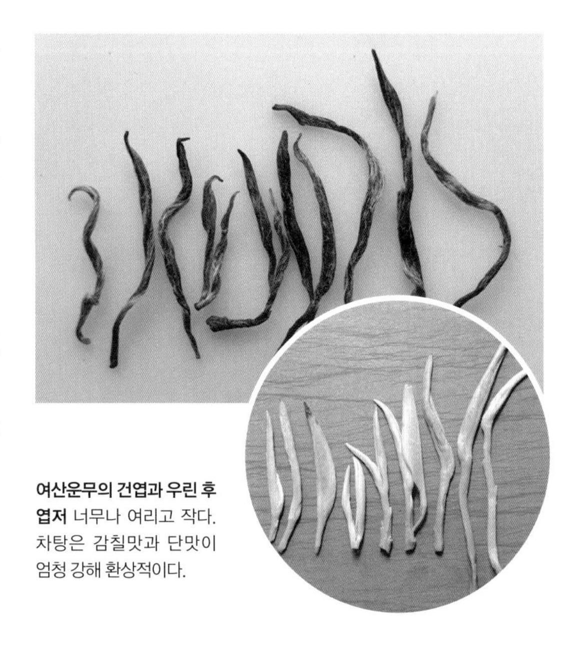

여산운무의 건엽과 우린 후 엽저 너무나 여리고 작다. 차탕은 감칠맛과 단맛이 엄청 강해 환상적이다.

강서성의 기타 명차들

국가의 지리표시제도에 의해 이름을 보호받는 차가 하나 더 있는데, 이름이 특이한 '수천구고뇌차遂川狗牯脑茶'라는 녹차이다. 수천현遂川县의 구고뇌산狗牯脑山이라는 곳이 생산지인데, 산의 모양이 개의 머리를 닮아 붙여진 이름이다.

구고뇌차의 찻잎과 우린 후 엽저

무원婺源이라는 지방은 중국에서도 손꼽히는 아름다운 고장이어서 여행을 많이 가는 곳이다. 무원에서의 차 생산 기록은 육우陆羽의 『다경茶经』에도 나오듯이 오랜 역사를 자랑하고 명대明代부터 공차贡茶로 선택되기도 하였다. 무원녹차婺源绿茶로 통칭되며 그 중 품질이 높은 것을 무원명미婺源茗眉라 하고, 또 대장산운무차大鄣山云雾茶도 높은 품질을 자랑한다.

대장산운무차의 아름다운 차엽과 우린 후 엽저 고산차(高山茶) 특유의 감칠맛과 단맛이 건엽에서부터 차탕까지 강하게 느껴진다.

강서성의 종류별 차 생산량 현황

차 종류별 생산량을 보면 녹차가 단연코 앞서고, 특이하게도 홍차 생산량이 생각보다 높고, 이름은 보이지 않는 청차도 생산이 된다. 청차는 자료를 뒤져봐도 참고할 만한 것이 없는 것으로 보아 산업적으로 대량생산되는 차들로 추측된다.

■ 강서성의 차 종류별 생산량 비교(2017년)

차 종류	녹차 绿茶	홍차 红茶	청차 青茶	흑차 및 기타차 黑茶及其他茶	백차 白茶	황차 黄茶	2017년 총생산량 (톤)
생산량 (톤)	50,091	12,188	1,586	0	0	6	63,871
구성비율 (%)	78.43	19.08	2.48	0	0	0.01	100

6. 강소성의 명차들

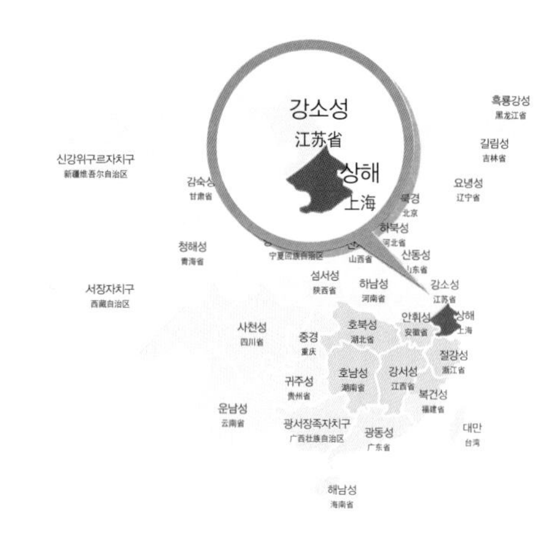

차 분류	명차 이름	
	한글	중문
녹차	동정벽라춘	洞庭碧螺春
	우화차	雨花茶
	양선설아	阳羡雪芽
	무석호차	无锡毫茶
	금단작설	金坛雀舌
	금산취아	金山翠芽
	천목호백차	天目湖白茶
	의정녹양춘차	仪征绿杨春茶
	모산장청	茅山长青
	태호취죽	太湖翠竹
	태호백운	太湖白云
	남산수미	南山寿眉

차 분류	명차 이름	
	한글	중문
녹차	모산청봉	茅山青锋
	형계운편	荆溪云片
	화과산운무차	花果山云雾茶
	천지명호	天池茗毫
	사하계명	沙河桂茗
	이천은호	二泉银毫
	전봉설련	前峰雪莲
	취라차	翠螺茶
	매룡차	梅龙茶
홍차	의흥홍차	宜兴红茶
	죽해금명	竹海金茗

녹색으로 표시된 명차들의 이름은 모두 국가 또는 지방정부의 지리적 표시제 보호를 받고 있다.

강소성 북부는 강북 차구에 해당하지만 분류의 편의상 강남 차구에서 함께 살펴보기로 한다.

동정벽라춘

상해에서 가까운 곳에 위치한 강소성에는 태호太湖라는 거대한 호수가 있다. 이 천혜의 자연환경을 바탕으로 중국의 10대 명차로 항상 선정되는 동정벽라춘洞庭碧螺春이라는 녹차가 생산된다.

완전히 섬이라 다리로 연결되어 있는 서산西山과 육지의 일부인 동산东山으로 생산지가 나뉜다. 이 차는 녹차 중에서 특히 향이 좋아서 혁살인향吓煞人香이라는 다소 섬뜩한 이름으로 불렸는데, 청나라 강희황제康熙皇帝가 벽라춘이라는 이름을 하사했다 한다. 차나무들이 유채꽃이나 과실나무들과 어우러져 심어져 있는 경우가 많은데, 이 차에서 꽃향과 과일맛이 나는 이유가 그 때문이라는 말도 안 되는 소리를 믿는 사람들이 많다.

대부분의 녹차들과 다르게 벽라춘은 수확 후 별도로 생엽 상태에서 골라내기를 한다. 좀 더 완벽한 차를 만들어 내려고 하는 노력이 돋보인다.

동정산(洞庭山) 동산과 서산의 재배 환경 꽃이나 과실나무와 같이 심어져 있는 건 사실이다.

벽라춘 생엽 수확 후 골라내기 아래 사진의 왼편만 합격품이다.

벽라춘은 덖음 녹차이다. 필자가 관찰한 많은 차들의 제조 공정 중에서 완성까지 가장 짧은 시간이 걸리는 차가 바로 벽라춘이다. 위조를 안 하기도 하고 하더라도 짧게 한 다음에, 솥으로 가져가서 살청과 모양 만들기와 건조를 한 번에 끝낸다. 어떤 차농은 25분이 걸리고, 어떤 차농은 32분이 걸리는데 길어도 40분을 넘기지 않는다. 관광객이 오면 즉석에서 만들어줄 테니 구매해서 가져가라고 한다. 소비자의 눈 앞에서 직접 만들어 완성을 시키니 믿음이 더 가게 느껴지고 지갑은 스르르 열리는 경험을 하게 된다.

벽라춘이라는 명차가 어떻게 만들어지는지 시간에 따라서 그 변화 과정을 보자.
미리 달군 솥에 생엽을 넣고 살청을 시작한다. 처음에는 뜨거워 장갑을 끼고 덖어야 한다. 빠지직 빠지직 하는 소리가 아름답다.

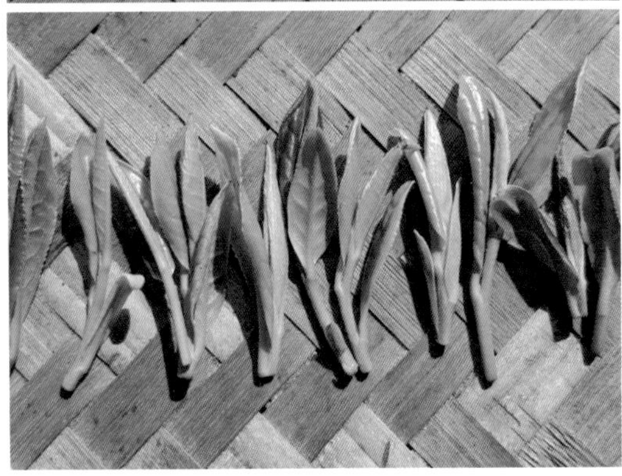
벽라춘을 만들기 위해 준비된 아름다운 싹과 잎

위쪽 사진은 살청 시작 후 3분 경과, 아래쪽 사진은 9분 경과했을 때

솥의 온도를 서서히 낮추면서 모양 만들기와 건조를 동시에 진행한다. 벽라춘 차 모양의 특징은 꼬여 있는 나선형이라는 점과 털이 많이 보인다는 것이다.

솥의 표면으로 문지르는 중간 중간에 양손바닥으로 비비면서 찻잎이 말린 형태가 되도록 해준다. 시간이 지나면 녹색 느낌은 사라지고 서서히 하얀색으로 바뀌기 시작한다. 건조가 어느 정도 되면 갑자기 차엽 전체가 하얗게 변하는 마술 같은 현상이 펼쳐진다.

이 차를 즐길 때에는 한 가지 주의할 점이 있다. 털이 엄청 많아 물을 콸콸 따른다면 쉽게 떨어져 나온다. 이래서는 목이 컬컬해서 마시기가 힘들다. 그래서 상투법上投法(컵에 물을 먼저 따르고 차를 조심스럽게 위에 올린다)으로 시작하고, 추가로 물을 부을 때에도 컵이나 개완의 벽면으로 조심스럽게 해야 한다.

위쪽 사진은 시작 후 20분 경과, 아래쪽 사진은 30분 경과했을 때

시작 후 32분만에 완성되었다. 개완에 우려 마셔본다. 왼쪽 개완에 담긴 차는 싹으로만 되어 있어 외관상으로는 최상이지만, 맛을 중시한다면 오른쪽 개완에 있는 차와 같이 성숙한 잎이 있는 편이 좋다.

동정벽라춘 자세히 보기

의흥홍차

태호라는 호수는 제일 긴 직경이 68km나 되는데, 벽라춘이 나오는 소주시苏州市의 반대쪽 즉 서쪽 맞은 편이 바로 자사호紫砂壶로 유명한 의흥시宜兴市이다.
의흥에는 자사호만 유명한 게 아니라 의흥홍차宜兴红茶도 유명하다. 의흥의 옛 이름을 따서 양선홍차阳羡红茶라 불리기도 한다. 또 어느 회사에서 상표로 등록한 죽해금명竹海金茗이라는 차도 의흥홍차의 범주에 들어간다.
자사호를 사러 의흥에 가면 어디에 가든지 권하는 차는 모두 그 지방에서 나는 홍차이다. 비교적 낮은 등급을 주로 마시지만, 예술가가 직접 만든 자사호에 우려 마시는 홍차는 색다른 감흥을 준다.

의흥 지방의 잘 관리된 차밭(上). 수확된 잎이 위조 공정을 거치고 있다(下).

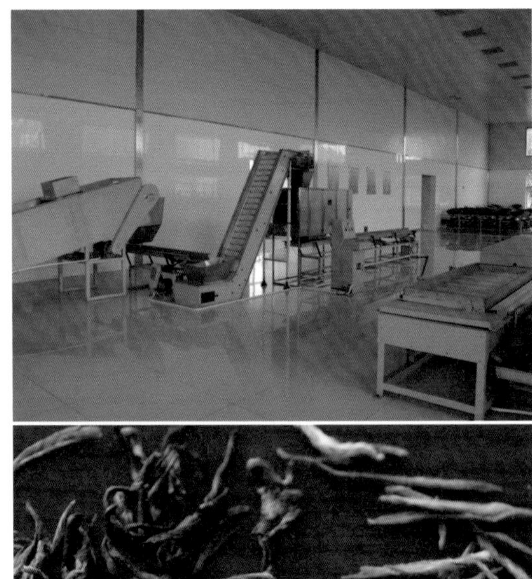

현대화되고 위생적인 설비를 갖춘 공장이 많다. 아래쪽 사진의 왼편이 의흥홍차인데 녹차와 대비시켜 보았다.

양선설아

홍차보다 많이 보이지는 않지만 양선설아阳羡雪芽라는 녹차도 의흥에서는 빼놓을 수 없다. 양선阳羡은 의흥의 옛이름인데, 이 지역의 차는 당대唐代에 벌써 공차로 이름을 날렸다. 여린 찻잎에 백호가 수북이 보인다. 보기에는 좋은데 차탕은 생각보다 두텁지 않아 특징이 덜한 편이다.

양선설아의 아름다운 찻잎과 유리잔에 우리는 모습

우화차

남경시南京市 지역에서 생산되는 우화차雨花茶라는 명차도 있다. 대부분의 명차와는 다르게 이 차는 아주 최근인 1959년부터 만들어지기 시작했다. 전통을 내세울 수 없으니 거꾸로 '최초로 공정을 100% 기계화시킨 차'라고 자랑한다. 기계화가 되었다는 사실을 자랑할 수 있는 그런 개방성이 부럽다.

남경시는 위도상으로는 제주도보다 아래이지만 상해로부터는 북쪽으로 100km 이상 올라가 있다. 서리 피해의 위험이 있는지 중국에서 잘 보기 힘든 방상防霜 팬(fan)이 차밭에 설치되어 있다. 참고로 서리란 상층부 공기와 하층부 공기가 섞이지 않을 때, 차가운 공기는 무거우므로 지면 가까이 내려와 작물에 저온으로 인한 피해를 끼치는 현상이다. 이 방상 팬의 역할은 아래위 공기를 섞어주어 온도차를 없애주는 것이다.

방상 팬이 설치되어 있는 차밭과 우화차의 채엽 표준인 일아일엽

제조 공정은 녹차의 경우 기본적으로 비슷하지만, 조금씩 다른 향과 맛, 그리고 다른 모양을 만들어 내기 위해 차별화되는 점들이 있다.

채엽된 생엽은 위조 과정을 거친 후 살청에 들어간다. 회전하는 원통형 살청기[곤통살청기(滚筒杀青机)라 한다]에서 이동하면서 연속적으로 살청이 이루어진다. 그 이후 팬으로 바람을 불면서 급격하게 냉각을 시킨다.

냉각 후에는 풍력 선별기를 활용하여 이물질이나 부서진 찻잎을 분리해 낸다.

우화차의 살청과 냉각. 살청기에서 나온 찻잎은 땅 밑으로 들어갔다가 팬 앞의 바닥에 있는 구멍으로 나온다. 나오자마자 강력한 팬의 바람에 식으면서 반대편 벽에 부딪힌다.

풍력 선별기 모습과 선별기 통과 후 결과(아래 사진의 왼편은 쓸모 없는 차엽이다)

유념을 거치면 차들이 뭉쳐 일부는 공 모양이 되는데 이를 티볼(Tea ball)이라 한다. 풀어 헤치는 공정이 필요한데, 이 또한 손으로 하지 않고 해괴기解块机라는 간단한 기계를 이용한다.
이제 건조하면서 모양을 만들어야 한다. 최종적으로 만들고자 하는 모양은 침상으로 쫙 펴져야 한다. 이 때 필요한 것이 일본 녹차 공정에서 쓰이는 정유기精揉机이다. 이 설비는 은시옥로의 정형상광整形上光 공정에서 쓰는 것과 같다.

유념 공정과 Tea ball

정유기(精揉机). 모양을 만들어 주면서 건조가 이루어진다.

우화차의 완성된 모습과
우린 상태

강소성의 종류별 차 생산량 현황

차 종류별 생산 비율은 아주 간단하다. 녹차가 대부분이고, 나머지를 홍차가 차지한다.

■ 강소성의 차 종류별 생산량 비교(2017년)

차 종류	녹차 绿茶	홍차 红茶	청차 青茶	흑차 및 기타차 黑茶及其他茶	백차 白茶	황차 黄茶	2017년 총생산량 (톤)
생산량 (톤)	11,102	3,121	0	75	0	0.02	14,298
구성비율 (%)	77.65	21.83	0	0.52	0	0.00014	100

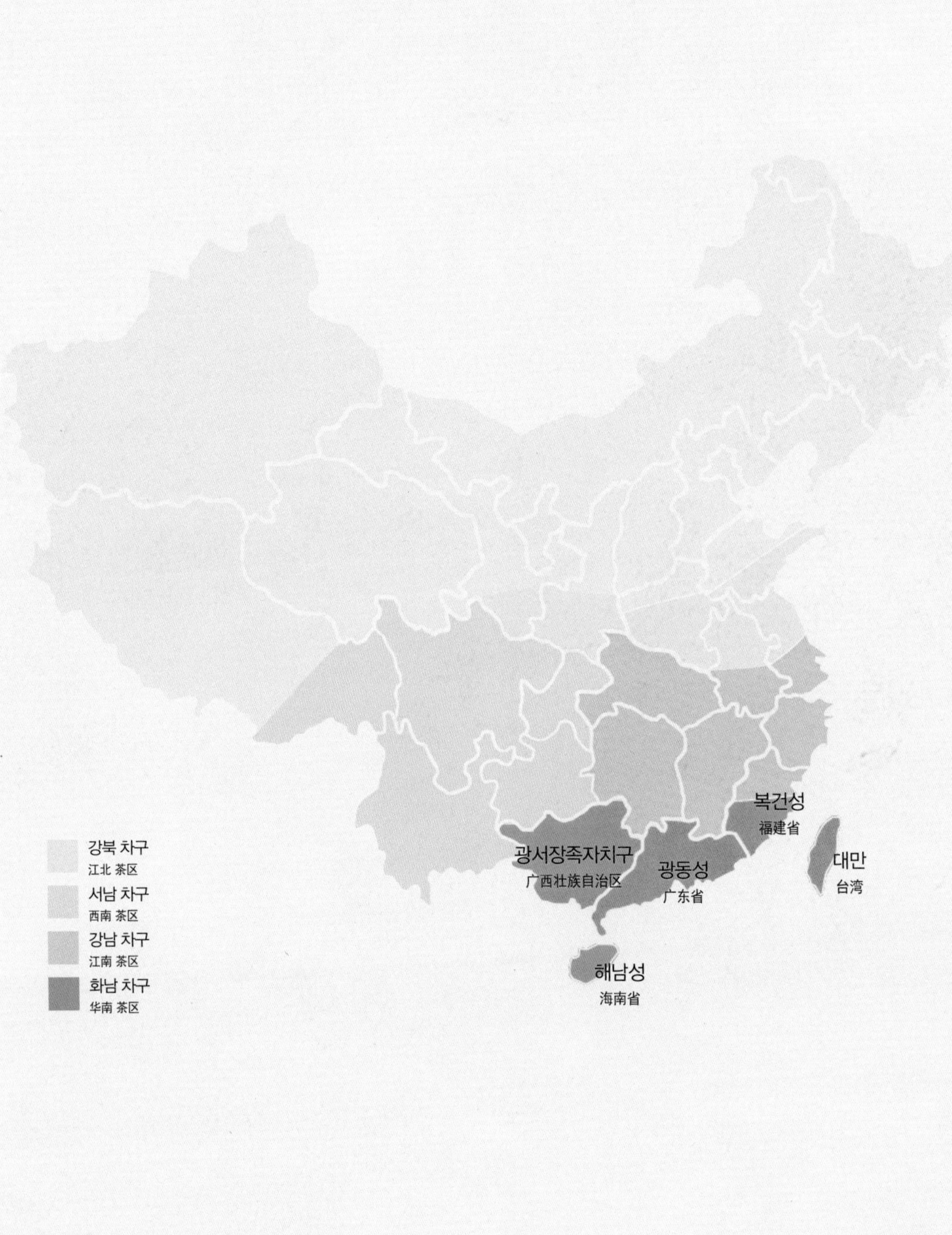
강북 차구
江北 茶区
서남 차구
西南 茶区
강남 차구
江南 茶区
화남 차구
华南 茶区
광서장족자치구
广西壮族自治区
광동성
广东省
복건성
福建省
대만
台湾
해남성
海南省

제 4 장

화남차구의 명차들

1. 복건성의 명차들

차 분류	명차 이름	
	한글	중문
청차	복건우롱차	福建乌龙茶
	무이암차	武夷岩茶
	대홍포	大红袍
	육계	肉桂
	수선	水仙
	반천요	半天腰(半天妖)
	백계관	白鸡冠
	수금귀	水金龟
	철라한	铁罗汉
	평화백아기란	平和白芽奇兰
	안계철관음	安溪铁观音
	안계황금계	安溪黄金桂
	본산	本山
	모해	毛蟹
	안계색종	安溪色种
	영춘불수	永春佛手
	장평수선차	漳平水仙茶
	대전고산차	大田高山茶
	북원공차	北苑贡茶
	영복고산차	永福高山茶
	백모후	白毛猴
	팔각정용수차	八角亭龙须茶
	조안팔선차	诏安八仙茶
백차	정화백차	政和白茶
	복정백차	福鼎白茶

차 분류	명차 이름	
	한글	중문
백차	백호은침	白毫银针
	백모단	白牡丹
	공미	贡眉
	수미	寿眉
홍차	무이홍차	武夷红茶
	정산소종	正山小种
	금준미	金骏眉
	은준미	银骏眉
	탄양공부	坦洋工夫
	정화공부	政和工夫
	백림공부	白琳工夫
홍차·녹차	수녕고산차	寿宁高山茶
녹차	소무쇄동차	邵武碎铜茶
	칠경차	七境茶
	영태녹차	永泰绿茶
	공갱차	孔坑茶
	용암사배차	龙岩斜背茶
	석정록	石亭绿
	천산녹차	天山绿茶
	칠경당녹차	七境堂绿茶
	갈홍부자차	葛洪富锌茶
	첨봉은호	尖峰银毫
	태모취아	太姥翠芽
화차	복주말리화차	福州茉莉花茶
	계화오룡	桂花乌龙

녹색으로 표시된 명차들의 이름은 모두 국가 또는 지방정부의 지리적 표시제 보호를 받고 있다.

복건성 북부는 강남차구에 해당하지만 분류의 편의상 화남차구에서 같이 살펴보기로 한다.

복건성에서는 차의 종류 면에서나 생산량 측면에서나 단연코 청차(우롱차)가 앞선다.

무이암차

먼저 무이암차武夷岩茶를 살펴보자.

무이암차가 생산되는 무이산武夷山은 풍경만 놓고 보더라도 빼어난 관광지이다.

무이암차는 한 가지 차를 말하는 게 아니라 많은 차들의 집합체이다. 이에는 우리가 익히 알고 있는 대홍포 외에도 상당히 많은 종류가 있다. 각 품종의 나무가 다른 맛과 향을 내니, 품종 이름이 곧 차 이름이 된다.

그럼 품종이 몇 개나 될까?

무이산 풍경구 내의 구룡과九龙窠의 구룡명총원九龙茗从园에는 27개의 이름이 보인다. 이게 다일까? 아니다!

무이산시의 어느 차회사의 전시실에 방문하니 거기에 적힌 품종 개수는 261개에 달한다. 그럼 이게 다일까? 아직도 아니다!

복건성농과원차엽연구소福建省农科院茶叶研究所 소장을 지낸 진영빙陈荣冰 교수라는 분의 강연 내용과 책에서 찾은 자료를 종합하면 무이암차에는 무려 831개의 품종이 있다고 한다.

무이산의 대표적인 관광지인 천유봉(天游峰)과 무이구곡(武夷九曲)에서 뗏목을 타면서 만나게 되는 옥녀봉(玉女峰)

무이산 풍경구 구룡명총원에 가면 여러 다른 품종의 차나무가 같이 있어 비교를 해볼 수 있다. 어느 회사에서는 조경으로 차나무의 여러 품종을 같이 심어 놓았다.

大红袍

무이암차의 대표격인 대홍포(大紅袍) **여섯그루 모차수** 3개의 다른 품종으로 되어 있는데, 현재 확정된 것은 왼쪽에서 번호 매겨 2번과 6번으로 기단(奇丹)뿐이다.

그 중 무이암차를 넓고 깊게 공부하다 보면 만날 수 있는
품종의 이름을 다시 한번 정리해보자(가나다 순).

과산룡过山龙 | 과자금瓜子金 | 관공미关公眉 | 광기广奇 | 구룡기九龙奇 | 구룡란九龙兰 | 구룡주九龙珠 | 금관음金观音 | 금계모金鸡母 | 금라한金罗汉 | 금모단金牡丹 | 금모후金毛猴 | 금봉황金凤凰 | 금쇄시金锁匙 | 금유조金柳条 | 금정향金丁香 | 기단奇丹 | 기란奇兰

노군미老君眉 | 노래홍老来红 | 녹수구绿绣球

대홍매大红梅 | 대홍포大红袍

매점梅占 | 무이금계武夷金桂

반천요半天妖, 半天腰 | 백모단白牡丹 | 백서향白瑞香 | 백세향百岁香 | 벽계관白鸡冠 | 봉황단총凤凰单枞 | 부견천不见天 | 부지춘不知春 | 북두北斗 | 불수佛手(설리雪梨)

산치자山栀子 | 상원홍状元红 | 석유石乳 | 선녀산화仙女散花 | 소심란素心兰 | 소옥계小玉桂 | 소엽류小叶柳 | 소홍포小红袍 | 소홍해小红梅 | 수선水仙 | 수금귀水金龟 | 석중옥石中玉 | 석관음石观音 | 십리향十里香

암유岩乳 | 야래향夜来香 | 연지류胭脂柳 | 영상매岭上梅 | 영아灵芽 | 영하란岭下兰 | 오룡乌龙 | 옥관음玉观音 | 옥기린玉麒麟 | 옥단玉笪 | 옥섬玉蟾 | 옥정유향玉井流香 | 왕모도王母桃 | 왜각우롱矮脚乌龙 | 유란향留兰香 | 육계肉桂 | 월계月桂 | 월중계月中桂 | 응도鹰桃 | 일엽금一叶金

자나란紫罗兰 | 자순紫笋 | 자죽도紫竹桃 | 작설雀舌 | 정류조正柳条 | 정백호正白毫 | 정벽해正碧海 | 정옥란正玉兰 | 정태양正太阳 | 정태음正太阴 | 죽엽청竹叶青

천리향千里香 | 철라한铁罗汉 | 취귀비醉贵妃 | 취귀희醉贵姬 | 취묵醉墨 | 취수선醉水仙 | 취팔선醉八仙 | 취해당醉海棠

향석각香石角 | 향천매向天梅 | 홍계관红鸡冠 | 홍두견红杜鹃 | 홍매괴红玫瑰 | 홍해당红海棠 | 홍해아红孩儿 | 황관음黄观音

총 96종

몇몇 대표적인 품종들을 비교하면서 살펴보자.

대홍포, 철라한, 백계관, 그리고 수금귀 이렇게 4개의 품종을 묶어서 4대 명총名枞이라 부른다. 반천요까지 합치면 5대 명총이라 한다.

그런데 시장에서 정작 많이 보이고 많은 사람들이 즐기는 품종은 따로 있다. 바로 수선과 육계이다.

철라한(上)**과 백계관**(下) 백계관은 이름에 있듯이 찻잎이 상당히 하얘 일반 품종과 극명히 대조된다.

무이암차 중 가장 많이 재배되는 품종 중의 하나인 수선(水仙) **품종** 잎이 튼실하고 큰 편이다. 수령이 오래된 경우 노총수선(老枞水仙)이라 하고 반교목(半乔木) 형태로 키가 크게 자란다.

수금귀(上)와 반천요(右)

육계(肉桂) 품종도 많이 재배된다(上). 불수(佛手) 품종은 설리(雪梨)라고도 부르며 잎이 가장 크다(右).

무이암차는 품종도 다양할뿐더러 산지의 환경에 의한 품질 차이도 상당히 크다. 정암正岩, 반암半岩, 주차洲茶 그리고 외산차外山茶로 나뉜다. 정암 차밭은 암봉 사이사이의 좁은 터에 위치해 바위에서 녹아 나오는 영양분을 충분히 흡수하고 햇볕에 비교적 덜 노출되며, 밀식 재배되지 않아 경쟁이 덜 치열한 이점들을 가지고 있다. 일반적으로 맛과 향이 뛰어나고 내포성耐泡性도 좋아 가격이 가장 비싸다.

우롱차의 제조 공정은 상당히 복잡하고 시간이 오래 걸린다. 아무리 좋은 원료를 사용해도 공정 조건을 잘못 잡으면 좋은 품질의 차를 생산할 수 없다.

무이암차의 대표적인 정암 차밭 환경 두 군데. 왼쪽은 천유봉 바로 아래이고, 오른쪽은 삼갱양간(三坑兩澗) 중의 하나인 유향간(流香澗)에 위치한 차밭이다.

주차 차밭 환경은 하천변이나 바위와는 거리가 먼 일반적인 산등성이라 보면 된다.

무이암차의 복잡한 제조 공정을 간략하게 이해해보자. 현재는 최고급 무이암차가 아니면 거의 기계로 수확한다. 수확은 쉽게 하고 나중에 정제 공정에 힘을 쏟는다. 무이암차를 포함한 대부분의 우롱차는 다 자란 잎을 채엽한다.

채엽 후에는 필수적으로 위조를 해야 한다. 수확철에는 거의 매일 비가 내리므로 실외에서 위조를 하는 경우는 흔치 않다. 비가 온다 하더라도 수확은 해야 하고 공정은 진행해야 한다. 조금만 늦어도 찻잎이 너무 자라 좋은 품질의 무이암차를 만들어 낼 수 없다.

기계 채엽을 하면 완벽하게 수확이 안 되니 손 채엽과 병행해야 한다.

바람직한 채엽 표준(上)과 기계 채엽에 의한 실제 수확물(右).

실외 위조를 할 수 있는 날도 간혹 있다.

비가 올 때 수확을 하면 찻잎이 비에 젖어 있는데 어떻게 많은 수분을 날려보내고 또 위조 효과까지 얻을 수 있을까?

바로 숯불의 열을 바람으로 불어넣어 강제로 수분을 날려보낸다.

수분이 빠르게 휘발되어 연기가 피어나듯이 밖으로 뿜어져 나온다. 처음 이 광경을 봤을 때는 매캐한 연기인 줄 알았다. 위조가 끝나면 잎 표면의 빗물은 모두 증발되었고, 잎 가장자리는 과도한 수분 증발로 약간의 건조가 일어난 상태가 된다. 온도를 낮추어 잎 전체가 수분의 평형이 이루어지도록 해야 한다.

숯불의 열이 모터와 팬에 의해 빨려 들어가고 있는 모습(上)과 종합주청기(综合做青机)에서 열풍 위조를 준비하는 모습(下)

열풍위조를 통해 강제로 증발되는 수분이 마치 연기처럼 보인다(上). 열풍위조를 마친 후의 찻잎 상태(下)

이제 가장 중요한 발효(산화) 공정이 남았다. 우롱차의 발효 공정을 주청做青이라 하는데, 세포를 부수는 요청摇青 공정과 산화가 일어날 시간을 주는 량청晾青 공정으로 나눈다. 일반적으로는 다른 설비와 다른 공간에서 이루어지지만, 무이암차의 경우 위에서 언급한 종합주청기 안에서 모두 이루어진다. 숯불로 주청을 하고 있는 방의 온도를 조절하면서, 종합주청기는 때때로 회전하면서 잎에 상처를 주고(요청 효과), 멈춰 서 있으면서 발효가 일어날(량청 효과) 시간을 준다. 산화(발효)가 잘 일어난 곳은 붉게 색깔이 변해 있을 것이다. 카테킨류가 산화중합반응에 의해 테아플라빈(TF)으로 대부분 변하고, 일부는 테아루비긴(TR)까지 진행했을 것이다.

종합주청기 안에는 총 부피의 80% 정도가 차엽으로 가득 차 있다. 온도를 조절하면서 산화가 잘 일어나도록 조건을 만들어 준다.

주청 공정이 끝난 후 잎의 앞면과 뒷면 산화 정도를 판별하기에는 잎의 뒷면을 관찰하는 것이 더 좋다.

산화(발효)가 잘 완료되었다면 재빨리 살청 공정으로 들어가 더 이상의 변화를 막아야 한다.

살청 후에는 일반적으로 사용하는 회전식의 유념기를 사용하여 유념 공정을 진행한다.

유념 후에는 찻잎이나 부드러운 가지에서 베어나온 차즙茶汁(차 진액)이 표면을 흥건하게 적신다. 건조되고 홍배 공정을 거치고 보관 숙성이 되는 동안 다양한 향과 맛을 내는 데 일조를 할 것이다. 필자는 무이암차의 세차洗茶 과정을 없애거나 간단하게 해야 한다고 주장하는데, 그 이유가 바로 여기에 있다. 애써 맛있는 성분들을 밖으로 나오도록 했는데 대부분 씻어내서 버린다면 너무나 큰 낭비일 것이다. 위생이 걱정된다면 위생이 보장된 차를 구매하는 방식으로 문제를 해결해야 한다.

최종 건조는 일반적인 홍건기로 두 차례에 걸쳐서 진행한다. 이제 모차毛茶는 완성되었지만 아직도 갈 길이 멀다.

무이암차는 정제 공정이 생각보다 중요하다. 가지야 당연히 제거되어야 하고 약간 웃자란 노엽老叶들도 제거되어야 맛이 좋다. 노엽들은 목질부를 우리는 맛과 향을 내고, 입안에 불편한 느낌을 유발한다.

선별 공정은 색차선별기(Color sorter) 등 기계의 도움을 받을 수는 있지만 최고 품질을 위해서는 숙련자의 손과 눈이 필요하다.

살청 공정 직후의 찻잎(上)과 유념 공정 후 표면에 차즙이 흥건한 상태의 찻잎(右)

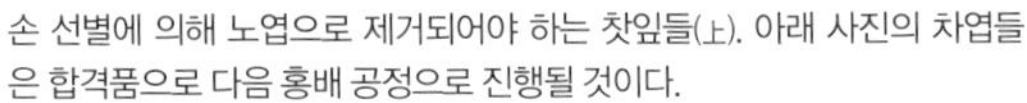

손 선별에 의해 노엽으로 제거되어야 하는 찻잎들(上). 아래 사진의 차엽들은 합격품으로 다음 홍배 공정으로 진행될 것이다.

무이암차 자세히 보기

아직도 엄청나게 중요한 공정이 남았다. 한 단계 한 단계 긴장을 늦출 수 없다.
마지막 공정인 홍배烘焙는 수분 함량을 낮추어 품질 변화를 막아주고, 맛과 향을 정하고, 탕색을 결정짓고 또 건차의 모양까지도 정해주는 등 많은 역할을 한다.
열풍이나 전기열로 할 수도 있지만 제대로 된 품질을 얻으려면 숯으로 하는 홍배[탄배, 炭焙]를 해야 한다.

홍배 정도는 경화轻火, 중화中火, 족화足火, 고화高火 등으로 나뉘는데, 너무 낮지도 너무 높지도 않은 중화中火나 족화足火 정도가 적당하다.
가장 바람직하게는 한 번에 끝내는 것이지만 대개 2번의 홍배를 하고 때로는 3번까지 하기도 한다.
홍배 후에는 불기운을 빼는 퇴화退火 과정을 거친 후 비로소 판매를 시작한다.

무이암차 홍배를 위한 숯불 준비와 탄배 공정

무이암차 육계를 마셔본다. 암운(岩韵), 암골화향(岩骨花香) 등 어려운 얘기를 이해하려고 노력해야 한다. 개완의 향이나 배저향(杯底香)은 반드시 느끼면서 즐겨야 한다.

대홍포 우린 후 엽저(上)와 수선 우린 후 엽저(右) 엽저를 보면 발효 정도나 홍배 정도 등 많은 정보를 유추해 볼 수 있다.

안계철관음

복건성에는 무이암차 외에도 안계철관음安溪铁观音이라는 멋진 우롱차가 있다.
복건성의 안계현安溪县이라는 곳에서 생산된다. 워낙 중국 전역에서 인기 있으니 생산량을 늘리기 위해서 엄청나게 산을 개간하여 차밭을 만들었다. 풍경이 장관이라는 생각이 들면서도 너무 지나치지 않나 걱정도 된다.
철관음을 만드는 품종 중 가장 널리 이용되고 선호되는 것이 바로 홍심红心이다. 이 차나무는 어릴 때 잎에서 붉은 색이 돌아 붙여진 이름이다.

안계현의 철관음 차밭 정경

그 외에 동일한 공정으로 만들지만 수확 시기가 다르고 또 맛과 향도 조금씩 다른 금관음金观音, 본산本山, 황금계黃金桂 등도 있다. 대개의 경우 이 품종 이름으로 판매가 되리라 보지만, 때로는 가격 낮은 철관음으로 판매할 수도 있겠다는 생각도 든다.

무이암차도 마찬가지이지만 대부분의 우롱차는 싹이나 어린 잎을 수확하지 않는다. 다 자란 잎을 수확하므로 따뜻한 남쪽 지방이지만 4월말 가까이 되어야 채엽을 시작한다. 채엽 기준을 이렇게 정한 이유는 다 자란 잎에서 향기성분을 낼 수 있는 전구체(Precursor) 화학물질이 더 많아 좋은 품질의 차를 만들어 낼 수 있기 때문이다.

무이암차와 수확 방법이 다른데, 철관음은 모두 손으로 채엽한다. 하지만 줄기가 이미 억세게 자랐으므로 손으로 직접 하지 않고 작은 낫 같이 생긴 도구를 활용하여 원하는 부위만 정확하게 잘라낸다. 이렇게 함으로써 나중에 선별 공정이 좀 더 쉬워지게 된다.

철관음을 만드는 홍심 품종(上)과 유사한 품종들과의 비교(홍심, 금관음, 황금계, 본산)

안계 철관음 채엽 방법과 채엽 후 차밭 모습 정확하게 필요한 부위만 채엽하므로 수확 후에는 들쭉날쭉한 모습을 보인다.

안계 철관음의 채엽하는 위치와 채엽 기준

제조 공정은 상당히 복잡하고 시간이 오래 걸린다. 반발효차라 하지만 사실은 발효도가 반의 반도 안 된다. 조금씩 세포를 부수면서[요청, 摇青] 천천히 산화반응이 일어나도록[량청, 晾青] 해야 한다. 그래서 사람이 사는 곳은 에어컨이 없을 수 있지만, 량청 하는 공간은 에어컨이 꼭 필요하다.

잘 만든 철관음은 뚜렷하고도 강한 꽃향에 깔끔한 단맛을 가져 상당히 매력적이다. 중국인 뿐만 아니라 한국인, 더 나아가 세계 어느 나라 사람들에게 소개하더라도 크게 환영을 받는 차이다.

철관음의 요청에 사용되는 설비

우롱차는 산화(발효) 속도 조절이 아주 중요하다. 온도가 조절된 공간에서 서서히 반응이 일어난다. 이 공간에 들어가면 공정 중에 생성된 꽃 향에 취할 듯한 느낌이 든다.

산화(발효)를 잘 마치고 살청까지 끝내고도 아직 고된 과정이 남았다. 보관성을 좋게 하고 운반도 용이하게 하기 위해서 모양 만들기와 유념의 목적을 동시에 만족시키는 포유包揉라는 공정을 거쳐야 한다. 포대기에 싸서 기계로 강력한 힘을 가해 공 모양으로 만들었다가 풀어 헤치기를 10~15번 정도 반복한다.

안계 철관음의 포유 공정 두 설비를 번갈아 가면서 활용하여 차엽 하나하나가 단단하게 뭉쳐지게 한다.

철관음의 포유 공정 과정에서 TEA BALL을 만들었디기 풀이 헤치기를 반복한다.

안계철관음 최종 건조 후 차엽의 모습(上)과 줄기 부분을 제거한 후의 완제품(右)

이제 향기로우면서도 달콤한 철관음을 마셔보자. 꽃향을 충분히 즐기기 위해서는 문향배闻香杯라는 길쭉한 잔에 먼저 따른 후, 마시는 데 쓰는 잔으로 옮기고, 마시기 전 문향배에 남아 있는 배저향杯底香을 충분히 즐겨야 한다.

현재 유행하는 철관음은 청향형青香型 즉 발효도가 낮고 꽃향이 강조된 형태이지만, 원래 철관음은 무이암차와 같이 홍배를 상당히 강하게 했었다. 청향형과 구별 짓기 위해 농향형浓香型 또는 전통철관음이라 부른다.

청향형은 신선함이 생명이라 보관도 냉장이나 냉동의 낮은 온도에서 하고 진공으로 포장해서 산화를 최대한 막아야 하지만, 농향형은 보관하면서 두고 먹어도 된다. 단 홍배 정도가 충분히 강해야 한다.

철관음을 생산하는 안계현에 가면 그 지방 사람들은 대부분 농향형 철관음을 마신다. 어릴 때부터 먹어온 친숙한 맛이고 무슨 음식에나 잘 어울리기 때문이다.

마침 어느 할아버지 농가를 방문했는데, 15년 숙성된 농향형 철관음을 대접받을 행운이 있었다. 차탕 색깔이 무이암차와 비슷하다. 약간의 곰팡이 냄새가 나지만 단맛이 강하고 마시기 편안했다.

경덕진 자기로 만든 다구 세트로 철관음을 우려본다. 마신 후에는 엽저(叶底)를 꼭 관찰해 보자.

15년 숙성된 농향형 철관음 엽저와 차탕

안계철관음 자세히 보기

철관음 모수(母树)

장평수선

최근에는 복건성의 장평시漳平市 구붕계九鹏溪 지역에서 나오는 장평수선漳平水仙이라는 독특한 우롱차도 유행을 하는 듯하다. 향으로는 청향형과 농향형 두 가지가 있으며, 모양으로는 사각형으로 긴압한 것(긴압사방형, 紧压四方形)과 긴압하지 않은 것(산차, 散茶)으로 나눈다. 주로 시장에서 보이는 것은 긴압사방 모양의 청향형인데, 이는 우롱차 내에서는 유일하게 긴압한 차이다.

이 차가 처음 만들어진 것이 1914년이라 하니 벌써 100년이 넘는 역사를 가졌다.

철관음 청향형과 비교를 한다면, 주청 공정이 훨씬 길어 발효되는 정도가 높고 홍변된 부분을 남겨 두어 삼색차三色茶라 부르기도 한다.

홍변된 부분이 많이 있으니 차탕 또한 갈색과 붉은색이 많이 감돈다.

청향형은 발현되는 향기에 따라 난화형兰花型과 계화형桂花型으로 나눈다. 잘 만든 장평수선을 마시면 푸릇한 풀향이 강하게 느껴진 다음, 꽃향(난꽃이나 계화)이 다시 강하게 느껴진다. 개인적인 평가를 한다면 철관음은 풀향을 최소로 잘 제어한 상태로 꽃향이 강하게 나오므로 좀 더 정교하게 만들어졌다는 생각이다. 하지만 장평수선도 나름대로 독특한 매력을 가진 차임에는 틀림없다.

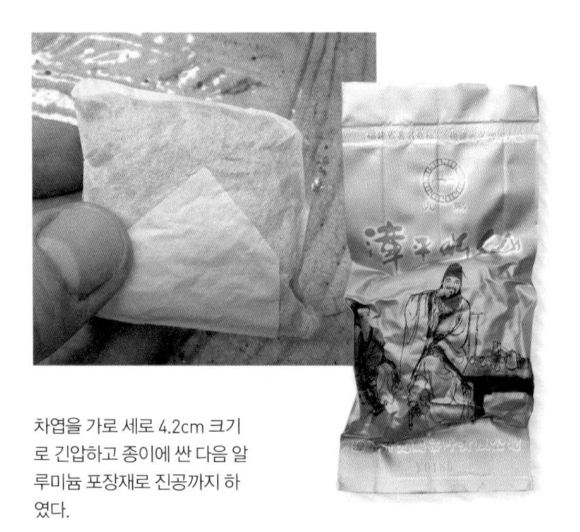

차엽을 가로 세로 4.2cm 크기로 긴압하고 종이에 싼 다음 알루미늄 포장재로 진공까지 하였다.

위조, 주청(做青), 살청, 유념, 선별한 후에 아직 차엽이 건조되지 않은 상태에서 틀에 맞춰 모양을 만들고 종이에 싼다. 그 후 두 차례에 걸쳐 상당히 긴 시간(홍건기로 6~8시간을 한 후 다시 숯불로 6~8시간) 건조를 해야 한다.

장평수선 차탕과 우린 후 엽저 채엽된 그대로 모양을 유지하며 홍변된 부분이 많이 보인다.

장평수선 자세히 보기

정산소종

무이암차가 나오는 무이산시에는 또 다른 명차가 있다. 차 역사상 최초의 홍차인 정산소종正山小种(Lapsang Souchong), 그리고 2005년에 새롭게 개발된 최고급 홍차인 금준미金骏眉까지, 복건성은 홍차에 관해서도 빠지지 않는 곳이다.

무이산 풍경구 부근의 숙소에서 출발하면 약 1시간을 달려 평균 해발 800m의 동목촌桐木村 입구에 도착한다.

동목촌은 하나의 마을이 아니라 계곡의 여기저기에 흩어진 33개의 작은 부락을 합쳐서 부르는 이름이다. 여기는 뛰어난 자연경관과 생물종의 다양성으로 인해 유네스코(UNESCO)에 세계문화유산으로 등재되었다. 이 지역을 방문하려면 반드시 내부 촌민과 미리 연락을 해야 한다. 특히 외국인의 방문은 허용이 안 된다고 하는데 실제로는 필자가 시도한 두 번 모두 가능했다. 외국인을 막는 이유는 1848년경 로버트 포춘(Robert Fortune)이라는 영국 식물학자가 차나무를 몰래 훔쳐 간 아픈 기억이 있는 곳이기 때문이라 한다.

차를 계속 달려 해발 1,100m 지점에 위치한 동목관桐木关까지 가본다. 여기는 복건성과 강서성의 경계지점이다. 그 중간에 세계 최초의 홍차인 정산소종 발원지와 최근 인기인 금준미의 발원지 표지석이 보인다.

이 곳의 차가 품질이 좋은 데는 여러가지 이유가 있을 것이다. 천혜의 깨끗한 자연환경에다 해발이 높고 계곡이 잘 형성되어 안개 낀 날이 많은 점 등이다. 거기에 더해서 차나무가 바위 중간중간에 듬성듬성 심어져 있어 심한 경쟁 없이 영양분을 마음껏 뽑아 올릴 수 있는 재배 환경도 중요한 요인일 것이다.

동목촌 가는 길 계곡이 깊고 산림은 울창하다. 유네스코 표지석이 세워져 있는 동목촌 입구에는 외부 출입을 통제하는 초소가 세워져 있다.

정산소종과 금준미 발원지 표지석과 동목관

동목촌 내의 전형적인 차밭 환경

정산소종은 1568년경, 즉 450여년 전에 의도치 않게 발명되었다고 전해진다. 군대가 하룻밤 주둔하면서 찻잎을 밟고 눌러 앉고(세포 부수기인 유념 공정), 아침이 밝아서야 떠났을 것이니 충분한 산화(발효) 시간이 주어진 것이다. 그렇게 처음 맡게 된 익숙하지 않은 홍차 향을 만회해 보고자 소나무 연기를 쬔 것이 정산소종의 시작이었다.

이 연기를 입히는 작업을 하는 공간을 청루青楼 또는 연루烟楼라 하는데 3층 목조 건물이다. 아궁이에서 불을 때서 연기를 발생시키면 뚫린 구멍으로 연기가 1층에 가득 차면서 2층과 3층으로도 올라간다. 구멍이 송송 뚫린 대나무 바닥이라 연기와 열기가 잘 통과된다. 3층에서는 생엽 위조를 하면서 연기를 입히고, 2층에서는 발효가 끝난 찻잎을 다시 연기를 입히면서 건조를 시킨다.

청루 주변도 차밭이다. 수선 품종이 보인다.

청루의 1층 바닥(위쪽)에는 연기가 잘 올라오도록 구멍이 크게 나 있다. 2층과 3층은 대나무로 된 바닥이다.

정산소종이 세계 최초 홍차라는 자랑스러운 이름을 가지고 있어도 소비자의 선호도가 변해감에 따라 차맛도 변화하고 있다. 현재 생산되는 양의 90% 정도는 연기를 입히는 과정을 생략한 무연无烟 정산소종이라 한다.

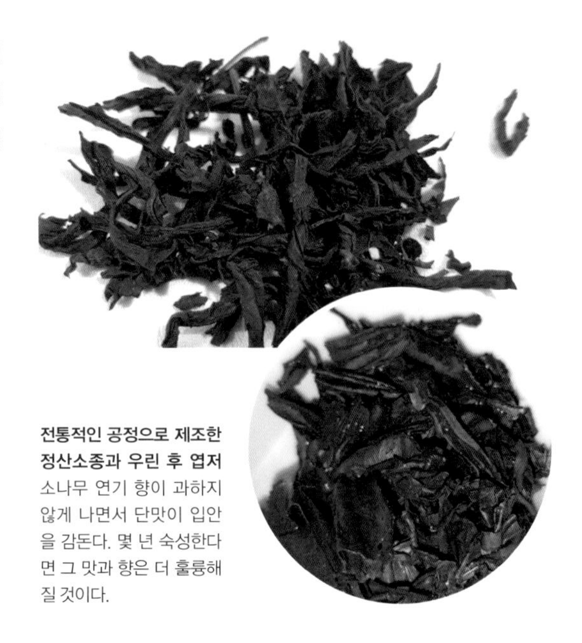

전통적인 공정으로 제조한 정산소종과 우린 후 엽저 소나무 연기 향이 과하지 않게 나면서 단맛이 입안을 감돈다. 몇 년 숙성한다면 그 맛과 향은 더 훌륭해질 것이다.

금준미와 탄양공부

일아이엽이 채엽 표준인 정산소종은 그렇게 고급스러운 차는 아니다.

높은 품질을 요구하는 시장의 추세에 맞추어 2005년경에 새롭게 개발된 것이 바로 금준미金骏眉다. 싹으로만 이루어진 외관과 맛이나 향은 나무랄 데 없지만 엄청난 가격이 큰 걸림돌이다. 처음 이 차를 만들어낸 정산당正山堂이라는 회사의 금준미는 100g에 2,080위안(환율 170위안으로 환산하면 353,600원에 해당)으로 중국 내 시장에서 가장 비싼 차 중의 하나로 꼽힌다.

금준미의 아름다운 자태와 차탕

금준미의 우린 후 엽저와 무이산시(武夷山市)에 위치한 정산당의 점포

탄양공부 일급(一级)의 건엽

탄양공부 일급(一级)의 차탕

탄양공부 일급(一级)을 우린 후 엽저

탄양공부坦洋工夫라는 홍차도 유명한데, 이는 정화공부政和工夫, 백림공부白琳工夫와 함께 복건福建 3대三大 공부홍차工夫红茶 중의 하나이다. 복건성 복안시福安市 탄양촌坦洋村에서 생산된다. 일아일엽一芽一叶이나 일아이엽一芽二叶을 채엽 표준으로 하며, 발효를 용이하게 하기 위해 유념을 길게 하므로 차엽이 부서져 있는 경우가 많다. 포장을 열면 건엽에서 말린 시트러스 계통의 과일향이 느껴지고, 차탕에서도 말린 대추나 곶감 같은 단향이 느껴진다. 따져 보면 복건성에는 6대 차류를 대표하는 명차들이 많다. 우롱차는 무이암차와 안계 철관음이 대표라고 하는데 큰 이의가 있을 리 없고, 홍차에는 정산소종과 금준미를 대표로 내세울 충분한 명분이 있으리라 본다.

복건성의 백차들

백차의 대표격인 복정백차福鼎白茶와 정화백차政和白茶 또한 복건성에서 나온다.

채엽 표준에 따라 백호은침白毫银针(싹 위주), 백모단白牡丹(일아일엽~일아이엽 위주), 수미寿眉(일아삼엽 이상)로 나눈다. 복정 쪽 백차와 정화 쪽 백차는 모양은 비슷해 보이지만 품종도 다르고 공정도 미세하게 차이가 있다. 그래서 최종 제품의 맛과 향에서도 차이가 있다.

백호은침(左), 백모단(中), 그리고 수미(右)

3년된 복정의 백호은침을 우리면 콩 볶은 듯한 향이 방안 가득 퍼진다.

복정시福鼎市 지역은 바다에 면해 있으면서도 산이 많아 차를 키우기에 좋은 조건을 가지고 있다. 태모산太姥山이라는 명산이 있는데, 거기에는 백차의 시조라 불리는 녹설아绿雪芽라는 차나무가 있다.

백차의 시조 나무인 녹설아

복정시 인근의 바닷가에 위치한 차밭과 산 위에 보이는 차밭

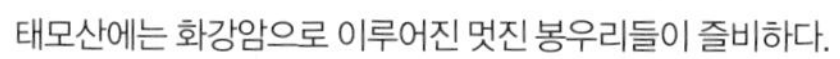

태모산에는 화강암으로 이루어진 멋진 봉우리들이 즐비하다.

백차를 만드는 품종은 복정의 경우 복정대호福鼎大毫나 복정대백福鼎大白이 대표적이고, 정화의 경우 정화대백政和大白이나 복안대백福安大白 품종을 주로 사용한다. 모두 싹에서 솜털이 많이 보이는 공통점은 있지만 복정 쪽 품종들에서 백차 특유의 호향毫香이나 두장향豆浆香이 더 강하게 느껴진다.

백차 제조 공정은 아주 간단하다.

채엽 후 위조를 하고 나서 건조를 하면 끝이다. 살청도 없고 유념도 없다. 하지만 공정이 간단하다고 해서 좋은 품질을 만들어 내기가 쉽다는 뜻은 당연히 아닐 것이다.

날씨나 생산 비용 측면에서 여건이 된다면 일광위조日光萎凋가 좋다. 실내 열풍위조 방식을 병행하거나 단독으로 이용하기도 한다. 유념 등의 세포를 부수는 공정은 없지만 위조 과정에서 건조에 의한 세포벽의 와해 작용이 일어나 자연스레 산화(발효)가 약하게나마 진행된다.

백차를 만드는 품종은 싹에 솜털이 유난히 많다.

일광위조(上, 福建玉芷芽茶业有限公司)와 실내 열풍위조(右)

건조 또한 그리 온도가 높지 않아 최종 제품에서는 풀 향이 많이 난다.
생산한 그 해에 바로 즐기는 것 보다는 2~3년 숙성시킨 후 먹는 것이 더 좋다.
'일년차一年茶 삼년약三年药 칠년보七年宝'라는 거창한 문구는 차치하고라도 충분히 숙성된 차를 마시면 맛과 향이 참 좋다.
최근에는 다른 차류에서 유행하는 '야생野生', '고수古树', '군체종群体种' 등의 개념과 비슷하게 황야荒野 백차라는 것이 유행인데, 이는 몇 십년 동안 돌보지 않아 키가 큰 차나무 품종에서 수확한 싹과 잎으로 백차를 제조한 것이다.

위쪽은 정화백차의 모단왕(牡丹王)인데 생산 후 12년간 숙성된 것이다. 차탕에서 뚜렷한 대추향이 나고 단맛이 출중하였다. 아래쪽은 노수미(老寿眉)인데, 10년 정도 숙성되어 부드러우면서도 은은한 단맛이 일품이다.

황야(荒野) 백차는 키가 크고 뿌리가 깊어 그 싹과 잎에는 영양성분이 풍부해 맛이 더 좋을 확률이 높다.

복정백차 자세히 보기

복건성의 종류별 차 생산량 현황

차가 나오는 중국의 18개 지역 중에서 생산량이 가장 많은 곳이 바로 복건성이다.

차 종류별로 살펴보면 청차가 절반 이상을 차지하고 그 뒤를 녹차와 홍차가 따른다. 백차는 여전히 비중이 높지 않고 흑차나 황차는 생산량이 아예 눈에 띄지 않는다. 화차의 생산량이 통계에 잡히지 않는 것은 의외다.

■ 복건성의 차 종류별 생산량 비교(2017년)

차 종류	녹차 绿茶	홍차 红茶	청차 青茶	흑차 및 기타차 黑茶及其他茶	백차 白茶	황차 黄茶	2017년 총생산량 (톤)
생산량 (톤)	131,000	51,000	233,000	0	25,000	0	440,000
구성비율 (%)	29.77	11.59	52.95	0	5.68	0	100

2. 광동성의 명차들

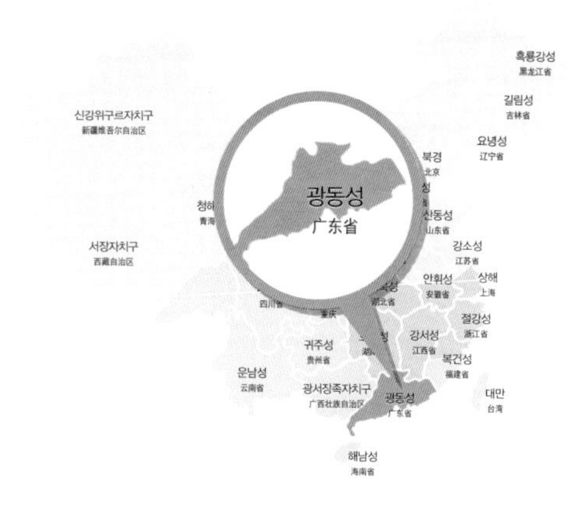

차 분류	명차 이름	
	한글	중문
청차	봉황단총	凤凰单丛
	봉황수선	凤凰水仙
	대엽기란	大叶奇兰
	영두단총차	岭头单丛茶
	서암오룡차	西岩乌龙茶
	대포오룡차	大埔乌龙茶
	석고평오룡차	石占坪乌龙龙
녹차	상와차	象窝茶
	연계산백모첨	沿溪山白毛尖
	백당산차	柏塘山茶
	인화백모차(인화은호차)	仁化白毛茶(仁化银毫茶)

차 분류	명차 이름	
	한글	중문
녹차	신동차	新垌茶
	마도녹차	马图绿茶
	연남요산차	连南瑶山茶
	매강구청량산차	梅江区清凉山茶
	매현녹차	梅县绿茶
	나창백모치	乐昌白毛茶
	고로차	古劳茶
황차	광동대엽청	广东大叶青
홍차	영덕홍차	英德红茶
	학산홍차	鹤山红茶
	여지홍차	荔枝红茶

녹색으로 표시된 명차들의 이름은 모두 국가 또는 지방정부의 지리적 표시제 보호를 받고 있다.

봉황단총

광동성에는 광동우롱广东乌龙의 대표인 봉황단총凤凰单枞(또는 凤凰单丛)이 있다. 조주시潮州市 봉황진凤凰镇에 있는 봉황산凤凰山으로 통칭하는 오동산乌岽山이 그 대표 산지이다.

봉황단총도 무이암차와 마찬가지로 다양한 품종을 가지고 있으며 각각 독특한 향과 맛을 지닌다. 나무의 모양, 찻잎의 형상, 찻잎 색상, 크기, 완성된 차의 모양 등 다양한 분류 기준이 있지만 가장 많이 통용되는 것은 향미 특성에 의한 18개 분류인데, 그 중 일부를 보면 다음과 같다.

향미 특성에 따른 봉황단총의 품종 분류

- 황지향형黄枝香型 — 송종단총宋种单从, 宋茶 | 송종황차향宋种黄茶香 | 단총대백엽单从大白叶 | 송종이호宋种二号 | 종사협단총棕蓑挟单从 | 해저로침단총海底捞针单从 | 단수엽단총团树叶单从
- 지란향형芝兰香型 — 지롱간단총鸡笼刊单从 | 팔선과해八仙过海[팔선(八仙)] | 죽엽단총竹叶单从 | 지란왕芝兰王
- 밀란향형蜜兰香型 — 송종밀란향宋种蜜兰香 | 황금엽단총黄金叶单从 | 여문단총畲门单从
- 계화향형桂花香型 — 계화향단총桂花香单从
- 옥란향형玉兰香型 — 금옥란단총金玉兰单从
- 강화향형姜花香型 — 강모향단총姜母香单从[통천향(通天香)]
- 야래향형夜来香型 — 야래향단총夜来香单从
- 행인향형杏仁香型 — 노행인향老杏仁香 | 오엽단총乌叶单从 | 거타자단총锯剁仔单从
- 육계향형肉桂香型 — 육계향단총肉桂香单从
- 유화향형柚花香型 — 대오엽단총大乌叶单从 | 유엽단총柚叶单从 | 압시향단총鸭屎香单从
- 말리향형茉莉香型 — 말리향단총茉莉香单从
- 양매향형杨梅香型 — 양매엽단총杨梅叶单从
- 밀향형蜜香型 — 영두백엽단총岭头白叶单从

오동산을 올라가면서 마을이 형성되어 있고 비탈진 경사에 차밭이 조성되어 있다.

몇 가지 품종의 모습을 아래 사진에서 살펴보자.
우롱차 제조 공정이 복잡하다는 말은 몇 번이나 하였는데 필자의 경험상 봉황단총은 두 번째로 복잡하고 정밀한 작업이 필요한 차이다. 참고로 첫 번째는 대만의 대표적인 우롱차인 동방미인东方美人(백호오룡白毫乌龙이라고도 한다)으로 생각한다.
채엽 기준은 다른 우롱차와 같이 다 자란 잎이고, 채엽 후 실내위조와 실외위조를 상황에 맞춰서 진행한다.

행인향(上)과 압시향(右)

지란향(上)과 밀란향(右)

봉황단총의 채엽 기준과 실내 위조하는 모습

세포를 부수어 주는 요청搖青과 산화(발효) 반응할 수 있는 조건을 만들어 주는 량청晾青으로 이루어진 주청做青 공정을 6번이나 반복해서 진행한다.

첫 번째는 건드린 듯 만 듯 가볍게 차엽을 만지는 것으로 요청을 진행하고, 한 시간 정도 량청을 진행한다. 두 번째와 세 번째와 네 번째도 강도가 조금 강해질 뿐 이렇다 하게 세포를 부수는 적극적인 행동은 없다. 산화 정도를 빠르지 않게 하면서 향기성분이 발현될 수 있도록 고도로 정밀하게 조절해 나간다.

밤 늦게 산화(발효)가 완료되면 잠시 눈을 붙이고 살청과 유념을 계속 진행해야 한다.

유념 후의 잎을 보면 차즙茶汁(차 진액)이 많이 묻어 나와 있다. 무이암차에서 언급했듯이 세차洗茶를 강하게 한다면 이 성분들이 없어질 것이니 세차 방법에 대해서는 잘 생각해 봐야 한다.

봉황단총의 요청 공정과 량청 공정 온도는 에어컨으로 조절하고 가습기로 습도도 조절한다.

산화(발효) 완료 후의 차엽 상태 생각보다 산화 정도가 낮다.

일반적으로 많이 쓰는 열풍건조기로 건조를 하면 모차毛茶는 완성된다.
이제 선별 작업에 들어간다. 가지도 골라내야 하고 노엽老叶도 골라내야 한다. 색차 선별기도 쓰고 사람이 손으로도 분류해 낸다.
마지막 홍배 공정이 남았다. 무이암차와 동일하게 숯불을 만들고 재로 덮어 온도를 조절하면서 허리가 잘록한 대나무 바구니에 넣어서 열에 노출시킨다. 대개 두 번에 걸쳐서 홍배를 한다.

최근 많은 사람들이 즐겨 찾는 것이 바로 압시향(뜻을 풀어 쓰면 오리똥향) 봉황단총이다. 이름은 그리 아름답지 못하지만 오리 똥과는 전혀 상관이 없으며 그 독특한 향기는 참으로 매력적이다. 통천향도 이름에서 느껴지듯이 독특하고 높은 향기를 가지고 있어 많은 사람들이 찾으며, 송종, 송종밀란향, 행인향 등도 많이 거래되고 있다.
봉황단총의 특징 중 하나가 비교적 빨리 쓴맛이 올라온다는 것이다. 이 맛 특성을 싫어하는 사람도 분명 있지만 오히려 나름의 매력으로 받아들이는 사람도 많다.

봉황단총의 유념 후 차즙이 흘러나온 모습과 완성된 모차

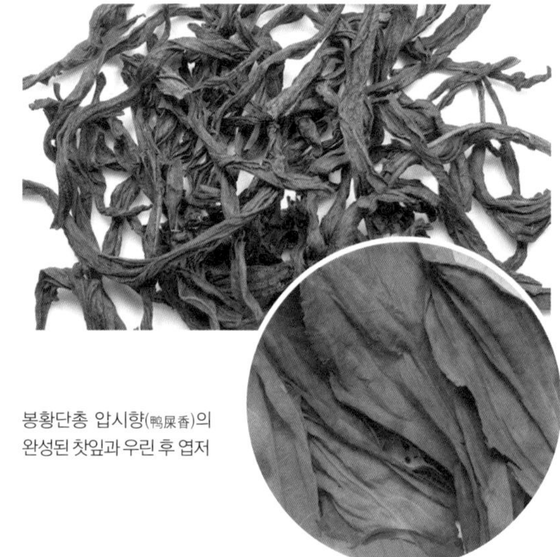

봉황단총 압시향(鴨屎香)의 완성된 찻잎과 우린 후 엽저

봉황단총의 전통적인 홍배공정

오동산乌崠山 해발 약 1,150m에 위치한 이자평촌李仔坪村에 송나라 때부터 내려온다는 수령 700년이 넘었다는, 동방홍东方红이라고도 불린 송차宋茶 나무가 있었다. 필자가 방문한 2013년에는 생명력이 왕성하다고 느껴졌는데 애석하게도 몇 년 전에 고사했다고 한다.

봉황단총의 대표였던 송차 나무 이젠 사진으로만 볼 수 있다.

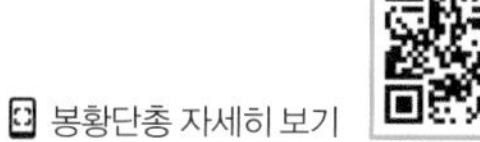
봉황단총 자세히 보기

광동대엽청과 영덕홍차

광동성에도 황차가 있다.

광동대엽청广东大叶青은 이름 그대로 운남의 대엽종 찻잎으로 만들며 황대차黄大茶의 대표 제품이다. 원래대로라면 쓰고 떫은맛이 강하겠지만 민황을 3~5시간 함으로써 많이 누그러뜨렸다.

광동대엽청의 건엽, 차탕과 우린 엽저 차탕은 꽤 강한 황색을 띠고 강하게 우린 경우 쓴맛과 떫은맛이 있다.

영덕홍차英德红茶는 1959년경 개발된 명차인데, 영홍9호英红九号를 대표로 하고 영홍1호英红一号, 봉황수선凤凰水仙, 운남대엽종云南大叶种 등의 다양한 품종을 사용하여 만들고 있다. 영홍9호로 만든 영덕홍차는 싹으로만 만들어도 큼지막하고 맛도 외형과 비슷하게 세밀한 느낌은 떨어지지만 선 굵은 단맛과 꿀향을 뿜어낸다. 홍쇄차로 만들어 수출도 한다.

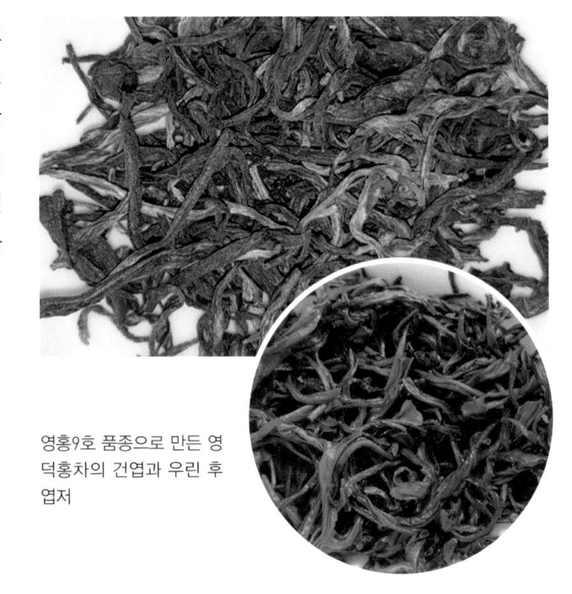

영홍9호 품종으로 만든 영덕홍차의 건엽과 우린 후 엽저

광동성의 종류별 차 생산량 현황

차 종류별 생산현황을 본다면 청차의 비율이 가장 높고 그 다음이 녹차, 홍차의 순서이다.

■ **광동성의 차 종류별 생산량 비교(2017년)**

차 종류	녹차 绿茶	홍차 红茶	청차 青茶	흑차 및 기타차 黑茶及其他茶	백차 白茶	황차 黄茶	2017년 총생산량 (톤)
생산량 (톤)	36,800	9,800	43,400	0	0	100	90,100
구성비율 (%)	40.84	10.88	48.17	0	0	0.11	100

3. 광서장족자치구의 명차들

차 분류	명차 이름	
	한글	중문
흑차	육보차	六堡茶
화차	횡현 말리화차(재스민차)	横县茉莉花茶
	계림계화차	桂林桂花茶
	말리능운백호차	茉莉凌云白毫茶
녹차	계평서산차	桂平西山茶
	삼강차	三江茶
	능운백호차	凌云白毫茶
	남산백모차	南山白毛茶
	소평은삼차	昭平银杉茶
	개산백모차	开山白毛茶
	평락석애차	平乐石崖茶
	고파차	古琶茶

차 분류	명차 이름	
	한글	중문
녹차	영산녹차	灵山绿茶
	담당모첨차	覃塘毛尖茶
	계림모첨	桂林毛尖
	이강은침	漓江银针
	상기운무	象棋云雾
청차	용주오룡차	龙州乌龙茶
홍차	고요차	姑辽茶
	용척차	龙脊茶
	백색홍차	百色红茶
	목재아파차	木梓阿婆茶
	금수홍차	金秀红茶
	광서홍쇄차	广西红碎茶

녹색으로 표시된 명차들의 이름은 모두 국가 또는 지방정부의 지리적 표시제 보호를 받고 있다.

육보차

이 지역의 대표는 흑차의 일종인 육보차六堡茶이다.

전통적인 육보차는 살청 → 유념 → 퇴민堆闷 → 다시 유념 → 건조하여 모차毛茶를 완성한다.

퇴민이라는 공정은 황차의 민황闷黄 공정과 아주 유사하다. 차엽 내의 수분과 차엽을 쌓아둠으로써 발생하는 열의 작용, 즉 습열작용에 의해 카테킨류의 산화중합반응이 발생하여 성분의 변화가 일어나는데 5~15시간 정도밖에 걸리지 않는 짧은 공정이다. 어떤 자료에서는 악퇴渥堆라는 용어를 쓰기도 하는데 혼동을 줄 수 있으므로 쓰면 안 된다.

전통적인 육보차 제조의 다음 단계는 완성된 모차를 정제(선별)하고 증기를 쬐어 대나무 바구니에 넣고 온도와 습도가 조절된 창고에 넣어 진화陈化시키는 것이다.

구체적인 진화의 조건은 차엽의 습도는 18% 이하로 조절된 상태에서, 창고 온도는 18~28℃, 상대 습도는 70~90%에서 일정 기간 동안 보관한다. 그 후 건조하고 서늘한 곳에 다시 일정 기간 보관한다. 이 전체 과정을 180일 이상 거쳐야 한다.

현대적인 육보차의 제조 과정은 보이숙차와 비슷하다. 위에서 언급한 모차 제조까지는 동일하다. 그 후 증기를 쬐거나 물을 뿌리고(함수량 26% 이내) 40일 정도 악퇴를 실시한다. 이 때는 미생물이 충분히 증식할 시간이 있다. 온도가 너무 높아지지 않도록(45~55℃가 최적) 며칠마다 뒤집어 주는 것도 보이숙차와 동일하다. 그 후 정제(선별)를 하고 증기를 쬐어 모양을 만든 다음 창고에서 진화陈化시키는 과정을 거친다.

잘 숙성된 육보차는 안화흑차와 마찬가지로 금화金花(관돌산낭균)를 가지며, 빈랑향槟榔香을 느낄 수 있다. 이 빈랑향이 보이숙차와 육보차를 구별 짓는 가장 큰 특징 중의 하나이며, 육보차가 중국의 남방이나 동남아에서 인기를 끈 이유이기도 하다.

최근에는 보이생차와 같은 개념으로 육보차 생차도 많이 유통되고 있다.

육보차를 우려 본다. 왼쪽은 2012년 제조, 중간은 2014년 제조, 오른쪽은 2018년 제조했다. 차탕의 차이는 숙성 기간, 등급, 제조 공정이 동시에 영향을 미쳤다

육보차 생차의 건조 찻잎과 우린 후 엽저

육보차 자세히 보기

말리화차

재스민차라 부르는 말리화차茉莉花茶는 중국의 여러 지역에서 만들어지지만 광서성의 횡현横县이라는 곳이 대표 산지이다. 왜냐하면 이 곳이 재스민 나무를 재배하기 최적의 지역이기 때문이다. 이 차를 만드는 데에는 향기의 강도를 높이고 저장 중 향기 손실 변화를 최소화하기 위해 백옥란白玉兰이라는 꽃도 소량으로 사용하기도 한다. 전국 각지에서 차 베이스를 가져와서 이 곳의 꽃과 함께 섞어서 원하는 형태의 재스민차를 만들어 낸다. 횡현 곳곳에 음화窨花(향을 입히는 공정을 부르는 명칭)를 전문으로 하는 공장들이 있다. 대부분 녹차를 차 베이스로 하지만 백호은침을 사용하는 경우도 있으며 드물게는 홍차에 향을 입히기도 한다.

재스민 꽃을 거래하는 시장이 있는데, 특이하게도 경매 시스템에 의해서 가격이 결정된다. 농부들은 자신이 수확한 꽃을 가지고 시장에 가서 가장 많이 대금을 지불하는 상인에게 판매를 하게 된다.

재스민 꽃나무는 다년생 관목이다. 재스민 꽃은 봉오리가 열리기 전에 수확해야 한다. 길쭉하고 큰 백옥란 꽃은 향이 코를 찌를 듯이 강하다.

횡현의 재스민 꽃시장. 경매에 의해 꽃 가격이 결정되는 것은 전혀 예상 밖이다.

공장에서는 필요한 양만큼 재스민 꽃과 백옥란 꽃을 구매하여 그 날 저녁 음화 공정에 사용한다.
막 구매했을 때는 꽃봉오리가 열리기 전이라 향기가 나지 않는다. 가져와서 3~4시간 쌓아 두면 서서히 피어나면서 향기가 나오기 시작한다. 꽃 봉오리가 잘 열린 꽃들만 체로 쳐서 골라내고 차 베이스와 섞을 준비를 한다.
쇠스랑 같이 생긴 도구로 골고루 섞어주고 밤새도록 그대로 쌓아 둔다. 이 과정에서 꽃의 향기성분이 찻잎으로 이동하게 된다. 바짝 마른 찻잎의 흡향 능력이 빛을 발하는 순간이다.

꽃봉우리가 열리면서 서서히 향기가 나오기 시작한다. 차와 섞기 직전의 모습이다.

재스민 꽃과 차 베이스를 혼합하고 하룻밤 흡향시킨다.

꽃과 차를 분리해 내고 차 베이스는 적당한 수준으로 건조시켜 다시 흡향을 할 수 있는 조건으로 만들어 준다. 너무 세게 건조하면 애써 흡착시킨 향이 날아가 버릴 것이니 조절을 잘 해야 한다.

여기까지 과정이 한 번의 음화窨花 공정이다. 일반적으로 3~4번 정도 반복하겠지만 고급 재스민차의 경우 7~8번, 때로는 그 이상 하기도 한다.

대부분의 경우 재스민 꽃을 완전히 분리해 제거해 버리므로 완성품에서는 꽃이 보이지 않지만 사천성四川省 쪽에서는 꽃이 보이는 것을 선호하기도 한다.

연속식 체로 쳐서 꽃과 차를 분리해낸다.

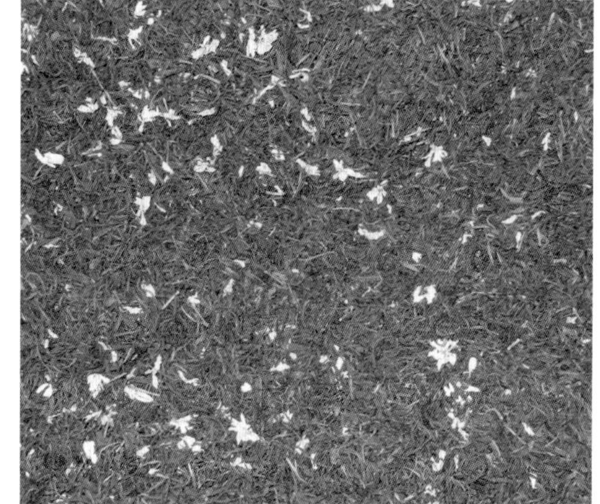

재스민 차 완성품 두 종류. 차 베이스에 따라, 꽃을 남겨두느냐 아니냐에 따라 외관은 확연히 달라진다. 상단은 백호은침에 재스민향을 입힌 것이고 하단은 녹차를 베이스로 한 경우다.

재스민차 자세히 보기

광서장족자치구의 종류별 차 생산량 현황

흑차와 기타차(재스민차인 花茶를 포함)가 비교적 높은 비율을 차지한다. 하지만 녹차는 여전히 생산량이 제일 많고, 산업적으로 쓰이는 낮은 등급의 홍차와 몇 개의 홍차 명차들을 합하면 홍차의 생산량도 상당히 높다.

■ 광서장족자치구의 차 종류별 생산량 비교(2017년)

차 종류	녹차 绿茶	홍차 红茶	청차 青茶	흑차 및 기타차 黑茶及其他茶	백차 白茶	황차 黄茶	2017년 총생산량 (톤)
생산량 (톤)	31,298	30,650	1,512	15,900	68	5.5	79,434
구성비율 (%)	39.40	38.59	1.90	20.02	0.09	0.01	100

4. 해남성의 명차들

차 분류	명차 이름	
	한글	중문
녹차	백사녹차	白沙绿茶
	오지산녹차	五指山绿茶
녹차·홍차	향란차	香兰茶
홍차	오지산홍차	五指山红茶
	해남홍쇄차	海南红碎茶

녹색으로 표시된 명차들의 이름은 모두 국가 또는 지방정부의 지리적 표시제 보호를 받고 있다.

해남성은 겨울 휴양지로 유명한 삼아(三亚, Sanya)가 있는 곳이다. 봄이 빨리 찾아오니 중국에서 녹차가 가장 일찍 수확되는 곳이다. 1월11일경이 되면 오지산시五指山市라는 곳에서 백사녹차白沙绿茶가 생산되기 시작한다.

홍차도 수출용으로 조금 생산된다.

백사녹차 일아이엽으로 2월 26일 생산되었다. 맛과 향의 정교함은 떨어지지만 일상 음료로는 손색이 없다.

해남성의 종류별 차 생산량 현황

■ 해남성의 차 종류별 생산량 비교(2017년)

차 종류	녹차 绿茶	홍차 红茶	청차 青茶	흑차 및 기타차 黑茶及其他茶	백차 白茶	황차 黄茶	2017년 총생산량 (톤)
생산량 (톤)	1,005	70	0	0	0	0	1,075
구성비율 (%)	93.49	6.51	0	0	0	0	100

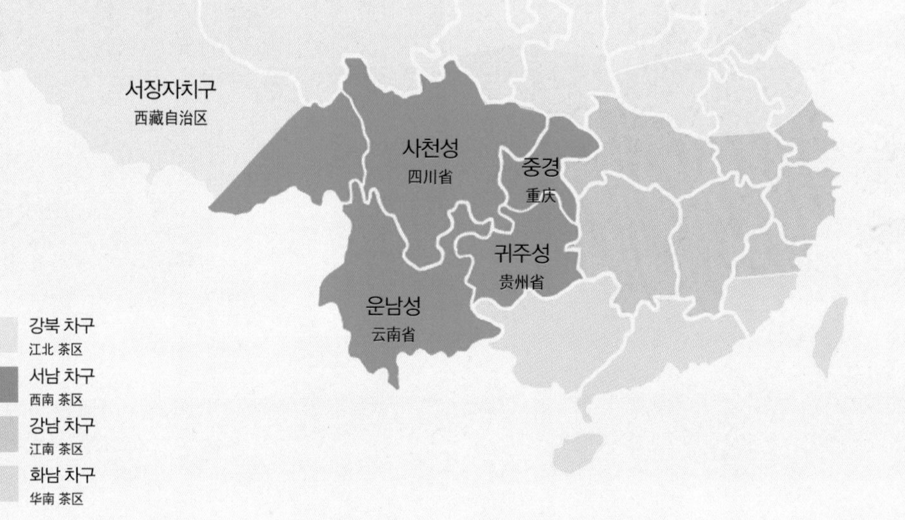
서장자치구
西藏自治区
사천성
四川省
중경
重庆
귀주성
贵州省
운남성
云南省
강북 차구
江北 茶区
서남 차구
西南 茶区
강남 차구
江南 茶区
화남 차구
华南 茶区

제 5 장

서남차구의 명차들

1. 사천성과 중경시의 명차들

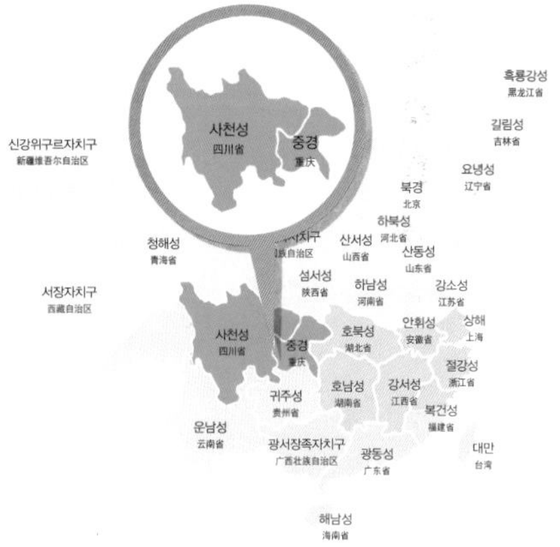

차 분류	명차 이름	
	한글	중문
녹차	몽산차	蒙山茶
황차	몽정황아	蒙顶黄芽
녹차	몽정감로	蒙顶甘露
	몽정석화	蒙顶石花
	몽산모봉	蒙山毛峰
	몽산춘로	蒙山春露
	아미산차	峨眉山茶
	아미산죽엽청차	峨眉山竹叶青茶
	칠비차	漆碑茶
	병산초청	屏山炒青
	설역아색차	雪域俄色茶
	북천태자차	北川苔子茶
	미창산차	米仓山茶
	국승차	国胜茶
	포강작설	蒲江雀舌
	칠불공차	七佛贡茶
	나촌차	罗村茶
	녹명공차	鹿鸣贡茶
	숭경비파차	崇庆枇杷茶
	마변녹차	马边绿茶
	의빈조차	宜宾早茶
	만원부서차	万源富硒茶
	복립차	复立茶

차 분류	명차 이름	
	한글	중문
녹차	홍아녹차	洪雅绿茶
	도강언차엽	都江堰茶叶
	남강대엽차	南江大叶茶
녹차·홍차	천부용아	天府龙芽
녹차	청성설아	青城雪芽
	문군녹차	文君绿茶
	파산작설	巴山雀舌
	만춘은엽	万春银叶
	천궁취록	天宫翠绿
	무봉취아	雾峰翠芽
	운정명란	云顶茗兰
	구정취아	九顶翠芽
	천불암차	千佛岩茶
	천강은아	天岗银芽
	천강운무	天岗云雾
	아미모봉	峨眉毛峰
	아예	峨蕊
	취호향명	翠毫香茗
	광안송침	广安松针
	보정설아	宝顶雪芽
	광산취록	匡山翠绿
	옥수은침	玉水银针

차 분류	명차 이름	
	한글	중문
녹차	소향춘로	苏香春露
	용호취	龙湖翠
흑차	장차	藏茶
	강전차	康砖茶
	금첨	金尖
	공래흑차	邛崃黑茶
	방포차	方包茶
홍차	천홍홍아	川红 红芽
	균련홍차	筠连红茶
화차	건위 말리화차 (재스민차)	犍为茉莉花茶
	금성노아	锦城露芽
녹차	남천대수차	南川大树茶
	남천금불옥취차	南川金佛玉翠茶
	수산차엽	秀山茶叶
	영천수아	永川秀芽
	파남은침	巴南银针
	진운모봉	缙云毛峰
	향산공차	香山贡茶
	개현용주차	开县龙珠茶
	계명공차	鸡鸣贡茶
홍차	남천홍쇄차	南川红碎茶

녹색으로 표시된 명차들의 이름은 모두 국가 또는 지방정부의 지리적 표시제 보호를 받고 있다.

사천성은 아주 오래 전부터 차 재배가 시작되었고 티베트로 가는 차마고도茶马古道의 한 출발점으로 중요도가 아주 높다.

몽산차蒙山茶로 대표되는 몽정황아蒙顶黄芽, 몽정감로蒙顶甘露, 몽정석화蒙顶石花, 몽산모봉蒙山毛峰, 몽산춘로蒙山春露 등 유명한 황차와 녹차가 있다.

몽정황아

몽정황아는 군산은침과 함께 황차의 대표로 이름이 높다. 황차의 제조 공정은 채엽, 위조, 살청, 유념, 그 후 중요한 것이 바로 민황闷黄 공정이다. 민황을 통해 카테킨류를 테아플라빈(Theaflavins, TF)으로 전환시켜 색상도 변하고 맛도 덜 쓰고 덜 떫게 만들어 준다. 민황 후에 건조하면 차는 완성된다.

몽정황아의 원료가 되는 싹과 전통 민황 공정을 통해 제조된 완성품

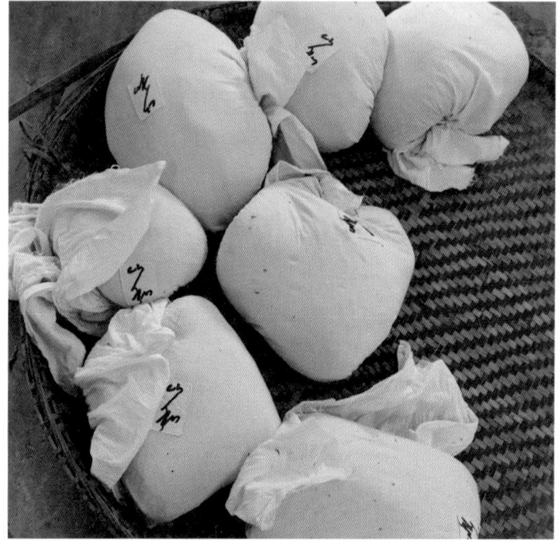

몽정황아 민황 공정이 준비되고 있다(사진 제공 四川省名山县蜀名茶厂). 유념 후 아직 수분이 많이 있는 상태에서 2~3일간 천으로 싸서 습열 작용에 의한 자동산화가 일어나도록 유도한다.

황차를 만드는 공정은 시간이 오래 걸리고 조건을 잡기도 쉽지 않다. 그래서 최근에는 아예 녹차로 만들어 버리거나 민황을 하더라도 시간을 엄청 짧게 하여 황차 같지도 않게 만들어 버리는 일이 많다.
하지만 과학적 원리를 알면 시간을 줄이면서도 민황 효과를 충분히 얻을 수 있다.
채엽 기준이 일아이엽 이상인 황대차黃大茶 제조 공정을 통해서 이해해보자.

위조, 살청, 유념까지는 여느 녹차와 다를 바 없다.
핵심인 민황 공정의 원리는 습열 작용에 의한 자동 산화이므로 그 반응이 가장 원활하게 빨리 일어날 수 있는 온도와 습도 조건 그리고 산소 조건을 맞추어 주면 된다.
이를 위해 특별한 설비를 개발하여 생산에 응용하기도 한다.
2~3일 걸리는 전통 공정을 3~4시간으로 단축시킬 수 있다.

황대차 민황 공정을 위한 설비(四川农业大学 川农茶厂)
온도, 습도, 산소 공급까지 컨트롤 패널 상에서 조절할 수 있다.

민황 전(上)과 후(右)의 비교
약 3시간 만에 자동산화에 의한 색상의 변화가 확연히 보인다. 당연히 맛과 향도 변했다.

사천성과 중경시의 녹차들

이제 이 지역의 세 가지 대표적인 녹차를 살펴보자.
몽정감로는 이름에 있듯이 단맛이 참 좋다. 풀향이 없이 은은하고 구수한 향은 한국인의 입맛에도 참 매력적이다. 해발 높은 몽정산蒙顶山에서 수확한다면 차맛은 더 좋다.
몽정석화도 싹으로만 만든다. 단단하게 눌린 외형의 싹들이 물을 머금어 가면서 가라앉았다 떴다 하는 모습이 아름답게 연출된다.

아미산峨眉山에서 생산되는 죽엽청竹叶青은 전국적인 지명도에서 몽정감로나 몽정석화보다 높고 지리적 표시제에 의해 생산 지역이 정해져 있다. 사실 몽정석화는 죽엽청과 생산 공정이 같은데 그 이름을 사용할 수 없기에 따로 만든 이름이다.
차탕에서는 단맛이 강하게 느껴지고 두터움을 자랑하지만 언제나 약간의 풀향을 가지고 있다. 구수한 차 맛을 좋아하는 사람이라면 기호도에서 감점 요인이 될 수 있다.

몽정감로를 우려본다. 3월 초에 싹으로만 만들어 백호가 뒤덮여 있다.

아미산죽엽청차(峨眉山竹叶青茶)의 견고한 차싹 모습과 우린 후 엽저

몽정석화의 모습

사천성의 흑차들

흑차는 생산되어 주로 서장西藏 지역 즉 티베트로 팔려 나가는데 그로 인해 그 이름 자체도 서장의 藏(장)자를 써서 장차藏茶(Tibetan tea)라 부른다. 운남에서 출발하는 경로와 함께 여기 사천성에서 출발하는 경로는 차마고도茶马古道의 한 축을 이룬다.

사천성의 흑차에는 강전康砖과 금첨金尖이 있는데, 강전이 더 높은 품질의 차엽을 사용한다.

전통적으로 장차는 품질이 높지 않았으나 최근에는 고급화를 시도한다.

성도(成都)에 가면 티벳으로 차를 짊어지고 가는 차마고도 행렬을 재현해 놓은 곳이 있다. 1940년대에 사천성 아안(雅安)에서 만들어진 장차가 상해에서 열린 차박람회에서 보인다.

사천홍차 홍아

최근에 필자가 즐겨 마시고 권하고 있는 홍차도 있는데 사천홍차四川红茶 홍아红芽라는 이름으로 불린다. 다른 지역의 홍차에서는 느낄 수 없는 뚜렷한 장미향이 특징이다. 발효 공정을 통해서 그런 향을 만들어 낼 수 있다는 사실이 놀랍다.

사천홍차 홍아의 황금색 털이 가득한 찻잎과 맑은 탕색

사천성과 중경시의 종류별 차 생산량 현황

생산량을 비교해 보면 녹차가 압도적으로 많고 흑차와 홍차가 그 뒤를 따른다. 황차는 유명세에 비해 생산량이 상당히 적은 것을 알 수 있다.

■ 사천성과 중경시의 차 종류별 생산량 비교(2017년)

차 종류	녹차 绿茶	홍차 红茶	청차 青茶	흑차 및 기타차 黑茶及其他茶	백차 白茶	황차 黄茶	2017년 총생산량 (톤)
생산량 (톤)	272,087	19,500	3,400	21,662	0	300	316,949
구성비율 (%)	85.85	6.15	1.07	6.83	0	0.09	100

2. 귀주성의 명차들

차 분류	명차 이름	
	한글	중문
녹차	도균모첨차	都匀毛尖茶
	미단취아	湄坛翠芽
	봉강부자부서차	凤冈富锌富硒茶
	개양부서차	开阳富硒茶
	황과수모봉	黄果树毛峰
	정안백차	正安白茶
	보안사구차	普安四球茶
녹차·홍차	범정산차	梵净山茶
녹차	범정산취봉차	梵净山翠峰茶
	석천태차	石阡苔茶
	뇌산은구차	雷山银球茶
	수성춘차	水城春茶
	타패차	朵贝茶
	금사공차	金沙贡茶
	파유낭랑차	坡柳娘娘茶

차 분류	명차 이름	
	한글	중문
녹차	독산고채차	独山高寨茶
	귀정운무공차	贵定云雾贡茶
	미담취아	湄潭翠芽
	귀주녹차	贵州绿茶
	귀주은아	贵州银芽
	준의모봉	遵义毛峰
	양애모봉	羊艾毛峰
	무릉검란	武陵剑兰
	동파은라	东坡银螺
	미강차	湄江茶
	용천검명	龙泉剑茗
황차	해마궁차	海马宫茶
홍차	보안홍차	普安红茶
	준의홍	遵义红

녹색으로 표시된 명차들의 이름은 모두 국가 또는 지방정부의 지리적 표시제 보호를 받고 있다.

귀주성은 새롭게 떠오르는 명차 산지이다. 운남성과 함께 그 유명한 운귀고원云贵高原이란 이름에 걸맞게 해발이 높아 좋은 차를 생산하기에 유리한 조건을 갖추었다. 도균모첨都匀毛尖이란 녹차가 제일 유명하며, 봉강부자부서차凤冈富锌富硒茶, 개양부서차开阳富硒茶, 황과수모봉黄果树毛峰 등 지리적 표시제의 보호를 받는 녹차들이 있다.

도균모첨 찻잎과 우린 후 엽저

비교적 새롭게 성립된 차 회사들이 많아 국제 유기농 인증을 받은 곳도 있으며, 그에 더해서 지속가능성(Sustainability, 可持续性)에 대한 인증까지 받은 곳도 더러 있다. 유럽이나 미국 등 서구 국가로 수출하기에 유리한 조건이다.

지속가능성 인증은 이 차를 생산하는데 있어 지구에 해를 끼치지 않는 방식을 사용하기 때문에 영원히 지속해서 생산이 가능하다는 것이 증명되었을 때 받을 수 있다. 화석원료(석탄, 석유 등)를 쓰지 않고 태양열, 수력, 풍력 등을 이용하고, 나무를 많이 심거나 하여 공정 중에 발생된 이산화탄소를 상쇄시켜 지구온난화를 야기시키지 않는 등 많은 조건을 충족시켜야 한다. 대표적인 인증기관이 열대우림연맹(Rainforest Alliance)이다.

열대우림연맹 로고 청개구리가 인상적이다. 제일 오른쪽 로고가 새롭게 도입되는 것이라 한다.

귀주성의 종류별 차 생산량 현황

차 종류별 생산량을 보면 녹차가 단연 돋보인다.

■ 귀주성의 차 종류별 생산량 비교(2017년)

차 종류	녹차 绿茶	홍차 红茶	청차 青茶	흑차 및 기타차 黑茶及其他茶	백차 白茶	황차 黄茶	2017년 총생산량 (톤)
생산량 (톤)	255,220	42,819	1,025	25,480	2,496	130	327,170
구성비율 (%)	78.01	13.09	0.31	7.79	0.76	0.04	100

차 생산량 증가율은 귀주성이 최고

한 가지 데이터를 더 보자. 귀주성의 차 생산량이 2000년에 비해 2017년에는 얼마나 증가했는 지 다른 성들과 같이 비교해 본다.

2000년 대비 2017년의 중국 전체 생산량의 증가율은 399%, 즉 4배 증가했다는 것을 알 수 있다. 그에 반해 귀주성의 증가율은 가장 높으며, 무려 1780%, 즉 17.8배나 증가했다. 절대적인 생산량에서도 복건성, 운남성에 이어 3위를 차지하였으니 어마어마한 증가량이다.

섬서성, 산동성, 하남성 등은 증가율은 높지만 절대 생산량은 사실 그리 높지 않으니 높은 증가율의 의미가 그리 크지 않다.

■ 각 성별 차엽 생산량 증가율 비교(2000년과 2017년 비교)

省	성 이름	2000년도 생산량 (톤)	2017년도 생산량 (톤)	증가율 (%) 2017 vs 2000
贵州	귀주	18,376	327,170	1,780
陕西	섬서	6,126	89,387	1,459
山东	산동	2,254	27,418	1,216
河南	하남	9,163	67,451	736
甘肃	감숙	257	1,348	525
四川	사천	54,513	280,000	514
湖北	호북	63,703	312,347	490
云南	운남	79,396	387,560	488
广西	광서	17,923	79,434	443
江西	강서	15,703	63,871	407
福建	복건	125,969	440,000	349
湖南	호남	57,294	197,448	345
安徽	안휘	45,376	134,300	296
重庆	중경	14,526	36,949	254
广东	광동	42,124	90,100	214
浙江	절강	116,352	179,000	154
江苏	강소	12,029	14,298	119
海南	해남	2,239	1,075	48
합계		683,323	2,729,156	평균 : 399%

3. 운남성의 명차들

차 분류	명차 이름	
	한글	중문
흑차	보이차	普洱茶
	칠자병차	七子饼茶
	운남타차	云南沱茶
흑차 등 모든 차류	맹고대엽종차	勐库大叶种茶
홍차	전홍	滇红
	창녕홍차	昌宁红茶
백차	월광백	月光白
녹차	운남녹차(전록)	云南绿茶(滇绿)
	회룡차	回龙茶
	백죽산차	白竹山茶
	저우차	底圩茶

차 분류	명차 이름	
	한글	중문
녹차	운룡차	云龙茶
	노모등차	老姆登茶
	의량보홍차	宜良宝洪茶
	남나백호	南糯白毫
	대리감통차	大理感通茶
	묵강운침	墨江云针
	창산설록	苍山雪绿
	죽통향차	竹筒香茶
	맹해불향차	勐海佛香茶
	아산은호	峨山银毫
	모정화불차	牟定化佛茶

녹색으로 표시된 명차들의 이름은 모두 국가 또는 지방정부의 지리적 표시제 보호를 받고 있다.

보이차

운남성은 뭐니뭐니 해도 보이차로 대표된다. 차엽을 위조하고 살청한 후 햇볕에 건조한 쇄청모차晒青毛茶를 산차散茶 형태거나 긴압한 보이생차普洱生茶와, 그 쇄청모차에 물을 뿌리고 40~60일 정도 악퇴 발효시킨 보이숙차普洱熟茶 두 가지로 나뉜다.

보이생차 압병한 상태와 산차 상태

대부분의 사람들이 알고 있는 보이차는 숙차인데, 이 차는 정말로 미생물이 자라면서 분비하는 효소에 의해 차 성분의 변화가 발생하는 진정한 의미의 발효차이다. 대엽종 원료가 가지는 높은 카테킨류 함량과 카페인에 의해 원료 자체는 쓰고 떫은맛이 강한데, 이 악퇴 발효 과정을 통해 카테킨류가 산화 중합되면서 60~70% 정도가 감소하는 대신 테아브라우닌(Theabrownins, TB) 함량이 증가되어 맛이 순해진다. 한 가지 주의할 점은 카페인의 함량은 악퇴 발효 전과 후에 큰 변화가 없거나 오히려 약간 증가하는 경향을 보인다는 점이다. 보이숙차에는 카페인이 없거나 아주 적게 함유되어 있다고 알고 있는 사람들이 많은데, 잘못된 정보는 꼭 바로잡아야 할 것이다. 악퇴 과정 중 수용성 다당류의 증가도 보이숙차의 기호성을 높이는 요인으로 작용한다.

보이생차의 경우 원료 자체의 품질이 아주 중요하다. 프랑스 와인의 경우와 아주 흡사해 그 해의 날씨, 토양, 해발 등 자연환경, 품종, 차나무의 수령, 수확 계절, 그리고 보관 연수 등에 의해서 품질이 좌지우지된다.

시장에서는 어느 산지의(예로 빙도, 노반장, 이무 등), 어느 수령의(고수차, 소수차, 대지차 등), 어느 계절에 수확한(봄차, 여름차, 가을차 등), 어느 생산 연도(예로 2010년)의 제품으로 구분 된다.

운남성 내의 생산 지역은 크게 4군데로 구분하는데, 서쌍판납西双版纳 지구, 보이普洱 지구, 임창临沧 지구, 그리고 보산保山 지구이다.

보이숙차의 악퇴 발효 공정 중에 보이는 미생물과 압병한 완제품

수령이 오래된 고차수(古茶树)와 비교적 어린 소차수(小茶树)

대량 생산을 목적으로 밀식 재배하는 대지차(台地茶) 차밭

서쌍판납 지구의 차들

서쌍판납 지구에는 고6대 차산인 이무易武, 유락攸乐, 의방倚邦, 망지莽枝, 혁등革登, 만전蛮砖(또는 만장曼庄)이 있고, 또 신6대 차산으로 남나南糯, 포랑布朗, 맹송勐宋, 파달巴达, 경매景迈, 남교南峤가 있다.

이무 지역에서 차로 유명한 곳은 칠촌七村과 팔채八寨로 나뉜다. 칠촌은 마흑촌麻黑村, 고산촌高山村, 낙수동촌落水洞村, 만수촌曼秀村, 삼합사촌三合社村, 이비촌易比村, 만세촌曼洒村이 있다. 팔채는 괄풍채刮风寨, 정가채丁家寨(요족瑶族), 정가채丁家寨(한족汉族), 구묘채旧庙寨, 나덕채倮德寨, 대채大寨, 장가만채张家湾寨, 신채新寨로 이루어져 있다. 이 외에도 박하당薄荷塘, 일선마一扇磨, 동경하同庆河, 백사하白沙河, 양가채杨家寨, 만궁弯弓 등 유명한 이름이 즐비하다.

남나 차산에는 반파노채半坡老寨와 석두노채石头老寨가 있으며, 특히 반파 노채에는 800년된 차왕수茶王树가 있다.

포랑 지역에는 노만아老曼峨와 노반장老班章, 그리고 신반장新班章 지역이 있는데, 이 노반장에서 나오는 보이차는 그 유명세 면에서 단연 수위를 다툰다. 이 지역은 하개贺开 차산과 연결되어 있기도 하다.

맹송 지역에서 유명한 지역은 서쌍판납에서 가장 높은 해발 2240미터의 활죽량자滑竹梁子산과 납가纳卡이다.

이무진(易武镇) 입구에 세워진 구조물과 이무진 내에 위치한 옛 차상 차순호(车顺号)

만전 차산(上)과 이비 차산(下)

박하당(薄荷塘)의 1호 차나무(左)와 10호 차나무(右)

남나산 800년 차왕수

노반장 차왕수와 고차수 군락

해발 2,000m 부근에 위치한 활죽량자 고차수와 고차수 군락

보이 지구의 차들

보이 지구에는 보이차 이름의 발원지가 된 보이시普洱市(이전의 사모현思茅县)가 위치해 있고, 무량산无量山, 애뢰산哀牢山, 애뢰산에 속하면서 2,700년 된 고차수가 있는 천가채千家寨, 야생과 재배종의 특징을 동시에 지닌 유일한 과도기형 차나무인 수령 1,000년 내외의 차왕수가 있는 방외邦崴 등이 이름난 산지이다.

임창 지구의 차들

임창 지구는 빙도冰岛와 석귀昔归가 가장 유명하다. 빙도는 5개의 마을로 이루어져 있는데, 그 이름이 빙도노채冰岛老寨, 남박南迫, 지계地界, 파왜坝歪, 그리고 나오糯伍이다. 각 마을마다 차의 맛과 향이 다르고 가격 또한 차이가 난다.

석귀는 란창강澜沧江 변에 위치하고 해발은 750m 정도로 낮지만 거기서 생산되는 차의 품질은 많은 사람들의 사랑을 받고 있다. 강가에 위치해 운무가 많이 끼는 날씨가 큰 역할을 할 것이다. 참고로 대부분의 이름있는 차 산지들의 해발 고도는 1,500 ~1,700m 정도이다.

빙도 차왕수

파왜 마을에서 반대편 산을 바라보면 빙도 노채가 제일 높은 곳에 위치해 있는 것이 보인다.

임창 지구에는 이 외에도 대설산大雪山, 대호채大户寨, 소호새小户赛, 동과懂过, 마열磨烈, 파나坝糯 등의 유명 산지가 있다.
임창 지구에 속하지만 좀 더 멀리 가보면 영덕현永德县의 망폐忙肺가 있고, 세계에서 가장 오래되었다고 하는 3,200년 추정의 차나무가 있는 봉경현凤庆县도 있다. 참고로 봉경현은 운남성의 홍차인 전홍滇红이 시작된 곳이기도 하다.

보이차 자세히 보기

해발 1772m에 위치한 동과(懂过)의 고차수(右). 인공재배형 차나무 중에서 수령이 가장 오래된 것 중 하나이다. 산 밑에 보이는 호수가 빙도호(冰岛湖)이다.

운남의 홍차와 백차

전홍은 대엽종 원료를 써 싹으로만 만들어도 큼지막하다. 요새는 고차수의 잎으로 만드는 고수홍차古树红茶도 인기다. 최종 건조를 보이차 모차 만들기와 동일하게 태양 아래에서 하는 경우가 많다.

운남성에는 이 외에도 품질이 비교적 낮은 홍쇄차红碎茶(CTC 홍차)도 많이 생산하고 수출한다.

백차도 여러가지 형태로 생산하고 있는데 가장 대표적인 것이 월광백月光白이다. 일아이엽 정도로 만들기도 하고 백호은침 형태로 싹으로만 만들기도 한다.

아예 고차수 원료만으로 만들어 고수백차古树白茶라고 이름 붙이는 경우도 있다.

다양한 시도는 바람직한 것이다.

운남의 대표 홍차인 전홍(上)과 최근 인기있는 고수홍차(右)

운남의 백차 월광백의 큼직하면서도 하얀 털이 융단같이 깔린 아름다운 싹의 모습과 고수 백차.

운남의 녹차

운남의 녹차는 전록滇绿이라 하는데 종류와 생산량이 생각보다 많다. 참고로 보이차의 원료인 쇄청모차와 전록의 가장 큰 차이점은 최종 건조 공정에 있다. 쇄청모차는 말 그대로 쇄청, 즉 햇볕에 은은하게 말리고, 전록은 120℃ 정도의 고온열풍으로 건조한다. 이로 인해 저장 기간이 길어질수록 품질이 상승하기도 하고(보이생차의 경우), 또 낮아지기도(전록의 경우) 한다.

운남성의 종류별 차 생산량 현황

차 종류별 생산량을 보면 흑차(및 기타차)의 생산량이 예상대로 상당히 많다. 그래도 녹차의 생산량이 가장 높다. 전홍과 함께 수출용 홍쇄차 생산이 많아 홍차의 생산 비중도 약 20%에 달한다. 참고로 운남성의 전체 차 생산량은 중국 전국에서 보면 복건성 다음으로 2위를 차지한다.

■ **운남성의 차 종류별 생산량 비교(2017년)**

차 종류	녹차 绿茶	홍차 红茶	청차 青茶	흑차 및 기타차 黑茶及其他茶	백차 白茶	황차 黄茶	2017년 총생산량 (톤)
생산량 (톤)	170,436	77,122	750	139,072	180	0	387,560
구성비율 (%)	43.98	19.90	0.19	35.88	0.05	0	100

4. 서장자치구의 명차들

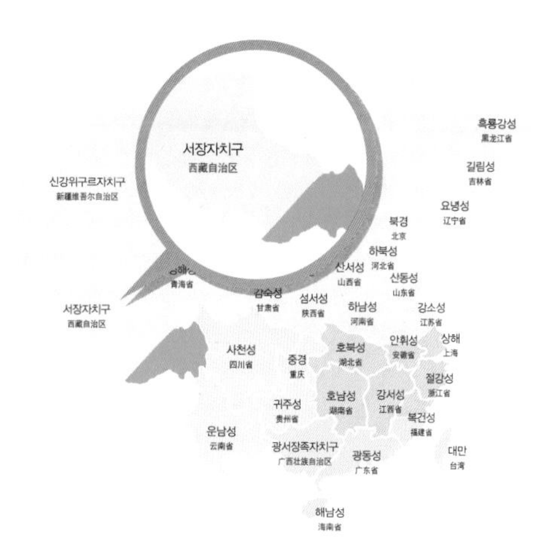

서장 자치구 즉 티베트에서 차가 생산되는 것은 의외의 사실이다.

주봉성차는 서장의 찰우현察隅县 찰우향察隅乡에서 생산되는 모봉毛峰형의 녹차이고, '문우불아·옥라강길'이라는 특이한 이름의 녹차는 산님시山南市 착니현错那县에서 생산되는 녹차다. 생산량이 적어 책에서는 데이터도 잡히지 않고 인터넷에서 구매하기도 용이하지 않다.

차 분류	명차 이름	
	한글	중문
녹차	주봉성차	珠峰圣茶
	문우불아·옥라강길	门隅佛芽 · 玉罗冈吉

서장자치구에서 생산되는 2종의 녹차. 그 중 하나는 지리적 표시제 보호를 받고 있다.

감숙성
甘肃省
섬서성
陕西省
하남성
河南省
산동성
山东省
강북 차구
江北 茶区
서남 차구
西南 茶区
강남 차구
江南 茶区
화남 차구
华南 茶区

제 6 장

강북차구의 명차들

1. 섬서성의 명차들

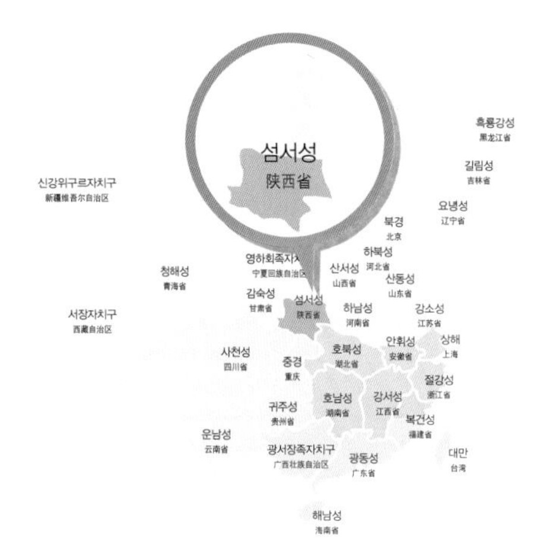

차 분류	명차 이름	
	한글	중문
녹차	한중선호	汉中仙毫
	진안상원차	镇安象园茶
녹차·홍차	자양부서차	紫阳富硒茶
녹차	자양모첨	紫阳毛尖
	자양취봉	紫阳翠峰
	평리여와차	平利女娲茶
	여와은봉	女娲银锋
	상남차	商南茶

차 분류	명차 이름	
	한글	중문
녹차	상남천명	商南泉茗
	팔선운무	八仙云雾
	오자선호	午子仙毫
	진파무호	秦巴雾毫
	한수은준	汉水银梭
	성고은호	城固银毫
흑차	경양복차	泾阳茯茶

녹색으로 표시된 명차들의 이름은 모두 국가 또는 지방정부의 지리적 표시제 보호를 받고 있다.

섬서성이라고 하면 어디를 얘기하는 지 잘 알지 못할 수 있지만 병마용兵马俑으로 유명한 서안西安, 그리고 그 도시의 옛 이름인 실크로드의 출발점 장안长安이 있는, 또 중국의 오악五岳 중의 하나인 화산华山이 있는 곳이라 하면 이해하기 쉬울 것이다.

한중선호汉中仙毫와 자양부서차紫阳富硒茶 등 몇 가지 녹차와 경양복차泾阳茯茶라는 흑차는 지리적 표시제에 의해 보호받고 있다.

한중선호

한중선호汉中仙毫는 한중시汉中市에서 생산되는데, 예상과 다르게 아주 오래 전부터 이 지역에서는 차가 재배되었다. 싹이나 일아일엽一芽一叶을 채엽 표준으로 한다. 차탕에서는 옅은 밤향이 느껴지며, 매끌매끌하여 비단 같은 느낌이 입안에 감돈다. 맛이 달면서도 두터운 기분 좋은 경험을 선사한다.

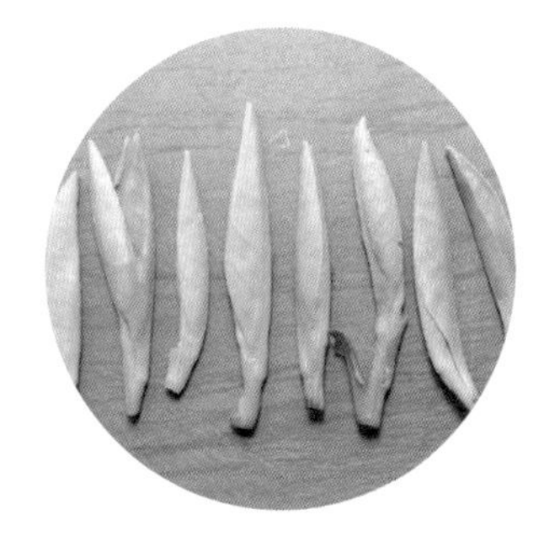

한중선호의 건엽과 우린 후 엽저. 차엽의 크기와 모양이 백호은침과 상당히 유사하다. 하지만 공정의 영향으로 백호는 많이 없어진 상태이다. 유리컵에 우리면 싹들이 꼿꼿이 서는 멋진 장면이 연출된다.

자양부서차

자양부서차紫阳富硒茶는 안강시安康市 자양현紫阳县에서 생산되는데 이 지역의 차 재배 역사도 상당히 깊다. 녹차와 홍차 모두 이 이름을 사용해서 생산한다.

이 차의 특징은 이름에서 나타나듯이 미네랄 성분인 셀레늄(硒, Selenium, Se) 함량이 높다는 것이다. 중국에서는 부서차富硒茶(Rich-selenium tea)라고 부를 수 있는 국가표준(中华人民共和国供销合作行业标准 GH/T 1090-2014)을 만들어 놓았는데, 이에 의하면 건엽당 0.2~4.0mg/kg의 함량 기준을 충족해야 한다.

이에 따라 이 차의 품질 특성을 규정한 섬서성 지방표준(陕西省地方标准 DB61/ T307. 1-2013)에도 셀레늄의 함량에 대한 규정이 존재하는데, 위에서 언급한 국가표준보다 조금 넓게 0.15~5.0mg/kg으로 표시되어 있다.

참고로 다른 지역에서도 부서차라는 이름이 4개 정도 보인다. 사천성四川省의 만원부서차万源富硒茶, 안휘성安徽省의 석태부서차石台富硒茶, 그리고 귀주성贵州省의 봉강부자부서차凤冈富锌富硒茶와 개양부서차开阳富硒茶 등이다.

자양부서차 차엽과 우린 후 엽저. 아름다운 모양만큼 맛도 좋다. 이 차 또한 우릴 때 차싹이 꼿꼿이 서는 장관이 연출된다.

경양복차

경양복차泾阳茯茶라는 흑차가 함양시咸阳市 경양현泾阳县에서 생산되는데, 여기는 서안西安에서 북쪽으로 30km 정도밖에 떨어져 있지 않아 서안에 여행 갔을 때 같이 둘러본다면 좋을 것이다.

복전차라는 이름은 호남성 안화흑차에서 더 유명하긴 하지만 사실 그 기원은 여기 섬서 지방이다. 약 900년 전에 발견된 금화金花(관돌산낭균冠突散囊菌, *Eurotium cristatum* 또는 *Aspergillus cristatus*) 라고 부르는 곰팡이가 이 지역에서만 발현이 되어 유일한 복전차의 생산지로 계속 있다가, 1950년대에 와서야 안화에서도 복전차 생산에 성공해 현재는 생산지가 양분화 되었다.

이 흑차도 보이차와 같이 먼저 모차毛茶를 만들어야 한다. 모차 원료는 안화가 있는 호남성을 포함하여 사천성四川省, 그리고 섬서성의 남쪽[陕南]인 한중汉中, 안강安康, 상락商洛 등에서 가져온다.

주요 공정을 살펴보면, 모차에 증기를 쬐어 수분 함량을 올려서 악퇴 발효를 시키고, 벽돌 형태로 모양을 만든 다음 금화를 발생시키기 위해 8~15일정도 발화发花 공정을 진행한 후에 건조와 포장을 한다.

대엽종으로 만든 흑차인 보이차와 다르게 경양복차는 소엽종으로 만들어져 쓴맛과 떫은맛이 강하지 않다. 악퇴까지 되면서 차탕 자체는 아주 부드러운 느낌이다. 하지만 채엽 표준이 비교적 낮아 가지도 포함되어 있으므로 차탕의 맛이 정교하지는 않다. 단맛이 강하고 특유의 향이 있어 그 나름의 매력이 있는 것은 사실이다.

경양복차를 900g의 벽돌 형태로 만든 3년 숙성된 복전차(茯砖茶). 그리고 2012년 생산된 복전차에는 금화가 노랗게 피어 있다.

경양복전차의 엽저를 보면 가지도 보이고 노엽도 보인다. 차탕은 숙성 기간이 길어지면 색상이 진해진다.

경양복전차 자세히 보기

섬서성의 종류별 차 생산량 현황

섬서성에도 녹차의 생산량이 압도적으로 높고, 홍차와 흑차가 조금씩 생산된다.

■ 섬서성의 차 종류별 생산량 비교(2017년)

차 종류	녹차 绿茶	홍차 红茶	청차 青茶	흑차 및 기타차 黑茶及其他茶	백차 白茶	황차 黄茶	2017년 총생산량 (톤)
생산량 (톤)	82,373	3,810	22	3,182	0	0	89,387
구성비율 (%)	92.15	4.26	0.02	3.56	0	0	100

2. 하남성의 명차들

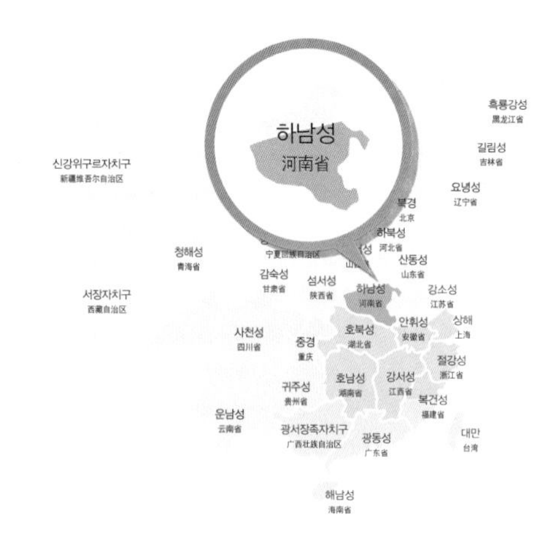

차 분류	명차 이름	
	한글	중문
녹차	신양모첨	信阳毛尖
	고시황고산차	固始皇姑山茶
	동백옥엽차	桐柏玉叶茶
	태백은호	太白银毫
	새산옥련	赛山玉莲
	앙천설록	仰天雪绿
	용담모첨	龙潭毛尖

차 분류	명차 이름	
	한글	중문
녹차	백운모봉	白云毛峰
	금강벽록	金刚碧绿
	차운산모첨	车云山毛尖
	신림옥로	新林玉露
	신림수북	申林薮北
	영산검봉	灵山剑锋
홍차	신양홍	信阳红

녹색으로 표시된 명차들의 이름은 모두 국가 또는 지방정부의 지리적 표시제 보호를 받고 있다.

신양모첨

하남성에는 녹차 일색으로 이름이 보이고, 다른 차류는 최근에 생산하기 시작한 신양홍 하나가 겨우 보인다.

하지만 이 지역에는 걸출한 녹차가 버티고 있으니 바로 신양모첨信阳毛尖이다. 이 차는 한국 사람들에게는 덜 유명한 듯하지만 중국 10대 명차에 항상 선정이 된다. 녹색의 찻잎에 하얀 털이 적절하게 덮여 있는 아름다운 모양을 자랑하며, 은은한 단맛이 일품이다. 상해 지역에서는 워낙 다른 유명한 녹차들이 많으니 찾아보기가 힘들지만, 호남성이나 그 주변에서는 절대적인 사랑을 받는다. 당나라 때부터 황제에게 진상된 역사 깊은 차이며, 그 생산지가 육우의 『다경』에 8대 차구茶区 중의 하나인 회남차구淮南茶区로 기술되어 있다.

신양모첨의 아름다운 차밭(信阳茶基水业股份有限公司 刘军 先生과 上海 李先达 先生 제공)

생산 공정을 살펴보자.

일아일엽 위주로 수확 후 위조를 한다.

전통적인 살청은 경사진 솥에서 하는데 이 때 다파茶把가 등장한다. 앞서 안휘성의 육안과편六安瓜片이라는 녹차를 살청할 때에도 다파를 쓴다고 했었다. 근데 육안과편의 차 빗자루는 방바닥을 쓰는 용도 같이 생겼다면, 신양모첨에 쓰는 차 빗자루는 여린 대나무 가지를 엮어서 만든, 집 마당을 쓰는 빗자루 같이 생겼다.

이걸로 원을 그리면서 계속해서 차엽을 뒤집어 준다. 이 공정을 생과生锅라 하는데, 살청과 함께 유념의 효과도 일부 얻을 수 있다.

놀랍게도 사람이 하는 생과 공정과 유사한 동작이 나오도록 회전 기계에 다파를 매달아 놓은 기계 설비도 최근에는 많이 사용한다. 기계를 개발하는 능력이 대단하다. 일부 차농들은 아주 간단하게 회전형 원통 살청기를 쓰기도 한다.

대나무 빗자루(茶把)로 생과 공정을 진행한다. 왼쪽은 사람이 직접 하는 경우이고(사진제공 信阳文新茶叶公司), 오른쪽은 기계가 하는 경우다(사진제공 上海 李先达 先生).

그 후는 건조와 더불어 모양을 만들어가는 숙과熟锅 공정과 최종 홍건烘干 공정을 거치면 멋진 모양과 향을 가진 신양모첨이 완성된다.

신양모첨 자세히 보기

신양모첨 완성된 차엽과 우리는 모습

신양홍

신양홍信阳红은 신양모첨과 동일한 원료로 2009년부터 만들기 시작하였다. 금아金芽, 특급特级, 1급~3급으로 나뉘어 있다. 포장재를 열면 벌써 단향을 위시하여 다양한 향이 느껴지고 차탕에서도 화과향花果香 등의 좋은 향기와 함께 단맛이 올라온다.

신양홍 1급의 차엽과 엽저, 그리고 차탕

하남성의 종류별 차 생산량 현황

차 종류별 생산량을 본다면 녹차가 대부분을 차지하고
홍차 생산량도 적은 편이 아니다.

■ 하남성의 차 종류별 생산량 비교(2017년)

차 종류	녹차 绿茶	홍차 红茶	청차 青茶	흑차 및 기타차 黑茶及其他茶	백차 白茶	황차 黄茶	2017년 총생산량 (톤)
생산량 (톤)	55,375	8,756	0	3,317	3	0	67,451
구성비율 (%)	82.10	12.98	0	4.92	0.004	0	100

3. 산동성의 명차들

차 분류	명차 이름	
	한글	중문
녹차	노산녹차	崂山绿茶
	노산명차	崂山茗茶
	제성녹차	诸城绿茶
	일조녹차	日照绿茶
	연태녹차	烟台绿茶
	기수녹차	沂水绿茶
	영성녹차	荣成绿茶
	교남녹차	胶南绿茶
	유산녹차	乳山绿茶

차 분류	명차 이름	
	한글	중문
녹차	장청차	长清茶
	태산녹차	泰山绿茶
	해청차	海青茶
	해청모봉	海青毛峰
	기몽녹차	沂蒙绿茶
	기몽옥아차	沂蒙玉芽茶
	부래청	浮来青
	거남녹차	莒南绿茶
홍차	태산홍차	泰山红茶

녹색으로 표시된 명차들의 이름은 모두 국가 또는 지방정부의 지리적 표시제 보호를 받고 있다.

놀랍게도 중국의 한참 북쪽에 위치한 산동성에서도 차는 생산된다. 틀림없이 여기가 차가 자랄 수 있는 북방한계선일 것이다. 청도시青岛市, 일조시日照市, 연태시烟台市까지 차가 생산된다. 한국의 차 생육 북방한계선으로 알려져 있는 대구보다 위도가 약간 높다. 이른 봄 수확을 조금이라도 앞당기기 위해 차밭의 일부는 비닐하우스로 덮어 놓은 경우도 보인다.

노산녹차와 일조녹차

청도에서 나오는 노산녹차崂山绿茶가 가장 유명하고, 그보다 조금 남쪽인 일조시의 일조녹차日照绿茶도 최근 홍보 활동을 열심히 하고 있다.

노산 녹차 찻잎과 우린 후 엽저

산동성의 종류별 차 생산량 현황

생산량은 그리 많지 않고, 그 중에서는 녹차가 대부분을 차지한다는 것을 알 수 있다.

■ 산동성의 차 종류별 생산량 비교(2017년)

차 종류	녹차 绿茶	홍차 红茶	청차 青茶	흑차 및 기타차 黑茶及其他茶	백차 白茶	황차 黄茶	2017년 총생산량 (톤)
생산량 (톤)	24,046	3,368	4	0	0.23	0.16	27,418
구성비율 (%)	87.70	12.28	0.01	0	0.0008	0.0006	100

4. 감숙성의 명차들

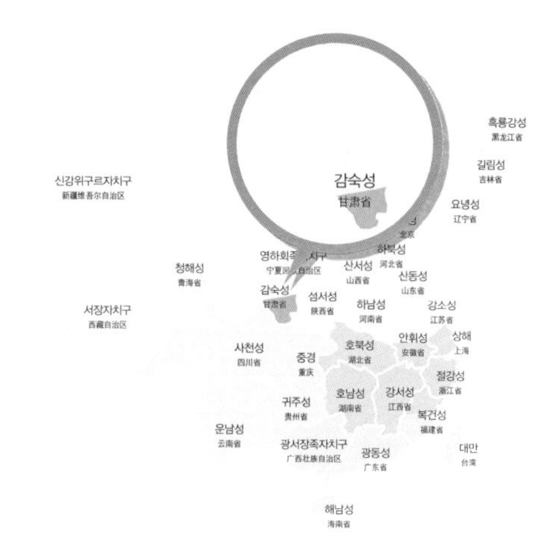

차 분류	명차 이름	
	한글	중문
녹차	문현녹차	文县绿茶
	용신차	龙神茶
	농남녹차	陇南绿茶
	벽구용정	**碧口龙井**
	벽봉설아	**碧峰雪芽**

녹색으로 표시된 명차들의 이름은 모두 국가 또는 지방정부의 지리적 표시제 보호를 받고 있다.

벽구용정

사실 감숙성에서 차가 나온다는 것을 아는 사람은 많지 않을 것이다.

감숙성 가장 남쪽에 위치한 문현文县의 벽구진碧口镇에서 벽구용정碧口龙井과 벽봉설아碧峰雪芽가 생산된다.

역사도 비교적 오래되어 청대清代의 1851년 이전에 차나무를 심기 시작했고 지금도 100년 넘은 차나무가 발견된다고 한다.

벽구용정은 이름에서 유추할 수 있듯이 서호용정의 공정을 채용하였으나, 그 채엽 기준은 일아일엽으로 좀 더 고급화시켰다.

벽구 용정 차엽을 서호 용정과 비교해 본다. 두 사진의 각 오른쪽 여리고 작은 잎이 벽구 용정이다. 모양은 고급화시켰을 지라도 맛은 서호 용정에 비교해서 부족하다. 특징적인 향도 약하고 맛도 두텁지 않다.

감숙성의 종류별 차 생산량 현황

생산량은 아주 적고 녹차가 대부분을 차지한다.

■ 감숙성의 차 종류별 생산량 비교(2017년)

차 종류	녹차 绿茶	홍차 红茶	청차 青茶	흑차 및 기타차 黑茶及其他茶	백차 白茶	황차 黄茶	2017년 총생산량 (톤)
생산량 (톤)	1,218	130	0	0	0	0	1,348
구성비율 (%)	90.36	9.64	0	0	0	0	100

이로써 거대한 중국의 4대 차구, 18개 성과 한 개의 도시(중경시)에서 나오는 차들을 알아보고, 그 중 중요도가 높은 차들에 대해서는 비교적 자세하게 이해를 해 보았다. 끝도 없이 다양한 중국의 명차들을 좀 더 깊고 넓게 이해하는 데 초석이 되었으면 하는 바램이다.

제 7 장

중국 명차 구매하기

중국에서 들리는 한국의 소식을 보면 생각보다 많은 분들이 중국의 차를 즐기는 것 같다.

그에 따라 중국차를 전문적으로 판매하시는 분들도 꽤 많이 있고, 또 중국차에 대한 지식을 나누는 곳도 많이 보인다.

한국에서는 그 분들이 심혈을 기울여 골라내고 수입해 온 중국 명차들을 구입하는 것이 가장 좋은 방법일 수 있겠다.

요새는 많은 분들이 상해나 북경 등에 여행을 오기도 하고 또 중국에 거주하는 한국 분들도 꽤 많아 보인다. 중국 명차를 중국 현지에서 좀 더 적극적으로 공부하면서 구매해 보기를 원하는 사람들을 위해서 실질적으로 도움이 되는 정보를 정리해 보고자 한다.

1. 어디로 가야 할까?

중국에서는 어느 도시에나 차를 전문으로 판매하는 시장이 있는 것으로 안다. 중국어로는 차엽시장茶叶市场 또는 차성茶城이라 한다.
중국 내의 많은 도시에 출장을 다녔는데 시간을 내어 그 도시의 차 시장을 들러보는 기회를 대부분 가졌다. 차가 나오는 유명 산지(예를 들어 무이암차가 나오는 무이산시)라면 도처에 차 상점이 있을 것이니 따로 차 시장이 형성될 이유가 없다.

무이산시에 있는 차 상점들 시내 어디에나 보인다.

상해의 천산차성

차 시장은 몇 층짜리 건물 전체인 경우도 있고 차 점포들이 거리를 따라 밀집해서 모여 있는 형태도 있다.
몇몇 도시의 유명한 차 시장을 잠깐 둘러보자.
필자가 거주하고 있는 상해에는 차 시장이 아마 10개 가까이 있지 않을까 한다.
가장 많이 추천하는 곳은 천산차성天山茶城이란 곳인데 한국인이 많이 거주하는 곳에서 그리 멀지 않다. 여기의 특징은 전국 각지의 유명한 차들이 잘 정선되어 있어 품질이 이상한 차를 만날 가능성이 아주 낮다는 것이다. 그래서 전반적인 차들의 가격대는 비교적 높게 형성된 편이다. 품질이 낮은 차를 비싸게 주고 사는 것은 안되지만 품질이 높은 차를 제값을 주고 사는 것은 당연한 일이다. 의흥의 자사호나 경덕진의 자기 등 다양한 다기들을 판매하기도 한다. 또한 유리 다호, 유리 공도배 등의 저렴한

다기들을 판매하는 곳도 있다.

필자는 2007년부터 이 차 시장을 내 집 드나들 듯이 다녀 각 차마다 전문 상점이 다 정해져 있다. 보이차 전문, 녹차(육안과편, 태평후괴, 황산모봉 등) 전문, 서호용정차(매가오용정) 전문, 홍차(기문홍차, 사천홍차, 운남전홍 등) 전문, 흑차(천량차, 복첨 등) 전문, 안계 철관음 전문, 백차 전문, 무이암차 전문, 대만 우롱차 전문 등으로 세분화되어 있다. 각 점포에 대한 자세한 정보는 필자의 블로그에 소개되어 있으니 참고 바란다. 생각보다 많은 분들이 그 정보를 활용하여 직접 차 시장을 방문하는 것으로 안다.

상해의 천산차성과 내부 상점들의 모습

상해 천산차성의 상점들 위쪽은 육안과편, 태평후괴 등 녹차를 전문으로 하는 집이고, 아래쪽은 여러가지 차도구를 취급하는 곳이다.

상해의 천산차성 자세히 보기

상해의 홍교차성

그 다음 소개할 곳은 홍교차성虹桥茶城이란 곳이다. 여기도 한국인 거주 지역과 멀지 않다. 골동품이나 자연재료를 활용한 보석이나 조각품 등을 판매하는 점포들과 같이 있다. 그러다 보니 차에 대한 전문성은 좀 떨어지는 편이다. 차를 포함한 중국의 문화를 한 자리에서 둘러보고 싶다면 좋은 장소가 아닌가 한다.

상해의 홍교차성 골동품 시장[虹桥古玩城]과 같이 있다.

상해의 홍교차성 자세히 보기

상해 노서문 차 시장

상해의 관광지로 가장 유명한 예원豫园 주변에도 하나 있다. 노서문老西门 차 시장이란 곳인데 지리적 이점이 뛰어나다. 여기도 골동품을 같이 취급하여 정식 명칭은 '노서문고완차성老西门古玩茶城'이다. 예원뿐만 아니라 한국인이 자주 찾는 관광지인 신천지新天地와도 가깝고 대한민국 임시정부 청사와도 가깝다. 최근에 다녀온 바에 따르면 생각보다 상권이 활성화되지 않아 썰렁한 느낌은 있었다. 관광지를 다니면서 잠깐 둘러본다면 좋지 않을까 한다.

상해의 노서문고완차성

상해의 기타 차 시장들

상해대녕국제차성上海大宁国际茶城이란 곳도 있는데, 규모는 크지만 위치가 불편해 방문을 많이 해보지는 않았다. 이 외에도 항대차성恒大茶城, 신강만차성新江湾茶城도 있다. 여행 와서 숙박하는 곳이나 거주하는 곳과 가깝다면 꼭 방문해 보기를 추천한다.

상해의 노서문 차 시장 자세히 보기

북경 마련도차성과 광저우 방촌차엽 도매시장

북경에는 마련도차성马连道茶城이 있고 광동성 광저우广州에는 방촌차엽도매시장芳村茶叶批发市场이 있다. 두 군데 모두 상해의 차 시장들과는 비교가 되지 않을 정도로 넓다. 필자가 경험한 바에 의하면 좋은 차, 그저 그런 차, 이상해 보이는 차 등이 섞여서 보인다. 특히 몇 십년이 지난 오래된 보이차인데 가격이 아주 낮거나, 노반장이나 빙도라는 이름을 쓰는데 아주 저렴하다든가 하는 차들도 보이는데 구매는 하지 않는 것이 좋다.

북경 마련도차성과 광저우 방촌차시장

성도의 오괴석차엽교역시장

사천성의 성도成都에 가면 오괴석차엽교역시장五块石茶叶交易市场이 있는데 실제로는 대서남차성大西南茶城이라는 간판을 걸어 놓았다. 여기는 사천성에서 나오는 몽정감로, 몽정석화, 죽엽청 같은 녹차들과 황차인 몽정황아, 그리고 흑차인 장차藏茶, 사천성의 홍차 등 그 지역의 다양한 차들을 맛보고 구매할 수 있는 곳이다.

사천성 성도의 대서남차성의 입구와 상점들

성도의 오괴석차엽교역시장 자세히 보기

유명 브랜드 상점들

이처럼 각 지역에는 각 지역의 특색에 맞는 차들을 살 수 있는 차 시장들이 있으니 탐구심을 가지고 접근해 볼만하다.
만약 차 시장에 가서 부딪혀 가면서 알아볼 생각이 없거나 용기가 없다면 어떻게 해야 할까?
그렇다면 차를 전문으로 취급하는 브랜드가 있는 체인점을 찾아가면 된다. 차 시장에 있는 경우도 있지만 대개는 시내에 자리잡고 있는 경우가 많다.
중국에서는 가장 유명하고 널리 보이는 것이 천복명차天福茗茶일 것이다. 만약 북경 지역이라면 오유태吴裕泰라는 차 전문 상점이 있다.
이런 곳에 가면 한자리에서 다양한 차들을 소개받을 수 있고 구매를 할 수 있다는 장점이 있다. 대개의 경우 품질관리를 철저히 하므로 안전성 측면에서 나름 강점이 있으리라 본다. 하지만 점포운영비, 인건비, 광고비 등이 차 가격에 반영되어 있을 것이므로 가격 대비 차의 품질은 높지 않을 확률이 크다. 편리함에 대한 가격 지불인 셈이다.

차 전문 체인점인 천복명차와 오유태의 점포들

2. 차 시장에 간다면 어떤 점포를 선택할까?

차 시장 내의 점포들은 '브랜드 파워를 가진 비교적 규모가 있는 회사들이 운영하는 점포'와 '브랜드 파워가 거의 없는 작은 회사' 또는 '소규모의 차농이 직접 운영하는 점포'로 나눌 수 있겠다.

차 종류별 전문점

첫 번째 경우로는 소관차小罐茶(중국 명차 종류들), 대익大益(보이차), 품품향品品香(백차), 팔마八马(우롱차류), 무이성武夷星(무이암차류), 맹고융씨勐库戎氏(보이차), 란창고차澜沧古茶(보이차), 노동지老同志(보이차), 칠채운남七彩云南(보이차), 진승호陈升号(보이차) 등이 해당된다.

소관차는 약 10종의 명차를 선정하여 고급스럽게 포장하여 판매한다. 가격은 상당히 높다.

가장 큰 보이차 브랜드인 대익

천복명차나 오유태와 마찬가지로 품질 관리 측면에서는 비교적 안전한 선택이 될 수 있을 것이다. 중국 어느 지역에서나 동일한 가격을 받을 것이고 타오바오[淘宝] 등의 인터넷에서도 가격이 투명하게 보일 것이다. 이들 제품 또한 브랜드에 대한 비용을 지불해야 하므로 차를 보는 안목을 가진 사람이라면 굳이 이런 곳에서 구매할 필요는 없다. 그리고 간혹 이런 브랜드를 모방한 가짜 제품도 있을 수 있다는 점도 유념해야 한다.

무이암차의 대표인 무이성

녹설아(绿雪芽)는 백차 브랜드이고, 팔마다업(八马茶业)은 철관음을 비롯한 우롱차 브랜드이다.

브랜드 없는 개인 상점들

만약 작은 회사나 소규모 차농이 직접 운영하는 차 상점을 고려한다면 어떤 방식으로 선택해야 하는지 살펴보자. 백화점 식으로 모든 차를 취급하는 곳은 피한다. 많은 차 종류에 대해서 모두 강점을 가지고 있을 가능성은 크지 않다. 주력으로 하는 차를 가지되 가능하면 자체 다원과 자체 공장을 가지고 있는 곳을 택한다. 전문성도 높을 것이고 가격적으로도 강점이 있을 것이다. 필자의 경우 차가 마음에 든다면 차밭 환경과 만드는 공정을 직접 가서 볼 수 있는지 꼭 물어보고 많은 경우 실제로 방문하기도 했다.

상해 천산차성 내 매가오 용정을 전문으로 하는 곳(左), 기문홍차 등 홍차 전문점(右).

채미헌(采薇轩)이라는 상호의 보이차 전문점.

차 산지에 있는 차 점포에서는 흔히 보이지만, 상해나 북경 등 대도시에서 본인이 만드는 차를 직접 판매하는 분을 찾기는 쉽지 않다. 하지만 간혹 보이기도 하는데 필자가 가장 선호하는 경우이다. 이런 분들은 차를 만드는 계절에는 공장에 가 있고 나머지 철에는 도시에 와서 차를 판매한다.

만약 차 가게 안에 젊은 사람이 지키고 있는 경우도 가능하면 피한다. 몇 달 만에 자격증을 겨우 취득했고 차밭에는 가 본 적도 없는, 차에 대한 지식이 그리 많지 않은 사람일 확률이 높기 때문이다.

녹차를 구매한다면 냉장고 설비를 잘 갖추고 있는지도 꼭 보아야 한다. 사실 요새는 웬만하면 냉장고 정도는 다 갖춰 놓았지만 그래도 확인은 필수이다. 녹차는 보관 조건에 따라서 품질의 변화 폭이 상당히 크다는 점을 명심해야 한다.

어떤 물을 쓰는지 물어보고 들어갈 수는 없겠지만, 차를 마실 때는 꼭 물어보자. 대부분의 도시에서는 수돗물의 경도가 높은 편이라 경도가 낮은 생수를 큰 통으로 구매해서 쓰는 경우가 많다. 일부 수돗물의 경도가 낮은 도시(예를 들어 무이산시) 등에서는 수돗물을 그대로 차 우리는 데 쓰기도 하는데, 맛에 부정적인 영향을 주지 않는다면 문제가 없다고 본다.

상해 천산차성 내에서 직접 만든 안계철관음을 판매하는 상점(上)과 무이암차를 전문으로 제조와 판매를 하는 상점(下)

상해 천산차성 내의 녹차 전문 판매점에는 큰 용량의 냉장고들을 갖춰 놓기도 한다(上). 내부에 공간이 없는 경우 냉장고를 점포 외부에 두기도 한다(下).

3. 맛보기 요청

차 시장에 가서 어느 점포에 들어가 비싼 차를 몇 가지 맛을 보고 난 후 하나도 구매하지 않고 그냥 나오는 경우를 상상할 수 있는가?

만약 한 근(500g)에 500위안짜리 차를 마신다고 하면, 일반적으로 한 번 우리는데 5~8g을 사용하니 5~8위안의 차 값이 든다. 3종을 마셔 본다면 인건비, 물값, 전기값을 제외하더라도 15~24위안의 비용이 든다. 만약 좀 비싼 한 근당 1,000위안짜리 차를 3종 맛본다면 30~48위안의 원가가 소요된다. 솔직히 적은 비용이 아니다.

중국에서는 이게 아직은 가능하다. 가능은 하지만 남용하지 않아야 함은 당연한 일이다. 커피숍 가서 한 번에 지불하는 돈이 얼마인데, 좋은 차를 마셨으면 조금이라도 구매하는 것이 인지상정이긴 하다. 하지만 정말로 차가 마음에 들지 않는다면 진심 어린 감사를 표하고 과감하게 일어서도 좋다.

자리를 잡고 앉았다면 찾고 있는 차의 가격대 범위를 먼저 물어본다. 다양한 가격대가 있을 것이다. 중국에서는 육류를 구매하든, 채소를 구매하든 차를 구매하든, 모두 한 근(500g)의 가격을 말한다. 만약 50g(一两이라 한다) 가격이라면 그 단위를 꼭 얘기할 것이고, 이미 포장되어 있는 경우에는 그 포장된 무게만큼의 가격을 얘기할 것이다. 여기에서도 별도로 중량을 얘기하지 않는다면 모두 한 근 즉 500g 가격임을 알아두자.

차마다 가격대가 다르므로 일괄적으로 말하긴 힘들지만 가장 일반적인 경우가 한 근당 가격이 300~2,000위안 정도라고 본다.

홍차의 금준미나 황차의 군산은침, 몽정황아 등은 가격대가 2,000위안을 훌쩍 넘으니 위 경우에 해당하지 않는다. 반대로 백차 중의 수미 등급이나, 일부 대지차를 사용한 보이차들, 재스민차 등은 비교적 가격이 낮게 형성되어 있다.

차 시장에서는 다양한 차를 선택할 수 있고, 다양한 가격대를 볼 수 있다.

여러 등급 맛보기

제대로 평가를 하기 위해서는 2~3가지 등급을 맛보기를 권한다.

500위안과 1,000위안의 두 등급이나, 500위안과 700위안과 1,000위안 정도의 세 등급이나, 좀 더 과감하게 500위안과 1,000위안과 1,500위안의 세 등급을 맛볼 수 있는지 물어본다. 세 가지를 동시에 맛볼 수 있도록 준비할 수 있는 경우는 드물기 때문에 각각의 맛을 잘 기억한 후 구매를 결정하자. 하나의 차를 정확하게 평가하려면 최소 5번 정도는 우려봐야 하므로 자주 화장실 갈 각오는 해야 할 것이다.

만약 차의 품질을 판별할 능력이 없다면 한 근당 700~1,500위안 정도 되는 것을 구매한다면 대체로 괜찮은 선택이 될 것이다.

비교시음 할 수 있다면 좋다. 왼쪽은 용정차 두 종류를, 오른쪽은 태평후괴 3 종류를 비교하고 있다.

얼마나 사야 할까?

이게 생각보다 중요한 부분이다.

차를 별로 마셔보지 않은 사람들은 구매할 때 최소량이 어느 정도 되는지 감이 없을 것이다.

나의 추천은 50g을 최소로 하고 그 배수 단위로 구매하라는 것이다. 아마 처음 차를 사는 사람들은 500g, 적게 산다고 해도 250g 정도를 생각할 것이다. 정말로 그 정도 양이 필요하다면 그렇게 사면 되지만 그 정도 양을 소화하기에는 시간이 많이 걸린다. 그 정도 양을 기본으로 생각하니 한 번에 지불하는 돈을 고려하여 비싸고 좋은 차를 선택하는 대신에 가격이 싸고 품질이 낮은 차를 선택하게 된다. 집에 가져가서는 품질이 낮으니 한두 번 마시고 손이 안 가게 되고, 결국 돈은 돈 대로 쓰고 차는 마시지도 않는 결과가 초래될 가능성이 크다.

차는 좋은 품질의 것을 소량으로 사는 것에서 시작해야 한다.

한 근당 1,000위안 하면 엄청 비싼 것으로 생각된다. 당연히 비싸다. 하지만 50g만 구매를 한다면 100위안이 필요하다. 상해에서 스타벅스 커피 한 잔 마시려면 25~30위안이 필요하니 서너 번 가면 100위안이 소비되고, 택시 두세 번 타면 100위안이 필요하고, 밥 한 끼 그럴 듯하게 먹으면 최소 100위안이 든다.

품질이 좋은 차를 100위안 주고 50g을 구매한다면 장담하건대 훨씬 더 큰 행복을 맛볼 수 있다. 혼자서 머그컵에 차를 즐긴다고 보면 한 번에 1.5~2g 정도가 필요하다. 매일 2g씩 소비한다 해도 25일간 이 품질 좋은 차를 즐길 수 있다. 즉 100위안으로 약 한 달을 행복하게 보낼 수 있는 것이다.

녹차나 청향형 철관음이라면 신선하게 마시는 것이 중요하니 가능하면 두세 달 안에 소진할 수 있는 양만 사는 것이 좋다. 단 집에 차 전용 냉장고가 있어 신선하게 유지할 자신이 있다면 더 구매해도 될 것이다. 김치 등 냄새가 나는 다른 음식이 들어있는 냉장고의 냉장칸이나 냉동칸에 넣는 것은 절대 추천하지 않는다. 아무리 좋은 포장재로 밀봉을 잘한다 하더라도 냄새는 일정 정도 베어 들어가게 된다. 50g이 적다면 100g, 좀 더 구매한다면 150g 이렇게 50g 단위로 구매 단위를 정하면 된다.

그 이외의 차들은 상온에서 상당 기간 보관이 가능하고, 때로는 숙성 기간이 길어져야 품질이 더 상승하는 경우도 있다. 이런 차들은 예산이 허용된다면 한 번에 많이 구매해도 된다. 백차나 보이차를 포함한 흑차류, 봉황단총이나 무이암차 등의 우롱차류가 해당된다.

200ml 머크컵에 녹차 1.5g이면 충분하고, 280ml 유리컵에는 홍차 2g 정도가 적당하다.

4. 포장 요구하기

대부분의 경우의 50g 단위로 개별 포장해 달라고 하는 것이 가장 무난하다. 혹시 선물용으로 필요하거나 신선도를 보다 더 잘 유지하기 위해서는 25g으로 해달라고 하면 더 좋다.

만약 철관음이라면 특별한 포장이 필요하다. 철관음을 파는 가게 치고 5~8g 정도로 개별 포장을 하고 또 진공까지 잡아서 포장해주지 않는 곳이 없을 것이다. 별도로 요구하지 않아도 당연히 이렇게 해줄 것이다. 가능하다면 8g보다는 5g으로 포장하면 더 좋다. 향이 중요한 철관음은 개봉해 버린다면 산소와의 접촉을 막을 수 없어 산화현상에 의한 향기성분의 소실과 변화가 가속될 것이기 때문이다.

만약 중국에서 한국으로 운송해야 한다거나 다른 도시로 이동하면서 다른 물건들에 의해 눌러져 차엽이 파손될 염려가 있다면 금속 캔 용기에 넣어달라고 요구하자. 차를 넉넉히 샀다면 군말없이 줄 것이고, 조금밖에 구매하지 않았다면 비용을 요구할 수도 있다. 2~5위안 정도 할 것이니 속 편하게 지불하자. 비싸고 품질 좋은 차이니 보호를 받아 마땅하다.

한 가지 꼭 말해주고 싶은 게 있다.

중국에서는 차 자체가 중요하다. 포장재에 적힌 글귀는 중요하지 않다.

보기 좋게 중국명차中国名茶, 서호 용정西湖龙井, 명품名品, 극품极品, 전통传统, 전수공全手工, 정암正岩, 진년陈年 등등 현란한 문구들이 적혀 있는 경우가 많다. 포장재 자체를 판매하기 위한 수단이다. 차를 파는 사람은 그냥 포장재로서 사용하는 것이지, 거기에 적혀 있는 문구는 크게 개의치 않는다. 용정차를 동정벽라춘이라고 적혀 있는 포장지에 담아 주지는 않겠지만 서호용정이라 적혀 있는지, 전수공이라 적혀 있는지 등에 대해서는 신경 쓰지 않는 경우가 많다는 뜻이다. 그래서 차를 구매할 때 그 차의 특성(예로 정확한 생산지명, 날짜, 품종, 공정 특성)을 따로 잘 적어두는 것이 좋다.

브랜드가 있는 회사의 이미 포장된 제품에 인쇄된 정보는 의미가 있을 것이다.

철관음 소량 진공 포장 설비와 포장된 상태

5. 차를 구매할 때 고려사항

'보기 좋은 떡이 먹기도 좋다'는 속담이 있지만, 중국 차를 구매하는 데 있어서는 꼭 해당되지 않는다.

외관과 품질은 일치하지 않는다

중국에서는 차를 잘 모르는 사람에게 선물용으로 주기 위해 차를 만드는 경우도 많아 맛보다는 외관을 중시해서 만든 차들도 많다. 대표적인 예가 용정차인데, 실제 항주의 용정촌이나 매가오촌에서 나오는 차들은 그렇게 예쁘지 않다. 하지만 그 외의 지역에서 이른 봄에 따거나 다른 품종으로 만든 경우 모양도 아주 균일하고 예쁘다. 하지만 맛은 외관과 다르게 썩 그렇게 만족스럽지 않은 경우가 많다. 그래서 차를 판매하는 사람은 '본인이 마실 거냐, 선물할 거냐'를 물어보기도 한다. 모양에 현혹되지 말고 맛과 향으로 좋은 차를 판별해야 내야 한다.

용정차 외관에 의한 비교
위쪽이 색깔과 크기가 균일하기도 하고 작고 예쁘지만 품질이 더 낮고 가격도 더 싸다. 외관은 참고자료일 뿐이다.

수확 시기 확인

수확 시기에 신경을 써야 한다. 녹차의 경우 청명일 전에 수확한 것이냐(명전차, 明前茶) 아니냐를 대체적인 기준으로 삼는다. 청명절 이전에 생산되었다면 하루 단위로 다른 가격이 책정되어 있을 것이므로 수확된 정확한 날짜도 알아보자.
일년 중 수확 시기가 비교적 긴 차들의 경우 더욱 더 정확한 수확 시기에 대한 정보를 묻는 것이 필요하다. 대표적인 예가 백차의 수미寿眉인데, 4~5월 봄에 수확하고 나서 7~11월 다시 수확한다. 충분히 예상 가능하겠지만 봄에 딴 수미는 춘수미春寿眉라 하여 가격도 높고 품질도 더 좋다.

생엽의 수확시기
둘 다 동일하게 2012년 생산되었으나, 왼쪽은 봄에 수확되고 오른쪽은 가을에 수확되었다. 모양이나 맛으로 구별이 쉽지 않으므로 라벨과 판매자의 정보에 의존해야 한다. 단, 봄에 수확했다면 자랑거리이므로 묻지 않아도 광고할 가능성이 크다.

보이생차의 경우에도 생엽의 수확 시기를 알아야 한다. 봄차가 가격이 높고, 가을차가 그 다음, 여름차는 가격이 낮다. 품질 차이가 나니 가격 차이가 날 것이다. 가을차라 해서 품질이 좋지 않다는 말은 아니다. 일부 지역의 고수차의 경우 가을차도 충분히 매력이 있었다. 구매를 할 때 정확하게 알아야 한다는 말이다. 파는 사람 입장에서는 굳이 강조하지 않아도 될 말, 얘기해도 도움이 되지 않는 말은 하지 않는 경우가 많다. 거짓 정보를 주는 것은 아니지만 제공해야 하는 정보를 주지 않는 것도 그렇게 바람직하지 않다.

철관음 청향형의 경우 대부분의 사람들은 가을차를 선호한다.
봄차는 차탕이 좋고 가을차는 향기가 좋다고 얘기를 하는데, 이 차의 주된 매력은 맛보다 향기이기 때문에 그렇다. 봄차가 나오는 5월 말부터 가을차가 나오는 10월 말까지의 기간에는 매년 두 가지의 선택을 놓고 고민한다. 그 해의 봄차를 살 것이냐 작년에 만든 가을차를 살 것이냐…. 정답은 마셔보고 가격 보고 좋은 것을 사면 된다. 중국의 소비자들 중 꽤 많은 사람들은 작년 가을차를 선택할 가능성이 크다.

무이암차의 경우 생엽을 채엽하고 모차를 완성하는 것은 대개 4월 말경부터 시작하여 5월말 정도가 될 것이다. 하지만 정식으로 시장에 선을 보이기 전에 해야 할 일이 많이 남아 있다.
정제를 해야 하고 가장 중요한 홍배 과정을 거쳐야 한다. 그래서 빨라도 8월말, 일반적으로는 9월이나 10월이 되어야 그 해에 생산된 차를 구매할 수 있다. 간혹 5월이나 6월에 햇 무이암차가 나왔다고 선전하는 경우도 있는데 구매를 권하지 않는다. 홍배는 시간을 두고 신경 써서 해야 하는 어려운 공정이다. 햇차를 구매하지 말고 이미 어느 정도 숙성이 된 전년도 것을 구매하는 것이 좋다.

무이암차 선별 공정.

탄배(炭焙) 공정 중 차엽이 열을 고루 받도록 여러 불 아궁이로 바꾸어 주는 작업을 해야 한다.

차나무와 생산지 확인

원료의 수확 시기 외에 수확한 차나무와 생산 지역에 대해서도 관심을 가져야 한다.

대표적인 예가 보이차의 고수차古树茶, 소수차小树茶, 대지차台地茶 원료에 관한 얘기다. 운남 각 지역마다의 고수차 가격은 비교적 투명하게 알려져 있다. 그런데 가공료, 운반비, 창고 보관료, 판매자의 이익 등을 다 고려하고 나서의 판매 가격이 운남 산지의 고수차 모차毛茶 가격에 못 미치거나 한다면 뭔가 잘못된 것이다.

고수차를 일부만 병배한 것인지, 사용한 원료가 전부 고수차인지 정확하게 알아야 한다. 마찬가지로 노반장이나 빙도라는 이름을 사용하면서도 가격이 높지 않은 경우도 그 이유를 명확하게 알아야 한다. 대지차라도 관리만 잘 되었다면 가격은 낮으면서도 품질은 충분히 좋게 만들 수 있다. 고수차는 대부분 품질이 높지만 가격이 비싸다. 선택의 문제이다. 잘못된 정보나 과장된 정보가 아니라 내가 마시는 차에 대한 정확한 정보를 얻는 것이 중요하다.

보이차는 좀 더 나아가 순료纯料인가, 더 나아가 단주차单株茶인가, 아니면 병배拼配(Blending)를 하였는가를 따지기도 한다.

순료란 말은 어느 지역의 찻잎만을 사용해서 만들었다는 뜻이고 때로는 어느 산등성이 것만 썼다는 더 좁은 개념일 수도 있다.

단주차는 말 그대로 한 그루의 나무에서 수확한 찻잎으로만 만들었다는 뜻이다. 일반 소비자들은 느낌상 순료 또는 단주차라는 말에 호감이 가겠지만 품질상으로 본다면 꼭 좋다고 볼 수 없다. 어느 지역의 차든지 그 특색이 있다. 단맛이 강할 수도 있고, 쓴맛이 강할 수도 있고, 향이 강할 수도 있고…. 장점이 좀 더 많을 수는 있겠지만 완벽할 수는 없으리라 본다.

병배라는 말에 약간의 거부감을 가질 수 있겠지만 병배는 정말로 훌륭한 기술이다. 장점은 올려주면서 단점은 줄어들도록 만들 수 있는 것이 병배의 묘미다. 매해마다 품질을 일정하게 유지하면서도 생산원가를 조절할 수 있는 장점도 있다. 생산 지역이 다른 차끼리, 생산 연도가 다른 차끼리, 생산 계절이 다른 차끼리, 품종이 다른 차끼리, 품질 등급이 다른 차끼리, 발효 정도가 다른 차끼리 등 병배의 방법은 무수히 많다.

단주차나 순료차를 만드는 것은 그만큼 품질에 자신이 있어서 일것이고 반대로 가격이 높을 것이다. 본인의 품평 수준과 경제적인 여유에 맞추어 구매를 결정하면 된다.

빙도 파왜(坝歪) 차왕수

서쌍판납 파사(帕沙) 차왕수

최근에는 야생 품종에 대한 얘기가 자주 나온다.

보이차의 경우 이전에는 야생차野生茶, 또는 야방차野放茶라는 표현을 쓰다가 요새는 국유림国有林이란 표현을 사용한다. 개인적인 견해로는 공부를 위해서 일부 구매는 가능하겠지만 많은 양을 구매할 필요는 없으리라 본다. 일부 품종의 경우 차 폴리페놀 함량은 높지만 단순형 카테킨의 비율이 높아 맛이 너무 순한 느낌이 들기도 한다. 숙성 기간이 길어진다면 어떤 식으로 맛이 변할지 알 수 없으므로 이미 오래 숙성된 차를 품평해 보고 판단하는 것이 좋다고 본다.

용정차 등의 녹차에서도 군체종群体种이란 표현을 많이 쓴다. 최근에 주로 재배되는 품종이 용정43호인데 그와는 대비되게 그 지역에서 이전부터 재배되어 온 재래종이란 개념이다. 의도적인 교잡에 의한 한 가지 품종이 아니라 이런저런 품종이 섞여 있다는 말로 차엽의 크기, 완성된 찻잎의 색상 등 외관이 일정하지 않다.

하지만 맛에서는 우세를 보이는 경우가 많은데 이유는 다음과 같이 추정된다. 먼저 인위적인 관리가 없는 상황의 무한경쟁에서 살아남았다는 것은 뿌리를 땅속 깊이 박아 영양소를 흡수할 수 있는 능력도 높고 광합성 능력도 높을 가능성이 크다. 또한 한 개체에서 잎의 개수가 적어 제한된 영양소를 너무 분산시키지 않아도 되므로 잎 하나하나의 영양성분 함량은 더 높을 것이다. 그게 고스란히 맛으로 표현될 것이다.

용정차의 경우 군체종으로 만든다면 생산지 기준으로 가격이 약 20% 정도 높다. 비교 시음을 해보고 장점을 느낀다면 구매하면 된다.

백차에서도 최근에는 황야백차荒野白茶, 황야은침荒野银针 등의 용어가 많이 들린다. 밀식재배를 하지 않고 꽤 오랜 시간 동안 관리를 하지 않아 키가 2~3m 정도로 큰 차나무에서 수확한 싹이나 잎으로 만든다. 용정차의 군체종과 동일한 이유로 찻잎에 함유된 영양성분이 더 높을 확률이 클 것이다. 대체로 맛이 더 좋은 편이어서 가격 또한 일반 품종에 비해 높다. 생산량이 많지 않아 구매하기가 비교적 어렵기도 하다.

노차老茶에 대한 관심이 한국에서는 비교적 높은 것으로 보인다. 중국에서도 노차를 마시는 사람들이 있긴 하지만 제한적이다.

개인적으로는 노차를 구매하지도 않고 권하지도 않는 편이다. 여러가지 이유가 있겠지만 안전에 대한 우려가 가장 크다.

아포차(芽苞茶)는 야생의 싹으로 만든 것인데 차나무의 일종인지는 명확하게 밝혀지지 않았다(左). 오른쪽 사진의 왼편은 야방차 생차이고, 오른편은 일반적인 보이생차이다. 같은 해에 만들어도 색상의 차이가 확연하다.

보관 조건에 대한 고려 - 곰팡이 독소

중국은 워낙 지역이 방대한데 각 지역마다 날씨 조건이 다르다. 남쪽으로 가면 온도도 높고 습도도 높다. 생산 시기가 동일한 차를 남쪽 광동성의 광저우에 둔 경우와 상해에 둔 경우, 그리고 북경에 둔 경우를 비교하면 시간이 지날수록 품질의 차이가 벌어진다. 온도와 습도 관리를 하는 경우는 거의 없으니 광저우에 둔다면 높은 습도로 인해 곰팡이가 발생할 확률이 크다. 통제되고 계획된 곰팡이 발생은 문제가 될 가능성이 적으나 그렇지 않은 경우는 얘기가 다르다. 곰팡이 자체는 다시 건조시켜 없애거나 차를 우릴 때 뜨거운 물을 부어 살균시키면 된다. 곰팡이 냄새가 나겠지만 다른 장점이 있을 것이므로 그냥 참으면 된다.

그런데 문제는 곰팡이가 성장하면서 발생시키는 독소인데 이를 곰팡이 독소(Mycotoxins)라 한다. 차에서 발생될 수 있는 독소는 5가지 정도인데 아플라톡신(Aflatoxins), 오크라톡신 A(Ochratoxin A), 후모니신(Fumonisins), T-2 독소(T-2 toxin), 그리고 디옥시니발레놀(Deoxynivalenol) 등이다. 이들 독소는 끓는 물을 써도 분해되지 않으며 수용성이라 상당부분이 차의 좋은 성분과 같이 우러나오게 된다. 위험성 자체를 원천적으로 봉쇄하는 방법은 곰팡이가 핀 차를 피하는 길밖에 없다.

중국의 타오바오淘宝 등 인터넷 상점에서 몇 년 이상 숙성된 차의 구매는 권장하지 않는다. 그 차가 보관된 조건에 대해서 절대 알 수가 없기 때문이다. 가장 확실한 방법은 본인이 직접 품평을 하는 것인데 그럴 수가 없는 것이 문제이다. 갓 만든 녹차를 인터넷에서 구매한다면 보관 조건에 의한 위험성은 낮지만 차밭 환경이나 차 제조 환경에 대해서는 알 수가 없으므로 위험성은 비교적 낮지만 그래도 존재한다.

이래 저래 차 구매에 신경 쓸 요소가 많다.

숙성된 차

무이암차 중 대홍포를 30년 숙성시킨 것(왼쪽 사진의 왼편)과 1년 미만 숙성된 것(왼쪽 사진의 오른편). 오른쪽 사진은 30년 숙성 대홍포를 우린 모습인데 우러나오는 정도가 비교적 약하다. 맛이 깔끔하다고 할 수 있지만 풍부한 느낌은 적다.

6. 차 박람회

상해에서는 매년 5월이 되면 2~3회 차 관련 박람회가 열리고, 또 9~10월이 되면 다시 2~3회 열린다. 마찬가지로 대부분의 중국 도시에서는 크고 작은 차 박람회가 비슷한 시기에 꼭 열린다.

시간을 내어 방문해 본다면 한 자리에 모여 있는 많은 차들을 손쉽게 만날 수 있다. 혼자 가지 말고 가능하면 두세 사람이 같이 가서 마음에 드는 부스에 들어가 당당하게 시음을 요청하자. 만약 재수가 좋다면 평소에 비싸서 마셔 보기 힘든 빙도나 노반장 같은 보이생차나, 금준미 같은 홍차, 태평후괴 같은 녹차를 흔쾌히 내놓는 분들을 만날 수도 있다.

상해에서 2019년 봄 및 가을에 열렸던 차 박람회의 포스터와 행사장 입구

한국인이 만드는 보이차 – 석가명차 시음회 모습(上). 빙도의 고차수 단주로 만든 차를 마셔볼 기회가 있었는데 가격이 200g 한 편에 20,000위안이었다(右).

대개 판매도 같이 이루어지는데 특별 할인 가격을 들고 나오기도 하지만 꼭 그렇지 않은 경우도 있다. 특히 브랜드 파워가 있는 회사들의 경우 정가 그대로이거나 혹은 출시 직전이라 가격을 더 높게 책정하기도 한다.
박람회의 제일 마지막 날 방문하면 좋은 가격으로 구매를 할 수 있을 가능성이 크다. 힘들게 중국의 먼 지방에서 공수해 온 제품들을 다시 들고 가느니 조금 저렴하게라도 처분하려고 하는 경우이다. 마지막 날은 정해진 시간보다 일찍 철수를 해버리는 부스들이 많으니 서둘러야 한다.
박람회에는 차 말고도 차 관련 제품이 총출동한다. 차호를 비롯하여 찻잔, 차판 등 정말로 다양하다.
어떤 차가 그 해에 유행하는지에 대한 소식뿐만 아니라 어떤 차도구가 유행하는 지에 대해서도 느낄 수 있고 또 현장에서 구매도 할 수 있다.

박람회에 전시된 의흥 자사호와 은으로 만든 차호들

제 8 장

중국 명차 우리기

1. 찻물의 선택

차를 마시는 데 있어 물의 중요성은 누구나 알고 있을 것이다.

역사상의 많은 차인茶人들도 차를 마시기에 가장 좋은 물은 어떤 것인가에 대한 본인들의 생각을 남겨 놓았다.

그 중 가장 대표적인 것이 당나라 육우陆羽의 『다경茶经』에서 언급한 "산수상山水上, 강수중江水中, 정수하井水下"라고 볼 수 있는데, 다른 옛 분들의 얘기도 이 말과 그 뜻에서 크게 다르지 않으리라 본다.

그렇다면 과연 이러한 표현들을 현대적으로 해석해 볼 순 없을까?

또 더 나아가 그 해석을 일반 사람들이 쉽게 차 생활에 적용할 수 있는 방법은 없을까?

필자는 20년 넘게 차 제품 그리고 음료 제품을 개발하면서 물의 중요성에 대해서 누구보다 잘 알게 되었다. 경도가 다른 물을 실험실에서 직접 제조하여 스포츠 음료 개발에 활용한 경험도 있다. 양이온교환수지를 사서 칼럼에 채우고 펌프 속도를 조절하여 물 안에 있는 이온들과 수지 간의 반응 시간을 조절해서 경도를 조절할 수 있었다.

이런 경험과 물에 대한 이해를 바탕으로 위 의문에 대한 답을 찾아보려고 생각했었다.

적은 비용으로 누구나 손쉽게 구할 수 있는 TDS(Total Dissolved Solids, 총용존 고형분 함량) 측정 장치를 활용하면 된다는 사실을 깨닫게 된 건 불행히도 오래 되지 않았다. 경도의 개념도 잘 알고 TDS 개념도 잘 알았는데 그 둘을 연결하는 데 한참 시간이 걸렸다.

1년이 넘는 기간 동안 한국, 중국, 대만, 그리고 영국 등을 다니면서 모은 자료들을 바탕으로, 그리고 최근까지도 계속해서 모으고 있는 자료들을 바탕으로 찻물에 대한 현대적이고 과학적인 고찰을 해보고자 한다.

스위스에 있는 해발 3571미터 융프라우(Jungfrau)의 눈 녹은 물과 경북 문경의 맑은 계곡물은 찻물로서 어떨까?

찻물의 역할과 조건

차를 마시는 데 있어서 물이 해야 하는 역할은 무얼까? 차의 품질을 품평하는 입장에서는 차맛을 사실적으로 표현해주는 중립적인 역할을 해주는 것이 가장 바람직하다. 좋은 품질의 차는 좋은 차맛이 나게 하고, 보통 품질의 차는 보통의 맛이 나고, 원래 쓴맛이 강한 차는 그대로 강하게 느껴지고, 뒷맛이 두터운 차는 또 그대로 느껴지게 해야 한다.

만약 차를 즐기는 입장이라면 물로써 차맛을 상승시키는 역할을 기대할 수도 있다. 또 판매를 위해 차를 더욱 돋보이게 하고 싶거나 차가 가진 특정 단점을 살짝 덮어버리는 등 찻물에서 뭔가 도움을 기대하는 경우도 있을 것이다.

하지만 차의 품질을 떨어뜨리거나 또는 몸에 유해한 요소를 가져오는 역할을 해서는 절대로 안 될 것이다.

그렇다면 찻물로서 가장 기본적인 조건은 무엇일까?

한국의 법적 조건인 '먹는 물 수질기준'에 적합하여야 함은 두 말할 나위 없다. 일반세균과 총대장균군을 포함한 미생물 기준, 납이나 수은 등의 유해영향무기물질 기준, 벤젠이나 포름알데히드 등의 유해영향유기물질 기준, 잔류염소 등의 소독제 및 소독부산물질 기준, 그리고 경도나 과망간산칼륨 소비량이나 냄새나 맛 등의 심미적영향물질 기준 등 총 60가지 항목에 대해서 법적 기준을 통과해야 한다.

먹는 물로서 기준에 부합된다고 했을 때 차를 우림에 있어서 가장 직접적인 영향을 주는 항목은 경도硬度(Water Hardness)이다.

물에 들어 있는 다양한 양이온들(H^+, Na^+, K^+, Ca^{2+}, Mg^{2+}, Fe^{2+} 등)과 음이온들(OH^-, Cl^-, F^-, HCO_3^-, CO_3^{2-}, SO_4^{2-} 등) 중에서 오직 칼슘(Ca^{2+})과 마그네슘(Mg^{2+})의 양을 탄산칼슘($CaCO_3$)의 양으로 환산한 값이 바로 경도이다. 단위는 mg/L 또는 ppm(part per million)으로 표기한다.

경도를 측정하는 데 가장 많이 쓰는 방법이 화학약품을 이용한 적정(Titration)법이다. 키트 형태로 판매하는 것이 있기는 하지만 일반 사람들이 활용하기에는 불편함이 있다.

차 도매시장에서 차농이 만든 철관음 품질을 정확하게 재빨리 평가하기 위해서 찻물은 상당히 중요하다. 느긋하게 애프터눈 티를 즐길 때에도 제대로 된 찻물이 준비되어야 한다.

시중에 판매되는 생수와 같이 칼슘과 마그네슘 함량이 표시되어 있는 경우라면 계산식에 의해서 쉽게 산출할 수 있다.

경도(mg/L, $CaCO_3$ 함량으로서) = {2.5 × **칼슘함량**(mg/L)} + {4.1 × **마그네슘함량**(mg/L)}

또한 대부분의 상수도사업본부 홈페이지에서는 그 지역의 수돗물에 대한 검사 결과를 공유하는데 경도 수치도 포함되어 있으니 참고하면 된다.

하지만 우리가 일상 생활에서 만나는 여러가지 물에 대해서는 경도 수치를 알아내기가 쉽지 않을 것이다. 이 때 아주 손쉽고도 유용하게 활용할 수 있는 것이 바로 TDS 측정 장치이다.

TDS도 ppm 즉 mg/L 단위로 표시하는데 경도와는 그 의미에서 차이가 있다. 이 수치에는 칼슘과 마그네슘뿐만 아니라 물 속에 녹아 있는 모든 이온들이 영향을 미치게 된다. 왜냐하면 그 원리가 두 전극 사이의 전기전도도를 측정하는 것인데, 물에 녹은 모든 이온들은 전기전도도에 영향을 줄 수 있기 때문이다. 그러므로 비슷한 경도 수치를 가지는 경우에도 여러 이온들의 함량 차이에 따라 TDS 수치는 매우 다르게 나타날 수 있다.

국내에서 판매되는 13종의 생수 제품들을 구매하여 '실제 측정한 TDS값'과 '제품 포장재에 표시된 칼슘과 마그네슘 함량의 각 중간치로 계산한 경도 값'을 이용하여 두 수치 간의 상관관계를 분석해 보았다.

그 결과 [경도 = (1.1366 × TDS 측정값) - 23.86]의 계산식으로 표시되고, 상관 계수 R^2= 0.9042로 꽤 높았다. 즉 간단한 TDS 측정장치를 이용한 수치로써 실제 경도 값을 정확히는 아니더라도 개략적으로 유추할 수 있다는 근거가 마련된 셈이다.

한 가지 유의할 점은 온천수, 탄산수 또는 특이한 색이나 맛이 있는 약수 등의 경우 위의 계산식이 전혀 적용되지 않을 수 있다는 것이다. 마그네슘과 칼슘 이외에 특이한 양이온이나 음이온을 많이 함유하고 있을 것이기 때문이다.

산수에 대한 현대적인 이해

이제 TDS 측정치를 활용하여 찻물로서 이상적이라고 말하는 산수(山水)에 대해서 현대적인 관점에서 접근해 보자.

높은 산이나 깊은 계곡에 있는 물의 출발점은 빗물이다. 그러므로 산수를 이해하기 위해서는 빗물을 꼭 이해해야 한다.

빗물은 증류수와 그 생성 원리가 같다. 지표면의 물이 증발되어 올라가서 식으면서 작은 물방울이나 얼음 알갱이로 변한다. 이것들이 모이면 구름이 되고 더 커져 무거워지면 비나 눈이 되어 땅으로 떨어지게 된다.

만약 대기 중에 어떠한 물질도 없고 그대로 비가 되어 내린다면 증류수와 똑같다. 물(H_2O)을 이루는 H^+와 OH^- 외에는 아무것도 없는 순수한 물이 증류수이다. 이 증류수의 경도는 0ppm이고 TDS 또한 0 ppm이 된다.

하지만 실제로는 대기에 떠 있는 동안 그리고 중력에 의해 비가 되어 하강하는 동안에도 대기 중에 존재하는 부유 물질이나 기체 성분을 용해하게 된다.

얼마나 많은 성분을 용해시켰느냐에 따라 경도와 TDS 값은 달라지게 된다.

아주 공기가 맑고 깨끗한 지역의 빗물 TDS 수치는 낮고 대도시에서의 빗물의 TDS 수치는 높으리라는 것을 쉽게 예상할 수 있다.

물의 순환 (삽화 이미숙)

빗물의 TDS 측정치

실제 측정한 여러 지역 빗물의 TDS 값을 살펴 보자.

필자는 상해에 거주하고 있는 장점을 십분 활용하여 차가 나오는 중국의 유명한 지역을 많이 여행한다. 항상 TDS 측정 장치를 들고 다니면서 계속해서 데이터를 수집해 오고 있다.

먼저 중국 복건성福建省 무이산시武夷山市 동목촌桐木村 해발 800m 정도의 아주 깨끗한 환경에서 측정한 빗물의 TDS 수치이다. 여기는 유네스코의 세계유산일 뿐만 아니라 중국 정부에서 지정한 국가급자연보호구国家级自然保护区이기도 한, 말 그대로 환상적인 자연환경을 자랑하는 곳이다.

여기는 이 세상의 첫 홍차인 정산소종正山小种(Lapsang Souchong)과 근래에 아주 유명해진 고가의 홍차인 금준미金俊眉의 발원지이기도 하다.

예상되듯이 아주 낮은 TDS 7 ppm이 관찰된다.

두 번째는 운남의 경매고차림景迈古茶林에서 내려와 맹만진勐满镇이라는 곳에서 비를 만났을 때 측정한 값이다. 이 지역도 주변 자연환경이 좋은 곳이라 낮게 나올 것이다. TDS 측정값은 12ppm을 나타냈다.

국가급자연보호구(国家级自然保护区)
동목촌 환경과 유네스코 세계유산 및 자연보호구 표지

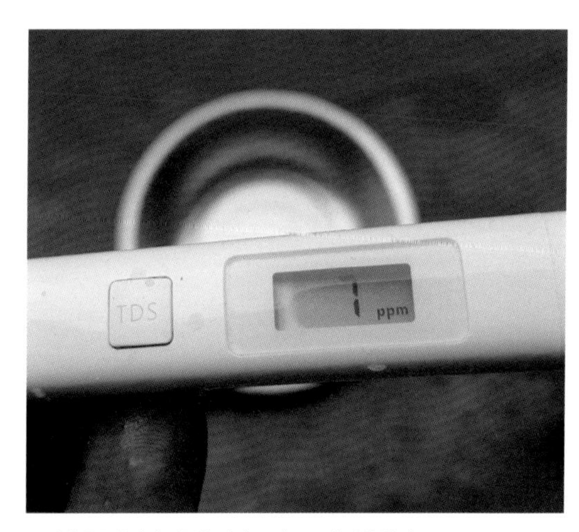

무이산 동목촌에서 빗물을 받아 모아 TDS 측정을 했다.

세 번째는 중국의 유명한 녹차인 육안과편六安瓜片이 생산되는 안휘성安徽省 육안시六安市 금채현金寨县에서의 결과이다. 이 곳은 자체 인구가 약 50만 명 정도이고, 직선거리로 50km 떨어진 곳에 인구 약 500만 명의 대도시인 육안시가 위치한 곳이다.

사진에서 보듯이 환경은 나쁘지 않지만 대도시의 영향이나 주변 공장의 영향을 받을 가능성이 있지 않나 한다.

우산을 깨끗이 씻고 뒤집어 빗물을 모아 TDS를 측정하니 21ppm이 나온다.

네 번째로는 필자가 거주하고 있는 초거대도시인 상해에서 오랜만에 내린 빗물을 측정해본 결과 51ppm이 나옴을 관찰할 수 있었다. 대기 중의 오염물질 등이 많은 영향을 미쳤으리라 유추할 수 있다.

동일한 지역인 상해 시내에서 태풍의 영향으로 밤새 비가 내리고 나서 아침에도 계속되는 빗물의 TDS를 잰다면 어떻게 될까? 이론적으로 본다면 대기의 오염 물질이 밤새 씻겨 내려갔을 것이니 숫자가 낮게 나올 것이다. 실제 측정 결과는 놀랍게도 4ppm이었다. 정확하게 예상한 그대로이다.

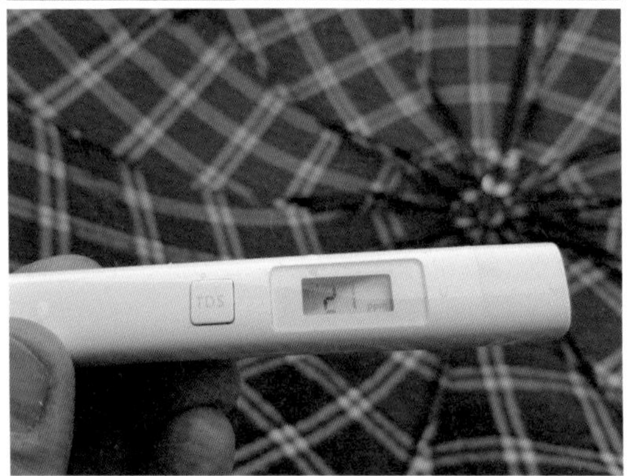

안휘성 육안시 금채현 환경과 빗물을 모아서 TDS 측정하는 모습

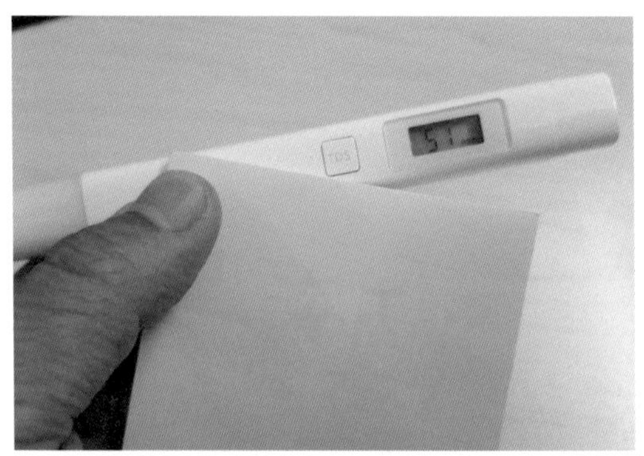

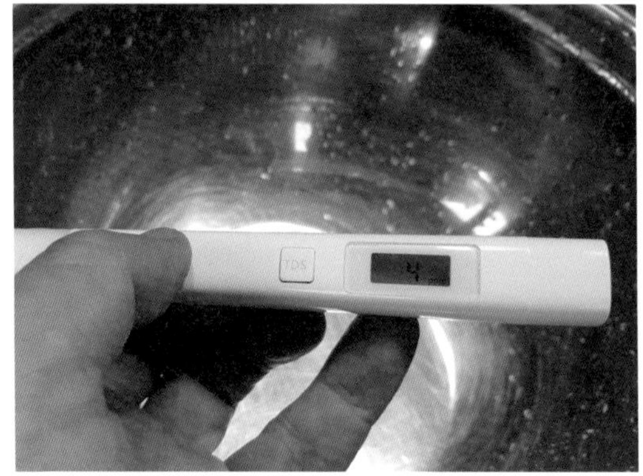

상해 빗물의 TDS. 오랜만에 내린 빗물은 51ppm, 태풍이 휩쓸고 가면서 밤새 비 내린 후 아침의 빗물은 4ppm으로 차이가 상당히 크다.

산수의 TDS 측정치

지금부터는 빗물이 아닌 실제로 산수의 TDS 값을 측정한 결과를 살펴보자.

첫 번째는 운남성云南省 서쌍판납西双版纳에서 가장 높은 활죽량자滑竹梁子산의 해발 2,000m 지점에서 측정한 흐르는 계곡물의 TDS 값인데 6ppm이 나왔다. 물 맛은 달고 깨끗한 느낌이었다.

두 번째는 운남성云南省 경매景迈 지역의 망경芒景으로 해발 1,700m 가까이 되는 곳인데, 여기의 TDS 값도 6ppm이 나왔다. 여기 물 맛도 달짝지근하고 깔끔한 느낌이다.

세 번째는 자연환경이 맑고 뛰어난 복건성福建省 무이산시武夷山市의 동목촌桐木村으로 가는 중간의 계곡물인데, 여기 또한 7ppm으로 아주 낮게 나왔다. 물 맛은 위와 비슷하다.

활죽량자 해발 2,000m 지점에서의 TDS 측정. 6ppm이 관찰된다.

무이산 동목촌 가는 길의 계곡 풍경. 계곡 수 TDS 측정치는 7ppm이었다.

네 번째는 안휘성安徽省 금채현金寨县의 홍석곡红石谷이란 곳인데, 품질 높은 육안과편六安瓜片이 생산되는 계곡으로 여기는 비교적 높은 40ppm이 나왔다. TDS 측정 지점이 산의 아랫자락이라 높은 산으로부터 흘러내려 오면서 비교적 많은 광물질을 녹여 들였을 것으로 생각된다.

이제 정리를 해보자.
수분이 증발되어 구름이 되고 비가 되어 다시 땅으로 내리는 물의 순환 구조에서, 우리가 높은 산에서 만날 수 있는 소위 말하는 산수山水는 TDS나 경도 면에서 보면 빗물과 차이가 크지 않을 것이다. 땅속이나 지표면의 광물질을 많이 녹여 들일 기회가 충분하지 않을 것이기 때문이다.

환경 좋은 곳의 산수는 깔끔하고도 단맛이 감도는 좋은 물 맛이 느껴진다. 그 물의 경도나 TDS 수치는 대부분 아주 낮은 편이다.
옛 분들이 말한 산수의 실체를 물의 순환 구조와 TDS 측면에서 이해해 보았다.

계속해서 빗물의 여정을 따라가 보자. 빗물은 땅속으로 스며들든지 아니면 지표를 흘러 지대가 낮은 지역으로 내려오면서 토양 표면이나 땅 속의 미네랄을 서서히 녹여 들여 그 함유량이 올라갈 것이다.
대부분의 대도시들은 이렇게 형성된 강물이나 호숫물을 식수원으로 사용할 것이다.
즉 상대적으로 높은 TDS 값을 가질 것이 분명하다.

금채현 홍석곡 풍경

수돗물의 TDS 측정치

이제 중국 여러 도시들에서 측정한 수돗물의 실제 TDS 값을 살펴보자.

먼저 내가 살고 있는 평균 해발 4m의 초거대도시인 상해 수돗물의 경우 TDS 값은 150~160ppm이었다. 상해에서 가까운 항주는 110ppm, 중국의 수도인 북경은 144ppm, 산동성 청도青岛는 521ppm, 요성聊城은 331ppm, 인구 1600만의 거대 도시이자 분지형 지질구조를 가진 평균 해발 500m 정도인 사천성四川省 성도成都는 100ppm, 사천성의 미산眉山은 무려 1130ppm을 나타냈다.

하지만 예로부터 차로써 유명한 지역들의 경우 수돗물의 TDS 값이 상당히 낮게 관찰되었다. 일반적으로 차 산지는 해발도 비교적 높고 자연환경도 도시에 비해 깨끗하다는 점과 그로 인해 수돗물의 수원지水源地 환경이 도시에 비해 훨씬 우세할 것이라는 점에서 충분히 예상되는 결과이기도 하다.

중국의 운남성 맹해현勐海县 수돗물은 23ppm, 경매景迈 지역의 망경芒景 수돗물은 33ppm, 복건성 무이산시의 수돗물은 27ppm, 안길백차가 나오는 절강성 안길현은 45ppm, 안계철관음이 나오는 안계현安溪县 서평진西坪镇은 41ppm, 육안과편의 금채현 홍석곡은 43ppm, 타이완의 동방미인东方美人으로 유명한 지역 중 하나인 묘율현苗栗县 삼의향三义乡의 경우 31ppm 등이다.

항주 용정촌과 매가오촌은 시내와 그리 멀지 않고 해발 또한 높지 않아 비교적 높은 67ppm과 73ppm을 나타낸다.

아주 특이한 경우도 있는데 해발이 1,300m나 된다는 운남성 이무진易武镇의 수돗물은 183ppm, 그 부근의 이비易比는 92ppm, 만전蛮砖은 115ppm을 나타냈다. 이 지역의 수돗물 경도가 높은 이유는 고인 저수지 물을 사용하기 때문으로 보인다.

운남 맹해현에 위치한 석가명차 가게 내부의 수돗물은 TDS 23ppm이었다.

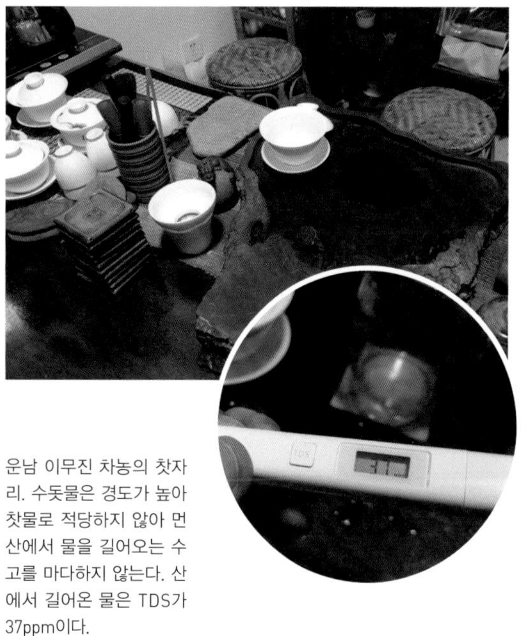

운남 이무진 차농의 찻자리. 수돗물은 경도가 높아 찻물로 적당하지 않아 먼 산에서 물을 길어오는 수고를 마다하지 않는다. 산에서 길어온 물은 TDS가 37ppm이다.

중국인들의 찻물 선택

중국의 차 생산지에서는 차를 우릴 때 어떤 물을 사용할까?

필자는 모든 찻자리에서 어떤 물을 사용하는지, 그 이유가 무엇인지, 그리고 차 우리는 사람이 찻물에 대한 과학적인 지식이 있는지 꼭 알아본다.

여태까지 찻물의 과학에 대해서 잘 아는 사람은 만난 적이 없지만 사용하는 찻물에서는 일관성이 발견되었다.

TDS로 45ppm 이하의 경우 대부분 수돗물을 그대로 찻물로 사용하였다.

TDS가 45ppm 이상인 경우, 특히 운남의 이무 지역에서는 어떻게 차를 우릴까? 절대로 수돗물을 그대로 사용하지 않는다. 왜냐하면 우린 차탕의 맛과 향이 제대로 나오지 않는다는 것을 경험으로 알기 때문이다. 이무의 차농은 굳이 힘들게 산의 물을 길어(이 물의 TDS는 37ppm) 쓰고, 이비의 차농은 순정수를 사서(이 물의 TDS는 6ppm) 쓰고, 만전의 차농 집에는 뜻밖에도 역삼투압 방식의 정수기가 설치되어 있어 정수 후 물은 TDS 2ppm을 나타내고 있었다. 항주 매가오촌의 할아버지도 산에서 물을 길어 놓고 차를 우리는데 그 물은 TDS 37ppm을 보인다.

그럼 상해나 북경 등의 대도시에서 차를 우리는 사람들, 특히 차 시장 등에서 매일 차를 우리는 사람들은 어떤 물을 사용할까?

거의 모든 점포에서 생수를 사서 쓴다. 가장 많이 사용되는 물은 농부산천农夫山泉이라는 브랜드의 생수인데, 이 물은 TDS가 25~45ppm 정도 나온다.

종합해 본다면, 중국에서 찻물로 사용하는 물을 오랫동안 관찰해 봤을 때 거의 대부분의 경우 TDS가 낮은 물(즉 경도가 낮은 물)을 사용하였다.

찻물에 대한 과학적인 지식이 없는데도 사용하는 물에 일관성을 보이는 이유는 아주 간단하다.

여러가지 물로 다양한 시도를 했을 것이고, 어떤 물이 그 차의 특성을 가장 명확하게 발현시켜줄 수 있는지에 대해 많은 사람들이 다르지 않은 결론을 얻었기 때문일 것이다.

물에 의한 맛과 향의 변화

경도나 TDS 수치가 다른 물을 사용하는데 따른 차 우림의 변화는 어느 정도일까?
과연 경도(또는 TDS)가 다르다면 차탕의 색상이나 맛, 향기 등에 영향을 얼마나 어떻게 미칠까? 간단한 실험을 해 본다.

■ 각기 다른 물로 우린 홍차의 색상, 향미 및 전체 특성 비교

생수	TDS (ppm)	경도 (ppm)	탕색 비교	전체 평가
중국 C사 생수 (순수)	0	0		연하면서 붉은 탕색을 가지며, 홍차 특유의 향이 잘 느껴진다. 쓰고 떫은 맛이 분명하고, 뒷맛이 깔끔하다.
중국 N사 생수	32	31		밝고 강한 붉은 탕색을 보이며, 홍차 특유의 향이 잘 느껴진다. 쓰고 떫은 맛은 약간 줄어들었고, 전체적인 바디감은 증가되었다.
한국 L사 생수	92	66.3		어두우면서 붉은 탕색을 나타낸다. 홍차 특유의 향이 있지만 약하게 느껴지는 편이다. 쓰고 떫은 맛이 줄어들었으며 바디감은 강하지만 이질적인 느낌이다. 식으면서 벽면에 달라 붙는 물질이 보이기 시작한다.
영국 B사 생수	211	215		상당히 어두운 붉은 탕색을 보이고 약간 탁하다. 홍차의 향이 상당히 약하고 다르게 느껴진다. 쓰고 떫은 맛이 상당히 약하고 바디감은 이질적이다. 식으면서 표면에는 피막이 형성되고 벽면에 달라붙는 물질이 꽤 많다.
프랑스 E사 생수	237	307		노란빛을 띠면서도 어두운 탕색을 보인다. 홍차의 향이 아주 약하고 다르게 느껴지며 떫은 맛도 아주 약하다. 전체적인 맛 자체가 이질적이다. 식으면서 피막이 강하게 형성되고 벽면에 상당히 많이 달라 붙는다.

한국, 중국, 영국, 그리고 프랑스에서 가져 온 각기 다른 TDS와 경도값을 가진 생수를 고르고, 중국에서 판매 중인 립톤 옐로우 라벨(Lipton Yellow Label) 홍차 제품으로 동일한 조건에서 직접 우려본다. 2g 티백에 끓는 물 150ml을 넣고 3분간 품평배를 이용해서 우린 결과이다. 예상했듯이 차이가 극명하게 드러난다. 경도가 다르다면 차탕의 색상뿐만 아니라 맛과 향에도 지대한 영향을 미친다.

경도가 높으면 전체 차 성분의 전체 침출율에도 영향을 미친다는 실험 결과는 많다(예로 증류수 대비하여 경도 40의 물로 우린 경우 전체 침출율은 92%로 낮아진다).
특히 경도를 책임지는 두 이온인 칼슘과 마그네슘은 2가의 양이온이므로 음전하를 가진 차 폴레페놀과 결합하여 용해를 방해한다. 그 결과 증류수로 우리는 경우에 비하여 경도 30ppm의 물에서는 차 폴리페놀이 70% 내외밖에 용해되지 않는다고 한다.
이 모든 상황들이 맛과 향에 영향을 미치는 것이다.
사람마다 기호가 다르므로 일반화시켜서 얘기할 수는 없지만, 대부분의 사람들은 홍차 특유의 향기를 잘 느낄 수 있고 탕색 또한 밝고 경쾌한 붉은 색을 선호하리라 생각한다.
그런 결과물을 얻기 위해서는 경도가 낮은 물을 사용해야 한다.

녹차나 백차, 우롱차, 그리고 보이차 등에 이러한 실험을 해 보아도 비슷한 결과를 얻을 수 있다.
옛 문헌에 나오는 차 우림에 적합한 산수山水, 현대적으로 해석한다면 경도나 TDS 수치가 낮은 물이 차 본연의 맛을 발현시키는 데 적합하다는 사실이 드러나는 것이다.

이상적인 찻물

위 수치들을 종합하고 필자의 관찰과 경험까지 모두 고려했을 때의 결론은 다음과 같다.
'바람직한 찻물로서의 조건은 TDS 수치로는 45ppm 이하이고, 경도로 환산한다면 25ppm 이하인 물'이다.
좀 더 나아가 차 본연의 맛을 사실적으로 느끼게 해주는 완전히 중립적인 역할을 하는 물을 원한다면 증류수(TDS와 경도가 0ppm)에 가까운 물을 쓰는 것이 좋다.
다시 강조하지만 기호도에 관해서는 각 사람마다 차이가 있으므로 다양한 찻물을 시도함으로써 본인에게 맞는 것을 찾아내면 된다.
참고로 커피를 우리는 데는 어떤 물을 선호할까?
SCAA(Specialty Coffee Association of America, 미국스페셜티커피협회)라는 비영리단체에서 규정한 물 기준에 따르면 다음과 같다.
이상적인 물의 TDS는 150mg/L(허용 범위는 75~250mg/L), 이상적인 경도는 68mg/L(허용 범위는 17~85mg/L)라고 한다.
차와 커피에서 이런 차이의 발생은 커피가 가진 맛의 복잡성과 강도에 있지 않나 한다.
커피의 경우 우러나오는 농도가 차보다 짙어 쓴맛 떫은맛도 강하고 차에는 거의 느끼기 힘든 신맛도 비교적 강하다는 등의 차이를 가지므로 물이 해야 하는 역할이 달라야 할 수 있겠다는 생각이다.

이제 아주 중요한 의문점이 하나 남는다.
과연 우리나라의 각 가정에서 사용하는 수돗물로 차를 우린다면 어떤 맛과 향을 느낄 수 있을까?
동일한 차를 다른 지역에서 우려도 비슷한 맛과 향을 즐길 수 있을까?

우리나라 수돗물의 경도와 찻물 적합성

앞서 중국에 있는 도시들의 경우 수돗물의 TDS 범위가 상당히 넓게 나온 것을 알 수 있었다. 그렇다면 우리나라는 어떨까?

각 지방자치단체의 홈페이지에서는 해당 지역에 공급하는 수돗물에 대해서 매달 수질검사를 실시하고 그 결과를 발표하고 있다.

총 160개 정도 되는 곳을 거의 모두 하나하나 들어가서 데이터를 수집하였다. 일부 데이터는 국가상수도정보시스템(https://www.waternow.go.kr/web/)이나 공공데이터 포털(www.data.go.kr)을 참고하기도 하였다. 대부분 지역의 수치는 찾아보기 쉽게 되어 있지만 어떤 곳은 한 시간 이상을 헤매다가 그 지역의 담당자와 통화를 하면서 겨우 찾을 수 있는 곳도 있었다. 여름과 겨울의 수치가 다를 수 있다는 전제하에, 여름 수치의 대표로 2019년 8월을 정하고 겨울 수치의 대표로 2020년 1월을 정하였다. 혹시 그 때의 숫자가 없다면 인접한 월의 수치를 사용하였다.

전체적인 분석을 해 보자.

우리나라 수돗물의 평균 경도 값은 얼마나 될까? 필자가 수집한 총 960개의 경도 데이터를 가지고 계산하면 56ppm이 나온다.

여름과 겨울이 좀 다른 양상을 보이는데 계절에 따른 강수량과 연관이 있을 것이다. 여름 평균은 53ppm이고 겨울 평균은 60ppm이다. 여름에 강수량이 많으니 경도가 낮은 빗물에 의한 희석효과라 이해하면 될 것이다.

대도시나 땅이 넓은 군 단위 지역의 경우 수돗물을 만드는 정수장이 여러 개인 경우가 많다. 정수장에 따라 한 지역에서도 수돗물의 경도 차이가 아주 클 수 있다.

대구광역시를 예로 든다면 5개의 정수장이 있는데 2020년 1월 경도값을 보면 고산과 가창 정수장은 각각 28과 33ppm으로 낮은 편이고, 공산 정수장은 58ppm, 그리고 매곡과 문산 정수장은 각각 109와 113ppm으로 상당히 높은 편이다. 제일 낮은 곳과 높은 곳의 경도 차이가 무려 85ppm이나 된다.

강원도 정선군을 보면 더 극적이다. 여기는 11개의 정수장이 있는데, 2019년 8월 기준으로 도사곡 정수장이 11ppm으로 상당히 낮은 반면 화암 정수장은 175ppm으로 두 지역의 경도 차이가 무려 164ppm이나 된다.

반대로 전남 고흥군의 8개 정수장을 보면 최소치와 최대치의 차이가 22ppm으로 비교적 고른 경도 수치를 나타낸다.

이러한 차이는 취수원의 위치나 지리적 특성에서 기인한다는 것을 쉽게 유추할 수 있다.

한 지역의 수치에서 큰 차이가 난다면 평균값을 본다는 것은 의미가 약할 수도 있지만, 그래도 우리나라 전체를 놓고 볼 때의 경향성을 확인하는 차원에서 평균값을 활용하여 각 지역별 경도 상황을 이해해 보자.

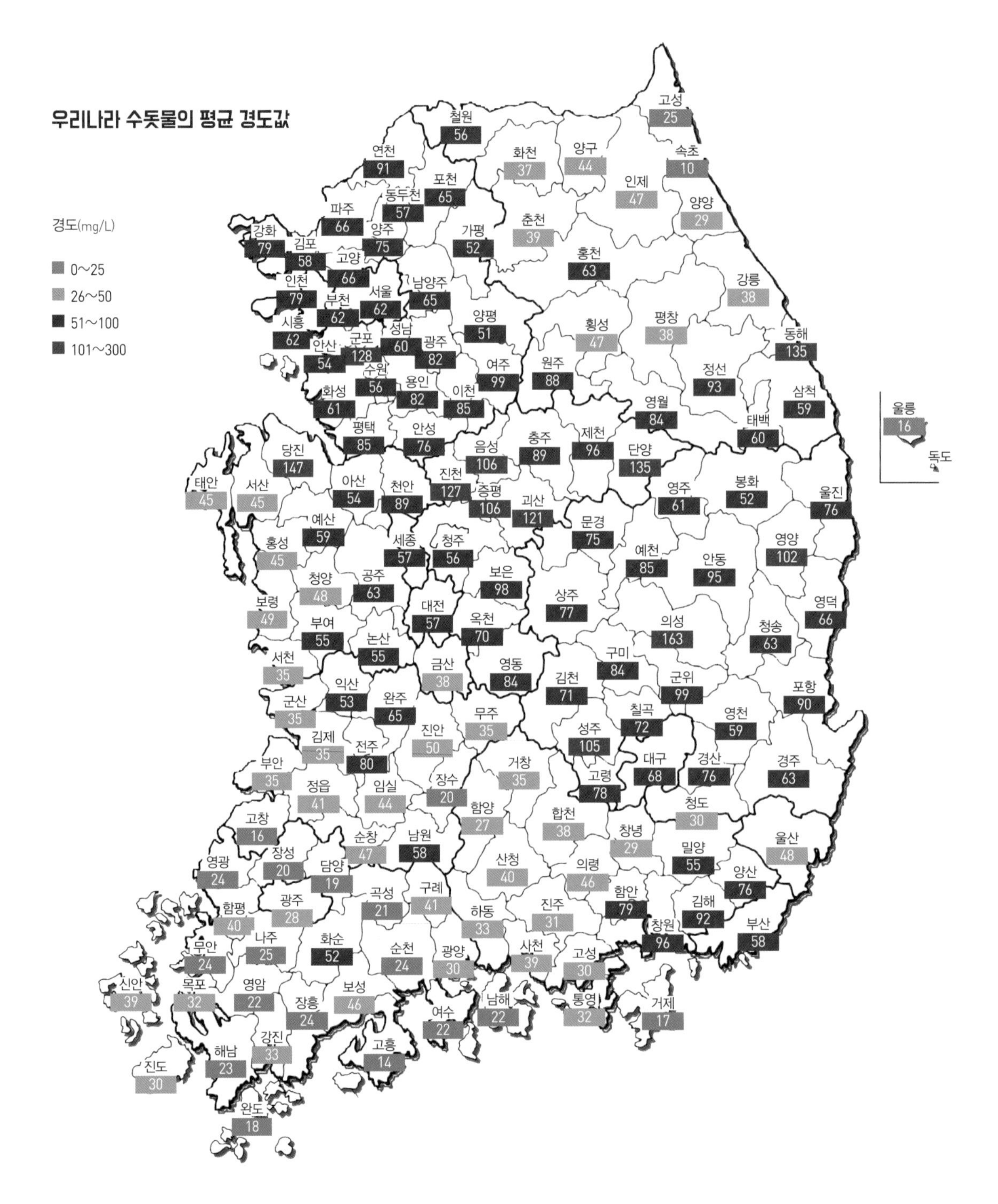

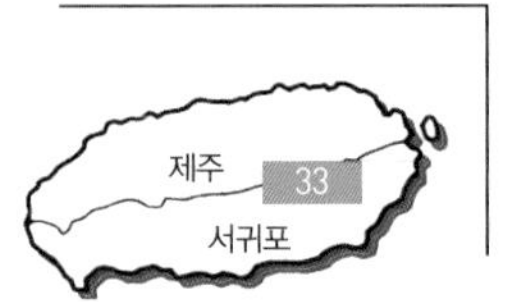

우리나라 지역별 수돗물의 평균 경도 수치(각 지역별 여름 겨울 수치를 평균하고, 또 각 정수장별 수치도 평균으로 계산함)를 지도에 표시한 결과.

가장 눈에 띄는 것은 우리나라의 남서쪽인 전라남도와 전라북도 일부의 경우 경도가 상당히 낮은 지역이 많다는 것이다. 특히 대부분의 섬과 해안선 지역은 경도가 낮은 경향성을 확실히 나타낸다. 여기에는 울릉도와 제주도도 해당된다.

또 다른 특징은 우리나라 북동쪽 끝부분인 속초와 고성 지역도 경도가 상당히 낮다는 것이다.

반대로 우리나라를 북서쪽에서 남동쪽으로 비스듬하게 가르는 내륙 지역은 경도가 비교적 높다. 일부 충청북도와 경상북도 지역들은 100ppm이 넘는 평균 경도를 보여주는 곳도 있다.

대전, 대구, 부산 등의 대도시와 서울과 인천을 포함하는 수도권에 많은 인구가 집중해서 살고 있는데 이 지역들의 수돗물 경도 수치는 그렇게 낮지 않다. 필자가 추천하는 바람직한 찻물의 경도 조건과 차이가 있다.

각 지역의 수돗물의 경도 차이가 있어 만약 그 지역의 수돗물을 찻물로 쓰는 경우 '일부 지역에서는 필자가 생각하는 바람직한 중국 명차의 맛과 향을 느끼지 못할 수도 있고', '동일한 차를 우리더라도 각 지역마다 느끼는 차맛은 충분히 다를 수 있다.'

필자가 살고 있는 상해는 수돗물의 경도도 높고 대체적으로 품질이 낮아 정착 초기부터 역삼투압 방식(RO, Reverse Osmosis)의 정수기를 사용하고 있다. 정수된 물은 TDS 10ppm 이하로 미네랄이 거의 모두 제거된 상태이다. 필자가 평가하고 즐기는 모든 차들은 이 물을 사용함을 기준으로 하고 있다.

필자가 일했던 세계 최대 차 회사인 유니레버 립톤의 모든 차 평가에 사용되는 물 또한 증류수나 역삼투압 방식으로 처리된 물을 사용함을 원칙으로 한다. 이는 각 나라마다 사용하는 물에 의한 맛 평가의 차이를 방지한다는 목적도 있지만 가장 객관적인 맛과 향을 이끌어 내기 위해서는 그러한 물을 써야 한다는 사실에 기반한 것이기도 하다.

필자가 추천하는 차를 만약 한국의 경도가 높은 지역에 사는 사람이 수돗물 그대로나 단순 정수된(경도를 낮추는 기능이 없는) 수돗물을 사용하여 우린다면 필자가 추구하고 의도하는 차의 맛이나 향과는 상당히 다른 느낌을 받을 수 있다. 그 다른 느낌을 더 좋아한다면 다행이지만 그렇지 않다면 오해를 불러일으킬 소지도 있다.

항상 찻물의 중요성에 대해서 얘기하고 또 강조하지 않을 수가 없다.

찻물의 선택은 그냥 중요한 정도가 아니라 정말로 중요하다.

필자가 한국에 돌아가서 적질한 찻물을 얻기 위해서는 네 가지 선택이 있는 듯하다.

수돗물의 경도가 낮은 지역에 가서 살든지, RO 방식의 정수기를 사용하든지, 경도가 낮은 생수를 구매해서 사용하든지, 아니면 높은 산 깊은 계곡의 물을 길어서 사용하든지….

찻물에 대한 저자의 유튜브 강의

2. 도구의 선택

차를 마시는 데 도구가 빠질 수 없다.
적절한 차 도구의 사용은 올바른 맛과 향을 즐길 수 있도록 해주고 위생을 담보해주며 거기에 덧붙여 풍류와 멋까지 느낄 수 있게 해준다.
여기에서는 꼭 필요한 도구들을 위주로 하여 실용적인 지식을 얻을 수 있도록 간단하게 정리를 해 보고자 한다.

차호茶壶, 개완배盖碗杯, 공도배公道杯, 그리고 찻잔[茶杯]

가장 필수적인 도구들일 것이다. 일부 사람들은 공도배(한국에서는 숙우라 한다)를 사용하지 않고 직접 차호에서 찻잔으로 따르기도 하지만, 편의성 측면이나 찻물의 균일성을 확보한다는 측면에서는 공도배 사용을 추천한다.

재료와 생산지 측면에서 선택할 수 있는 경우의 수를 보자. 경덕진景德镇의 자기瓷器, 의흥宜兴의 자사호紫砂壶, 복건성의 덕화백자德化白瓷, 운남성의 건수자도建水紫道, 광서성의 도기들, 유리 제품들, 은이나 동으로 만든 제품들 정도가 되지 않을까 한다. 그 외 실제 활용할 가능성이 적지만 영비석灵璧石이나 수산석寿山石 같은 돌로 만든 것도 있고 나무로 만든 것도 간혹 있다.
차마다 쓰는 다기를 달리하는 호사를 누리면 가장 좋겠지만 경제적인 이유나 공간적인 이유 또는 귀찮아서라도 그렇게 하기는 쉽지 않다. 그렇다면 범용적인 측면에서 가장 유리한 것은 경덕진 자기나 덕화백자, 그리고 유리 제품들이다. 한 가지 차를 마시고 나서 깨끗이 씻어서 잘 말리면 향과 맛이 전혀 다른 차를 우리더라도 아무 문제가 없다.
필자가 중국에서 중국의 명차를 마시면서 가장 많이 사용하는 것이 바로 경덕진 자기로 만든 차호나 개완배이고 유리로 만든 공도배이다.

경덕진 자기

여기서 잠깐 경덕진 자기에 대해서 알아보자.

경덕진 자기의 기본 원료는 자석토瓷石土이다. 이 흙은 점성은 있고 적당한 고온에는 견디지만 이 자체로는 소성 온도인 1200℃~1400℃를 견디지 못하고 크기가 큰 제품도 만들 수 없다고 한다. 하지만 여기에 고령토高岭土를 일정 비율 섞어주면 아름다운 백색 또는 연한 회색을 띠면서 높은 내화도로 인해 아주 얇은 자기를 만들어 낼 수 있다. 양질의 고령토에 많이 함유된 규석(Silica stone, 주로 석영으로 이루어진 광물)이 고온 소성에 의해 유리질화가 되는 현상이 핵심이다.

유약(Glaze, 釉)의 역할도 중요한데, 도자기 표면에 피막을 형성하여 자기의 강도를 늘리고 아름답게 광택이 나도록 한다.

가장 널리 보이는 경덕진 자기는 청화자青花瓷이다. 청화자는 하얀 바탕에 푸른 그림이 있는 것인데 그림이 얼마나 정교한가 하는 부분이 가격을 결정하는 큰 요인이다. 색감은 단순한 듯하지만 봐도봐도 질리지 않는 고급스러움을 가지고 있다. 이 색감에 반해서 옛날에 많은 유럽의 귀족들이 기꺼이 거금을 내놓았을 것이다.

유럽에서는 현지화를 통해 도자기로 인한 무역 수지 적자를 해소하려고 노력했는데 네델란드 로테르담(Rotterdam) 부근의 델프트(Delft)라는 곳에서 생산되는 델프트 블루(Delft Blue)라는 자기를 보면 알 수 있다. 고온 소성 후에 푸른색을 내는 안료를 찾아 내기는 했지만, 그 색감의 깊이는 경덕진 것을 따라오지 못한다고 생각한다.

경덕진의 청화자 차호와 개완배

네델란드 델프트 블루 작품들

최근에는 색상이 화려한 분채자기粉彩瓷도 유행한다. 유약을 발라낸 자기에 다시 장식을 한 것인데 당나라 때의 당삼채唐三彩에서 기원하였다. 산화코발트(Cobalt Oxide)로 선을 그어 물체의 윤곽을 잡고 그 안에 각종 광물질 안료로 색을 입힌 후 800℃ 내외의 온도로 재소성하면 완성된다. 색감이 풍부하고 생동감이 있고 입체감이 잘 표현되어 많은 사람들이 좋아한다.

색깔 있는 유약으로 멋을 낸 자기(안색유자, 颜色釉瓷)도 있는데 차 도구로 많이 보이지는 않는다.

영롱배玲珑杯라는 멋진 잔도 보인다. 이는 도자기 몸체를 깎아서 구멍을 낸 후 유약을 두껍게 바른 후 고온에서 소성하여 투명하고 얇은 막이 생기도록 한 것이다. 색이 있는 차를 마시면 무늬가 드러나면서 차탕이 밖에서도 보이는 등 재미를 추구할 수 있다.

분채자기의 여러 작품들

안색유자 작품. 왼쪽 모양을 고온으로 구우면 오른쪽같이 색깔이 변한다.

영롱배

경덕진 자기는 모양을 만드는 공은 비교적 크지 않다. 물레를 돌려 큰 형태를 만들고 다시 고속 회전하는 물레에서 칼날을 활용하여 얇고 균일하게 깎아내면 된다. 물론 숙련된 기술자만이 할 수 있는 고난도의 기술이어서 좋은 원료를 쓰고 아주 얇게 만들었다면 아무 장식이 없어도 상당히 비싼 값에 팔리는 경우도 있다.
하지만 대부분의 경우 그려진 그림에 의해 가격이 결정되는 것으로 보인다. 판매하는 사람들은 꼭 사람이 손으로 직접 그렸다는 뜻의 수회手绘를 엄청 강조한다.
가격이 저렴하고 대량 생산되는 제품은 인쇄된 스티커를 사용한다. 대부분은 손으로 그렸는지 스티커를 붙인 것인지 쉽게 구별이 가지만 최근에는 기술력이 높아져 구별이 쉽지 않을 수도 있다. 이 경우 두개의 제품에 있는 그림을 비교해 보아 완전히 동일하다면 스티커를 붙였다 결론 내릴 수 있다. 손으로 그렸다면 작더라도 차이가 있을 수밖에 없다.
이왕이면 간단한 그림이라도 손으로 그린 것을 구매하도록 추천한다.
경덕진 자기를 쓰면서 조심해야 할 사항이 있다.
대부분 너무 얇아 작은 충격에도 금이 가거나 부분적으로 파손되기가 쉽다. 싼 가격에 샀다면 그냥 버리면 되지만 비싼 제품이라면 수리를 맡기기도 하다. 옻이나 은 또는 금으로 수리를 하면 멋있기는 하지만 수리 비용이 만만치 않게 비쌀 수도 있으니 잘 판단해야 한다.

직접 그림을 그리고 있다. 그 세밀함에 혀를 내두를 만한 작품들이 많다.

인쇄된 스티커를 붙이는 경우의 경덕진 자기

은으로 수리한 경덕진 잔. 너무 얇아 수리하는 분이 엄청 힘들었다고 한다.

의흥 자사호

차를 마시는 사람이라면 하나쯤은 가지고 있을 의흥宜兴 지방에서 나는 자사호紫砂壶에 대해서 알아보자.
자사호의 장점은 광물질을 많이 함유한 흙을 사용하므로 온도가 빨리 올라가면서도 유지가 잘 된다는 것이다. 조형미가 뛰어나다는 점과 사용하면서 관리를 잘해 준다면[养壶] 멋있게 변해간다는 사실도 큰 장점이다.
우리나라 옹기 그릇과 마찬가지로 기공이 있어 숨을 쉰다는 점은 장점일 수도 있겠지만 하나의 자사호로 하나의 차만 우려야 하는 제약을 준다는 점은 단점으로도 작용할 수 있다. 색감이 비교적 단순하다는 점도 일부 사람들은 단점으로 생각할 수 있을 것이다.
자사호를 고르는 기준은 개인마다 다르겠지만 필자의 경우 실용성을 위주로 한다. 의흥의 어느 공예대사工艺大师, 공예미술사工艺美术师 분이 만들었다 하면 그건 실용적인 제품이 아니라 예술품이다. 비용이 부담되지 않는다면 구매해도 되지만 일상적인 차 생활에는 고가의 제품을 쓰지 않아도 된다고 본다.
전수공全手工이냐 반수공半手工이냐의 사실도 많이 거론하는데 이 또한 실용적인 측면에서는 중요도가 낮다고 본다. 대개의 경우 전수공이 시간이 더 많이 걸리므로 가격이 높지만, 반수공이라고 뚝딱 만들어 낼 수 있는 것이 아니고 조형미의 완성도가 아주 높은 것도 많다.
모양적인 측면에서는 비교적 많이 보이는 고전적이고 단순한 모양을 권한다.
서시호西施壶, 방고호仿古壶, 석표호石瓢壶, 철구호掇球壶, 추수호秋水壶, 수평호水平壶, 사정호思亭壶 등 단순한 듯 아름다운, 오랫동안 보아도 질리지 않는 그런 차호들이 현명한 선택이라 본다.

의흥 자사호 중 서시호와 사정호

의흥 자사호 중 방고호와 석표호

크기를 고를 때 많은 사람들은 220~300ml 정도의 넉넉하게 큰 것을 좋아한다. 하지만 이렇게 큰 차호들은 오히려 실용성이 낮다. 구매를 한다면 120~200ml 정도를 권한다. 사실 필자는 혼자 마실 때에는 80ml 정도로 작은 호, 두 사람이 마실 때에는 110~120ml 정도 되는 것을 사용한다. 서너 사람이 같이 차를 마셔도 130~160ml 정도의 차호를 사용해도 문제가 없다. 그 주된 이유는 중국 명차들의 경우 우리는 횟수가 적게는 5번, 많게는 15번 정도까지 가기 때문이다. 차호가 크면 차를 많이 투입해야 하니 비싼 차가 많이 소비되고, 그 차를 충분히 즐기기 위해서는 몇 번이고 우려야 하는데 그걸 다 마시려면 너무 배가 부를 것이다. 작은 호로 충분한 횟수로 우리면서 그 차가 처음에는 어떤 맛이 나오는지, 뒤로 가면서 맛이 어떻게 발현되는지 세세하게 느껴보아야 한다.

굽는 방법에 의해서도 구별할 수 있다. 대부분의 작품들은 가스를 에너지원으로 하는 가마에서 굽는다. 이 경우 색상이 일정하고 아주 깔끔하게 정돈된 느낌의 자사호가 나온다. 시중에서 보이는 대부분의 작품들은 가스가마에서 소성된 것이다. 굽는 온도는 대개 1,150℃ 내외라고 한다.

의흥에도 한국의 전통 가마와 같이 나무를 때서 자사호를 굽는 곳도 있다. 용요龙窑라고 하여 용의 몸통같이 생긴 가마이다. 한국의 전통 가마와 비슷해서 친숙하다. 여기에서 굽는 경우 온도가 1,200℃ 이상 올라가고 열의 불균일한 전달로 요변窑变이 발생한다. 차호의 표면도 비교적 거칠다. 요변이 얼마나 자연스럽게 발생했나에 따라 가격이 결정된다.

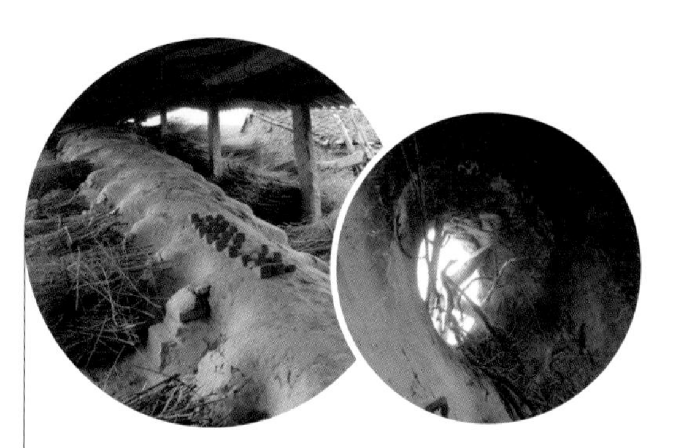

의흥의 용요 모양과 가마에 불을 때고 있는 모습

의흥의 용요에서 소성한 차호

몇 년 전부터 알게 된 한 자사호 공방은 고온 소성에 의한 요변을 추구하고 있다. 두 번째 굽는 온도를 1,350℃ 정도까지 올려 가스를 열원으로 하는데도 독특한 색감을 만들어 낸다.
다양한 선택이 있다는 것은 소비자로서는 참 행복한 일이다.
그렇다면 어떤 차들을 자사호에 우리는 것이 좋을까?
사람마다 다른 의견을 가질 것이지만, 대체로 향을 중요시하지 않는 제품들이 적합하다고 본다.
보이숙차普洱熟茶가 대표적이며, 그 외 육보차六堡茶, 장차藏茶, 안화흑차安化黑茶 계열의 천량차千两茶 등 여러 흑차들을 우리는 데는 자사호가 제격이다. 보이생차普洱生茶, 그리고 백차 중의 수미寿眉 등을 우리는 데에도 즐겨 사용한다. 하지만 처음 접하는 차의 경우 정확한 품평이 필요하다면 자사호를 사용하지 않는다. 자기로 된 개완배를 활용하여 세밀한 특성까지 민감하게 느껴보는 것이 좋다.
향이 강한 청향형 철관음이나 무이암차류들, 그리고 홍차 종류들도 자사호를 잘 사용하지 않는다. 향기성분이 기공 구조에 흡수되어 약해지는 우려도 있고 개완배의 뚜껑에서 느껴지는 향을 즐길 수 있는 기회도 사라지기 때문이다.
녹차의 경우에도 주로 유리잔이나 경덕진 자기 개완배를 사용하고 자사호를 쓰는 경우는 흔하지 않다.

고온 소성에 의한 요변을 보이는 자사호

유리잔에 우리는 녹차

기타 지역의 차호들

복건성 덕화현에서 나오는 덕화 백자는 결점 없는 순백색이 오히려 인공적인 느낌을 주어 처음에는 사용하지 않다가 최근에는 그 매력을 많이 느끼고 있다. 특히 사용해 감에 따라 자연스럽게 찻물이 배면서 색상이 변한다는 점도 좋다.

운남성의 건수자도 제품들도 좋은 작품이 많이 보인다. 특이하게 고려청자에서 얘기하는 상감기법과 비슷한 방법(잔첩, 残贴)을 사용하여 글자를 새기고 그림을 그린다.

덕화 백자로 만든 차호와 개완배

건수자도 차호와 사용되는 5가지 흙 원료

봉황단총이 나오는 광동성 조주시潮州市에서 구매한 차호들도 나름의 특징을 가지고 있다.

광동성 조주시 차호들

광서장족자치구广西壮族自治区의 흠주钦州에서는 니흥도坭兴陶라는 차호가 생산되는데, 매력도가 크지 않았는데 최근에는 발전된 모습이 뚜렷이 보인다.

광서의 차호들

여러가지 다른 재질을 활용한 차호들도 많다.

잔의 경우 경덕진 자기로 된 것을 많이 사용한다. 덕화 백자의 하얀 색 잔들도 매력적이다. 의흥 자사로 만든 잔들은 향이 중요한 경우 배저향杯底香을 느끼기에 그리 적합하지 않아 활용도는 낮다. 드물게는 건수자도나 유리로 만든 잔도 사용한다.

공도배는 대부분 유리를 사용한다. 다양한 크기를 구할 수 있고, 차탕의 향미를 잘 느낄 수 있도록 해주고, 차탕색도 정확하게 볼 수 있고, 특히 가격이 저렴하다는 장점이 있다.

경덕진 자기로 만든 공도배도 사용하기는 하지만 편리성이 떨어진다.

자사호, 은, 심지어 나무로 만든 공도배도 있지만 사용되는 경우는 비교적 적다.

은으로 만든 차호(영국 런던에서 구매)와 동으로 만든 차호

수산석寿山石으로 만든 차호와 영비석灵璧石으로 만든 차호

경덕진에서 만든 찻잔과 의흥 자사로 만든 찻잔

거름망(필터)

거름망(필터)의 역할은 물에 용해되지 않는 큰 물질들을 걸러내어 편하게 마실 수 있도록 하는 것이다.
만약 거름망을 쓰지 않는다면 공도배에 따른 후 잠시 두어 큰 물질들이 가라앉을 수 있는 시간을 주면 된다. 이 때에는 공도배의 끝 부분은 따르지 말고 두어야 한다. 그렇지 않으면 찌꺼기가 피어올라 마시는 사람이 불편할 것이다.
거름망을 쓰지 말자고 주장하는 사람들은 그걸 사용함으로써 차맛의 변화가 유발될 수 있다는 의구심과 걱정을 가진다. 만약 말린 표주박이나 대나무 등 특유의 맛이 우러나거나 차맛을 머금을 수 있는 재료를 사용하는 경우라면 걱정이 된다. 하지만 스테인리스 스틸로 만든(가능하면 SUS 304나 316 재질로 만든) 거름망을 깨끗이 씻고 말려서 사용한다면 전혀 걱정할 필요가 없다. 차맛에 영향을 주는 것은 물에 녹아 있는 분자들이지 물에 녹지 않고 우리 눈에 보이는 물질들이 아니다. 거름망의 구멍은 물에 녹은 분자와 비교한다면 아주 큰 크기이므로 맛을 내는 분자들을 걸러낼 수 없다.
자기로 된 것, 은으로 된 것 등 다양한 재질도 보이는데 가격과 실용성 측면에서 스테인리스 스틸 재질을 따라올 수 없다.

스테인리스 스틸 거름망은 맛에 영향을 주지 않는다. 다만 나무 재질은 신중하게 사용해야 한다.

찻주전자

찻물을 끓이는 도구도 꼭 필요하다.

시중에서 전기 주전자를 구매하여 사용하는 것이 가장 실용적이다. 철로 된 찻주전자도 많은 분들이 사용하지만 관리를 잘 해야 한다. 동이나 은으로 된 주전자를 쓰기도 한다.

차를 마시는 빈도 그리고 차 도구를 관리할 수 있는 시간적 여유, 경제적 여유를 모두 고려하여 결정하면 된다.

숯불을 피운 화로에 찻주전자를 올리고 천천히 물을 끓이면서 서두르지 않고 차를 음미하는 그런 선비의 풍류를 즐기는 날을 상상해 본다.

차를 마시기 위한 가장 기본적인 조건들은 다 갖추었지만, 이 외에도 찻자리를 편리하고 풍성하게 하기 위해서는 많은 도구들이 필요하다. 차 테이블이나 차판, 차 숟가락과 집게, 잔 받침 등 필요에 따라 구매를 하여 사용하면 된다.

은 주전지(한국 금하힐보반초갤러리 작품)와 철기 주전자(일본 제품)

나무 차 테이블과 화석 차판

3. 중국 명차를 우리는 골든 룰(Golden rules)

물과 도구가 제대로 갖추어 졌다면 이제 실제로 차를 우려본다.
여기서 중요한 것은 차의 양과 물의 양, 물의 온도, 그리고 우리는 시간이다.
대부분의 중국 차들, 특히 품질이 뛰어난 명차라 한다면 5~15번 정도로 반복해서 우리는(Multiple brewing) 방식을 택할 것이다. 그 차를 제대로 이해하고 즐기기 위해서는 그렇게 해야 하는 것이 맞다. 머그컵으로 마신다면 아무래도 제대로 된 맛을 즐기긴 어렵다.

차호와 잔의 크기

어떤 차호나 개완배를 쓸지 인원 수에 따라서 정한다. 차 한 가지만 우려 마시고 그 찻자리가 끝날 가능성보다는 여러 명차를 지속적으로 우려 마실 가능성이 크므로, 차호는 가능하면 크지 않은 것을 선택한다.
한 두 사람이라면 차호는 80~120ml(가득 채웠을 때 용량) 정도, 개완배라면 50~80ml (80% 채웠을 때 용량) 정도의 크기를 준비한다. 이 때 공도배는 70~80%를 채웠을 때의 용량이 100ml 정도로 작은 것을 준비한다. 잔도 30ml~40ml(70~80%로 채웠을 때 용량) 크기로 준비하면 좋다.
서너 사람이라면 차호는 130~200ml, 그에 따라 공도배는 160~200ml 정도 크기를 준비한다. 잔은 그대로 30~40ml을 사용하는 게 좋은데 최대 50ml을 넘지 않는 것이 좋다.

아파트 베란다에서도 햇볕을 쬐면서 차를 즐길 수도 있고, 외부에서 찻자리를 마련해도 좋다.

물의 양과 온도

차호가 정해지면 물의 양은 자동적으로 정해지게 된 것이다. 큰 차호에 차 양을 적게 넣고 물 양도 적게 해서 우리는 경우도 있는데 별로 권하지 않는다. 물을 넉넉히 부어 넘쳐 흘리면서 거품도 제거하고 작은 부유물도 제거하고 하는 편이 차맛을 제대로 나오게 할 것이다.

물의 온도를 정하는 큰 기준은, 싹이나 어린 잎으로 만든 경우는 끓는 물을 쓰지 말고 온도를 조금 낮추라는(80~90℃) 것이다. 굳이 이유를 들라면 싹이나 어린 잎에는 카테킨과 카페인 함량이 높기 때문에 고온에서 쓰고 떫은맛이 너무 강하게 나올 수 있기 때문이다. 하지만 끓는 물을 쓴다면 향기성분이 더 잘 발현되는 등 다른 장점이 있을 수도 있다. 가능하면 하나의 차를 두세 가지 다른 온도로 우려보고 향이나 맛 측면에서 본인에게 가장 적절한 조건을 찾으면 된다.

이 세상에 한 가지 법칙만 있는 것은 아니다. 특히 개개인의 기호와 연관이 된다면 정답은 없으니 본인이 찾아 내야 한다.

차의 양과 우리는 시간

차의 양과 우리는 시간도 아주 중요하다.

먼저 차의 양을 결정하는 데 있어 중국 명차를 우리는 원칙 아닌 원칙을 이해할 필요가 있다. 중국의 명차를 제대로 느끼기 위해서는 물 양과 차 양의 비를 낮게 하고(즉 차를 많이 넣고) 우리는 시간을 짧게 하면서 여러 번 우려야 한다는 것이다.

서양의 홍차 우리는 법은 이와 달라 물 200~400ml에 차를 2~3g 넣고 2~5분간 우린다고 되어 있는 경우가 많다. 차의 양과 물의 양의 비율을 보면 1 : 100~1 : 200 정도가 된다. 한두 번 우리고 끝낼 것이므로 차를 적게 넣고 우리는 시간을 길게 한다.

이에 반해 중국의 명차를 우릴 때에는 진하게 마시는 경우 1 : 20 정도, 연하게 마신다면 1 : 50 정도의 범위에서 차와 물의 비율을 결정한다. 본인의 기호나 차의 특성에 따라서 결정하면 된다.

우리는 시간도 첫 탕부터 서너 번까지는 약 10초 정도로 짧게, 그 이후부터라도 15~20초 정도로만 우린다.

다즐링(Darjeeling) 홍차 우리기

만약 철관음 같이 뭉쳐져 있는 경우나 압병되어 있는 보이생차나 숙차의 경우라면, 맨 처음 씻어내고 나서, 첫 탕은 15~20초, 두 번째 탕은 10~15초, 세 번째에서 7번째 탕은 10초, 8번째 이후는 15초 정도로 하면 된다. 처음 시작할 때 뭉친 찻잎들이 풀어질 시간을 주는 것이다.
사용하는 도구에 의해서도 우려지는 시간이 달라질 수 있다는 점도 고려해야 한다. 차호를 쓴다면 개완배보다 공도배로 따라내는 시간이 길게 걸릴 것이다. 차호라도 물이 나오는 주둥이의 크기에 의해 차를 완전히 따라내는 데 걸리는 시간이 다르다. 차를 따라내는 순간에도 차호 안에서는 차가 우려지고 있으므로 이 시간도 고려해야 한다.

일반적으로 차호는 차를 우린 후 따라내는 시간이 비교적 길고 개완배는 짧다. 그 시간도 감안해서 차를 우려야 한다.

구체적인 예를 들어 보자.

50ml의 작은 개완배에 무이암차 대홍포 2g을 넣고 우린다. 이 때의 배율은 1 : 25이다. 먼저 끓는 물을 붓고 곧바로 공도배로 부어낸다. 이 때 거품을 최대한 발생시켜 거품까지 같이 제거한다. 씻어낸 차탕은 조금 맛을 보면서 품질 상태를 느껴본 후 버린다. 다시 물을 붓고(4초 소요), 10초 우린 후, 공도배로 부어낸다(5초 소요, 공도배는 빨리 따라낼 수 있다). 두 번째부터 일곱 번째까지는 10초간 우린다. 그 이후 12번 정도까지 15~20초간 우린다.

개완배로 대홍포 우리기

품질 좋은 대홍포를 혼자서 온전히 즐기기에 딱 좋은 방법이다. 거품을 충분히 발생시키기 위해 물 주전자를 좀 높이 들어 물이 콸콸 쏟아지도록 한다. 안전은 항상 고려해야 한다.

80ml의 중간 크기 개완배에 기문홍차 홍향라를 2g 넣고 우린다. 이 때의 비율은 1 : 40이다. 홍향라는 싹으로만 되어 있어 우러나오는 속도가 빠르다. 이 차는 세차洗茶 과정은 생략한다. 물은 공도배 2개를 활용하여 살짝 식혀서 사용한다(약 80~85℃ 정도). 첫 번째는 벽면을 따라 조심스럽게 물을 붓고(7초 소요), 개완 뚜껑을 닫은 후 15초 우리고, 공도배로 따라낸다(5초 소요). 두 번째에서 네 번째는 각 10초씩 우린다. 그 이후 여덟 번째까지 15초 정도씩 우리면서 즐긴다.

개완배로 기문홍차 홍향라 우리기

싹으로 만든 홍향라는 섬세하게 우려서 작은 잔으로 음미하는 것이 좋다. 두 사람이 즐기기에 좋은 구성이다.

130ml 용량의 자사호에 긴압된 상태에서 뜯어낸 보이생차 4g을 넣고 우린다. 이 때 차와 물 양의 비는 1 : 32.5이다. 먼저 끓는 물을 붓고 곧바로 씻어낸다. 이 씻어낸 차탕이 담겼던 공도배에서 향을 음미하고 차탕도 조금 맛을 본 후 버린다. 다시 물을 붓고(10초 소요), 20초간 우리고, 공도배로 부어낸다(15초 소요, 차호의 주둥이가 좁아 시간이 꽤 오래 걸린다). 두 번째는 15초 우리고, 세 번째부터 일곱 번째까지는 10초, 그 이후에는 15초 정도로 우린다.

자사호로 보이생차 우리기

3~4인이 충분히 즐길 수 있는 구성이다. 보이 생차를 처음 씻어내기 위해서는 최대한 거품을 발생시키는 것이 좋다. 공도배에 따라 낼 때에는 차호에 물이 남아 있지 않도록 충분한 시간동안 들고 있어야 한다.

250ml 용량의 자사호에 보이 숙병에서 7g을 뜯어 내어 넣는다. 이 때 차와 물 양의 비는 1 : 35.7이다. 보이숙차는 꽤 진하게 우러나와 차 양을 많이 넣지 않기를 권한다. 끓는 물을 붓고 약 10초 우린 후 과감히 버린다. 짧게 두 번 씻어내는 방법도 고려할 수 있다. 다시 끓는 물을 차호에 붓는다. 차호가 크니 13초나 걸린다. 15초 정도를 우리고 공도배로 따라낸다(22초 소요). 두 번째는 15초, 세 번째에서 일곱 번째까지는 10초, 그 후에는 15초 정도로 우린다.

작은 잔으로는 6명까지도 같이 즐길 수 있다. 여기서는 80ml의 큰 잔으로 두 사람이 여유 있게 즐기는 경우를 가정해 보았다. 차 양이나 차 우리는 시간으로 차탕의 농도를 기호에 맞게 잘 조절하여야 한다

자사호로 보이숙차 우리기

4. 차를 우릴 때의 성분들

우리가 관심을 가지는 차의 유효 성분들인 차 폴리페놀류, 테아닌을 포함한 아미노산류, 카페인, 가용성 당류를 위주로 살펴보자.
우러나오는 정도와 속도는 그 물질의 물에 대한 용해도와 연관이 있다. 일반적으로 아미노산과 카페인, 그리고 비타민류는 용해도가 아주 높아 초반에 집중적으로 나온다. 차 폴리페놀과 가용성 당류는 그에 비해서는 우러나오는 속도가 느리다.
국내 연구진의 논문에 따르면, 녹차와 물의 비율을 1 : 200으로 했을 때 80℃에서 10분 우렸을 때 나오는 양을 100%로 가정한다면, 동일 조건에서 1분간 우렸을 때 나오는 총 카테킨 함량은 40~60% 정도밖에 되지 않았다. 하지만 카페인의 침출율은 77~87%에 달한다.
알아 두면 유익한 사실은 카페인의 경우 온도보다는 시간에 더 영향을 받는다는 것이다. 온도를 10℃ 낮추더라도 우러나오는 정도는 크게 줄어들지 않는 경향을 보인다.
가용성 당류는 우러나오는 속도가 특히 느린데, 이런 이유로 우리는 횟수가 거듭될수록 차탕의 쓴맛과 떫은맛은 줄어드는 대신 가용성 당류가 많아져 은은한 단맛이 증가하게 된다.

때로는 동일 조건에서 몇 가지 차를 동시에 평가하면서 즐기기도 한다.

5. 중국 명차를 제대로 즐기는 방법

중국의 명차를 제대로 즐기기 위해서는 차탕을 마시는 것뿐만 아니라 향기도 즐겨야 하고 찻잎이 우려지면서의 모습, 그리고 우린 후 잎의 상태까지도 느껴보아야 한다. 중국의 명차들은 독특한 향을 가지고 있는 경우가 많다. 차를 우리는 중간 중간에 그러한 향들을 빠짐없이 즐겨야 한다. 차탕만 마시고 만다면 그 차가 가진 매력의 50%도 채 즐기지 못한 것이라 말할 수 있다. 그럼 언제 어떻게 향을 즐겨야 할까?

향을 즐기기에는 자기나 유리 등으로 된 개완배를 쓰는 것이 좋다. 차를 마시는 행위를 자세히 살펴보면서 알아보자.

Point 1. 차를 우리기 전에 끓는 물을 부어 개완배를 덥힐 것이다. 그 물을 따라내고 거기에 건조된 찻잎을 넣고 뚜껑을 닫고 흔든다. 이 때 개완배 뚜껑을 살짝 열고 그 내부에서 느껴지는 향기를 즐겨야 한다.

Point 2. 이제 물을 붓기 시작한다. 뜨거운 물이 찻잎과 만나면서 향기성분들이 공기 중으로 피어오를 것이고 이 향기를 느껴본다.

Point 3. 처음 부은 물은 씻어내든지 아니면 곧바로 마시기 시작할 것이다. 개완배의 뚜껑 안쪽에 있는 향을 즐겨본다.

Point 4. 공도배에 차탕을 붓는다. 공도배에서 잔으로 다 따라내고 나서 공도배에 남아 있는 향기를 즐겨본다.

개완배 뚜껑에서는 그 차의 향 특성이 아주 잘 드러난다. 꼭 즐겨야 한다.

Point 5. 잔으로 차탕을 마신다. 그 때 코로 직접 느껴지는 향기와 입 안에서 느껴지는 향기(입안과 코로 연결된 통로를 통해)를 느껴본다.

Point 6. 잔을 다 비우고 난 후 그 잔 바닥에 남아 있는 향기 또한 즐겨야 한다(이를 배저향杯底香이라 한다).

Point 7. 계속해서 개완배에 우리면서 개완배 뚜껑의 안쪽에서 느껴지는 향을 즐겨본다.

Point 8. 다 우려 마신 후 개완에 있는 차를 부어내고 나서 개완 바닥의 향을 즐겨본다.

Point 9. 마시고 난 후 입안에 그리고 입술에 남아 있는 은은한 향기를 즐긴다.

배저향 즐기기

개완에서나 공도배 그리고 잔에서 향을 맡을 때의 방법을 잘 알아야 한다.
아주 뜨거울 때에는 오히려 향이 잘 느껴지지 않는다. 약간 식은 상태에서 잘 느껴지니 10~30초 정도 길게 맡아봐야 한다. 이 때 후각은 빨리 피로해질 수 있으니 코에 갖다 댔다 떼기를 반복하면 좋다. 그래도 후각이 피로해졌다면 코를 자기의 옷소매에 10초 정도 갖다 대면 민감도가 돌아올 것이다.

6. 차 마실 때 주의할 점

카페인 민감도

제일 먼저 차를 마시는 사람의 카페인 민감도를 알아봐야 한다.

모든 차는 카페인을 함유하고 있다. 보이숙차는 카페인이 없거나 아주 적다고 하는 사람들이 있는데 잘못된 정보라고 이미 말한 바 있다.

카페인 민감도가 높은데 오후에 찻자리가 잡혀 그날 밤의 수면이 걱정된다면 어떻게 할까? 그 차의 첫 탕이나 둘째 탕 정도만 맛보고 그 뒤로 계속 나올 차탕들을 맛보지 않는 것으로 양을 조절하는 방법은 권하지 않는다. 대신 매번 나오는 차탕을 각각 조금씩만 마시면서 맛을 음미하든가, 아니면 충분한 양을 입에 넣고 맛과 향을 느낀 후 뱉아 내는 방법을 쓰는 것이 좋다. 몇 십 개나 되는 차를 한꺼번에 품평할 때는 누구라도 뱉아내는 방식을 택하는 편이 낫다.

너무 뜨거운 상태에서 급하게 차를 마시지 말아야 한다. 즐겁게 그리고 건강에 유익하게 마시려고 하다가 오히려 역효과가 날 수도 있다.

찻자리가 길어지면 여러가지 종류의 차를 동시에 마시는 경우도 많다. 본인의 카페인 민감도를 잘 따져 마시는 양을 조절해야 한다.

차게 마시는 차

온도를 차게 마시는 것에 대해서 우려하는 사람이 많은데 큰 문제가 된다고 생각하지 않는다. 찬 것(아이스크림이나 찬물 등)을 먹어서 불편한 사람들은 피해야 하는 것이 맞지만 그렇지 않은 사람들은 크게 상관이 없다. 여름철에 냉침(Cold brew)한 녹차나 홍차 한 잔은 더위도 쫓지만 청량감으로 몸을 회복시켜 주는 효과가 있다. 단 너무 오랫동안 상온에 두어 미생물이 번식할 수 있는 환경을 조성하면 안 된다.

등급 낮은 차와 불소

노쇄한 잎이나 가지가 많이 섞인 등급이 낮은 차를 많이 마시는 것은 추천하지 않는다.

특히 보이숙차 이외의 흑차류를 많이 마시거나, 차호에 우려 마시지 않고 큰 주전자에 펄펄 끓여서 마신다면 우려되는 사실이 있다.

그건 바로 찻잎에 함유된 불소 때문이다. 불소는 원소로서의 이름은 플루오린(Fluorine)이지만 자연계에는 불화물氟化物의 형태, 즉 전자를 얻어 음전하를 띤 F^- 형태로 존재하며 플루오라이드(Fluoride)라 칭한다. 적당한 섭취 농도에서는 충치를 예방하고 치아를 튼튼하게 하는 좋은 작용을 하므로 일부 국가에서는 수돗물의 불소화(Fluoridation)를 시행하고 있고 대부분의 치약에도 함유되어 있다.

하지만 높은 농도로 오랫동안 섭취하면 불소침착증(Fluorosis)을 유발할 수 있다. 초기 단계에서는 이가 착색되고 약해지는 치아불소증(Dental Fluorosis)의 형태로 나타나고 더 나아가면 뼈가 약해지고 골절이 쉽게 유발될 수 있는 골격불소증(Skeletal Fluorosis)으로 악화될 수 있다.

이 불소는 차나무가 자라는 토양으로부터 기인한다. 싹이나 어린 잎보다는 노쇄한 잎에 더 많이 함유되어 있다.

중국에서는 차의 품질 기준 중의 하나로 불소 함량이 규정되어 있다.

농업부农业部에서 제정한 NY659-2003에 보면 최대 허용기준이 200mg/kg이다.

또 위생부卫生部에서는 GB 19965-2005 문건에 모든 전차砖茶의 불소 함량 기준을 최대 300mg/kg으로 규정하고 있다. 여기에는 흑전차黑砖茶, 복전차茯砖茶, 화전차花砖茶, 청전차青砖茶, 강전차康砖茶, 긴차紧茶, 금전차金砖茶, 미전차米砖茶, 타차沱茶 등이 해당된다.

가지가 많이 섞인 호남성 복전차(茯砖茶)와 노쇠한 잎으로 만든 광서성 육보상강차(六堡霜降茶)

중국이 이렇게 특별한 기준을 성해 놓은 데는 다 이유가 있다.

차마고도의 종착지 중 하나인 서장자치구西藏自治区, 흔히 말하는 티베트 사람들에게서 이 불소침착증이 많이 발견되기 때문이다. 이 지역은 환경의 영향으로 비타민과 미네랄 섭취를 차에 의존해 왔고 차를 마시는 일이 오랫동안 완전히 일상화되었다. 삼일 동안 음식은 먹지 않아도 되지만 하루 차를 못 마시는 일이 생기면 안 된다 라는 얘기도 있다. 어린애들도 엄마 젖을 떼고나서부터 차를 마시기 시작한다. 그러니 일인당 연간 차 소비량은 10~15kg 정도로 어마어마하다. 10kg이라면 하루 평균 소비량은 27g이 넘고, 만약 15kg이라면 41g이 넘는다. 그런데 애석하게도 이 지역에서 주로 소비되는 차는 등급이 낮고 음용하는 형태 또한 끓이는 방식이다. 그런 연유로 이 지역의 많은 사람들이 치아가 변색되고 더 심하면 치아가 삭아서 떨어져 버리고 또 뼈도 약하게 되어 고통받는다.

중국에서는 티베트 외에도 사천성四川省 등 일부 다른 지역에서도 비슷한 문제가 발생되는 것이 보고되었다.

우리나라에서는 이렇게 대단하게 차를 마시는 사람은 거의 없으리라 보지만 그 위험성에 대해서는 명확하게 이해를 할 필요가 있다.

그렇다면 차를 얼마 정도 마시는 것이 안전한지 계산을 해 보자.

불소의 하루 적정 섭취량에 대해서 미국과 유럽의 기준을 살펴보면 성인 기준으로 0.05mg/kg/day, 즉 몸무게 1kg당 하루 0.05mg 정도는 섭취해도 된다고 본다. 몸무게 60kg의 성인이라면 하루 3mg정도까지는 괜찮다는 말이다.

하지만 몸무게가 낮은 여성도 고려하고 안전 측면에서도 좀 더 보수적으로 생각하여 2mg/day, 즉 하루 2mg 이하로 섭취하는 것을 필자는 권장한다.

먼저 노엽이 많이 함유된 호남성의 흑차인 복전차의 불소 함량을 분석한 문헌을 보면 건엽 기준으로 최대 878mg/kg까지 관찰된다. 차를 우릴 때 나오는 불소의 추출율에 대해 여러 문헌을 종합해 보면 최대 65% 정도로 산정하는 것이 합리적으로 보인다. 그러므로 [878×65% = 570.7mg/kg]이므로 차엽 1g으로 우려지는 불소의 양은 0.5707mg이 된다. 불소 하루 섭취량 기준 2mg 이하를 만족시키기 위해서는 한 사람이 하루에 3.5g 이하의 흑차를 마셔야 한다는 계산이 나온다.

비교적 불소 함량이 적은 녹차, 우롱차, 홍차 등에서 건엽 기준 300mg/kg의 불소 함량인 경우를 가정해 보자. 동일한 방식으로 계산하면 10.26g의 차를 혼자서 마셔야 불소 섭취량 2mg에 도달하는 것이 된다.

홍차 티백 등을 우린 차탕의 실측치 데이터도 많은데, 일반적으로 우려 마시는 농도인 2g 홍차 티백을 200ml 끓는 물로 우린 결과 3mg/L 내외의 불소 농도가 분석되었다. 이런 차탕이라면 667ml(바꿔 말하면 머그컵에 3번 새로운 티백으로 우려 마신 경우에 해당) 이하로 마시면 하루 불소 섭취량 2mg 아래가 된다.

참고로 위의 계산은 편의를 위한 것으로 차엽의 실제 불소 함량, 차엽의 부서진 정도, 유념 정도, 차와 물의 비율, 물 온도 등에 따라 달라질 수 있다.

이렇게 보면 일상적인 차 생활을 하는 경우라면 크게 걱정할 필요가 없는 수준이라 생각되지만 다른 생활 습관(마시는 커피 양, 수돗물의 불소화 여부, 사용하는 치약, 흡연 여부 등)도 종합적으로 고려하여야 한다.

한 번 더 강조하자면 노엽이 많이 섞인 차를 너무 자주 너무 많이 마시지 말고 다양한 차를 적당한 양으로 즐기기를 권한다.

제 9 장

중국 명차들의 보관과 유통기한

1. 차를 보관할 때의 반응 기작 및 조절 인자

2007년부터 중국에서 회사를 다니고 거주를 하면서 한국의 차인들과 교류할 기회는 그리 많지 않았다. 몇 년 전부터는 상해의 차 박람회에서 한국에서 차 사업하시는 분들도 만나고 또 필자도 간혹 짬을 내어 한국에서 차 관련 강연도 하면서 한국 차인들을 조금씩 만나기 시작하였다.

그러면서 알게 된 사실이 한국에는 차에 대해 과학적으로 접근하는 사람이 드물고 잘못된 지식들이 널리 퍼져 있는 경우가 꽤 있다는 것이다.

그 중 가장 대표적인 것이 보이차 특히 보이생차의 저장 중 변화 기작이었다.

보이생차의 변화는 자동산화 때문

아직도 많은 사람들이 보이생차는 살청 온도가 낮아 산화효소의 활성이 남아 있어 좋은 변화를 일으키고, 이 사실이 녹차를 포함한 다른 모든 차들과 구별 짓는 점이라 생각할 것이다. 그에 대한 반박 설명은 블로그에 자세히 올려 놓았다(하단 QR코드 참조).

요약하면 보이생차의 살청 조건은 낮다고 볼 수 없으며, 설령 효소 활성이 남아 있다 하더라도 수분 함량이 낮아(정확하게 표현하면 수분 활성도가 낮아) 효소가 작용할 수 없다. 보이생차의 저장 중에 변화를 일으키는 요인은 산화효소가 아니라 자동산화(Auto Oxidation)이다.

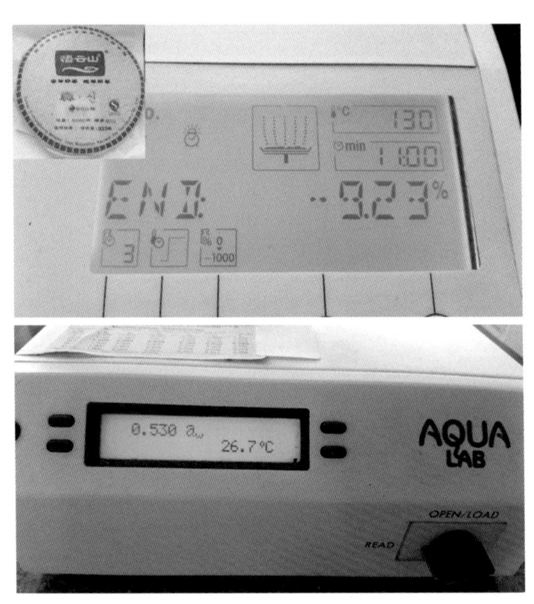

보이생차의 수분 측정 예. 법적 기준은 '13% 이하'이지만 일반적으로 대개 그보다 훨씬 낮다. (아래 예의 경우 9.23%). 수분활성도를 재어 보면 0.53 근처로 나와 미생물이 자라거나 효소가 활성화될 수 있는 조건이 아니다.

보이차의 후 발효, 자동산화 vs 산화효소

만약 어떤 차가 습도가 높은 장소에 보관되어 있다면, 좀 더 명확하게 얘기해서 미생물이 생장하기 시작하는 수분활성도(Water activity)인 0.6 이상이 된다면 곰팡이들이 자라면서 그들이 분비하는 산화효소에 의해서도 변화가 일어날 것이다. 효소에 의한 변화이지만 차엽 내의 효소가 아니라 미생물에서 오는 효소이므로 다른 얘기다. 이 경우 관리가 잘못되면 원하지 않는 곰팡이가 자라 품질이 나빠지거나 특히 일부 곰팡이가 분비하는 독소(mycotoxins)까지 생긴다면 위험해질 수 있으니 이런 보관 조건은 가능하면 피해야 한다.

다시 말하면 제대로 된 보관 조건이라면 자동산화가 주된 품질 변화의 기작이다.

그렇다면 자동산화의 속도에 영향을 주는 요소들은 무엇일까?

산소, 온도, 습도, 빛 이렇게 4가지를 들 수 있다.

산소는 청향형 철관음 같이 진공포장 하거나, 질소가스로 치환하거나, 탈산소제를 넣고, 금속·유리·알루미늄층이 있는 포장재 등을 사용하거나 하지 않는다면 그 존재로부터 자유롭기가 상당히 어렵다. 우리가 일상적으로 쓰고 있는 PET 음료수병 재질도 산소가 투과된다는 사실을 알고 있는 사람이 몇이나 될까? 또한 적은 양으로도 산화반응을 충분히 일으킬 수 있으니 산소는 관리하기가 비교적 까다롭다.

온도는 비교적 관리가 쉽다. 냉장고 냉동고 사용이 일상화되어 있으니 말이다. 한 가지 주의할 점은 김치 등 냄새가 강한 음식과 차를 같은 냉장고나 냉동고 공간에 보관하면 절대 안 된다. 차는 향을 흡수하는 능력이 아주 강하고 한 번 빨아들인 냄새를 없애기는 상당히 힘들다. 차 전용 냉장고를 마련하든지 아니면 차라리 상온 보관을 하고 빨리 소진해야 한다.

습도와 빛은 포장재를 잘 선정하고 잘 밀봉한다면 쉽게 제어될 수 있다. 하지만 밀봉이 정말로 잘 되었는지 꼼꼼히 확인하는 것이 중요하다.

안계철관음 진공포장 기계 설비. 대량으로 포장을 해도 꼭 진공을 잡아서 보관한다.

2. 중국 명차의 바람직한 저장 조건

중국에서 식품 관련 제품 개발을 오랫동안 하면서 느끼는 것은 중국 정부가 많은 것을 세세하게 규정하고 관리하려 노력한다는 것이다. 그 넓은 땅덩이에 정말로 많고 다양한 사람들이 있을 것이니 자율보다는 관리가 아직은 더 적절한 방법이라는 생각도 든다. 하지만 머지않아 서서히 자율성을 많이 부여하는 쪽으로 변화될 것이라 생각된다.

차의 저장 관련 규정

놀랍게도 모든 차 종류별 저장 조건, 즉 온도와 습도 조건에 대해서 명시된 문건도 있다.

중국의 국가품질감독검사검역총국国家质量监督检验检疫总局에서 발표한 '차엽의 저장(GB/T 30375-2013)' 편이다.

여기에 따르면 녹차와 황차는 10℃ 이하와 상대습도 50% 이하의 조건에서 보관하고, 홍차와 백차와 화차花茶와 우롱차의 경우는 25℃ 이하와 상대습도 50% 이하에서 보관하며, 흑차와 긴압차는 25℃ 이하와 상대습도 70% 이하에서 보관하는 것으로 나와 있다.

여러가지 고심의 흔적이 보이는데, 차 생산지의 자연환경도 고려되었고, 저장 중의 변화를 유도하느냐 변화를 최소화해야 하느냐 하는 사실도 고려되었고, 또 너무 엄격하지 않으면서도 실용적인 조건을 설정하려는 노력도 보인다.

녹차의 저장 조건 예시

녹차의 저장 중 총카테킨류 함량이 감소되었다는 말은 자동산화에 의해서 카테킨류가 테아플라빈(Theaflavins)으로 산화중합(Oxidative polymerization)이 되고 있다는 말이다. 그 외에도 향기성분의 변화 등 여러가지 의도하지 않은 반응들이 일어나고 있다는 증거이기도 하다.

그래프를 살펴보면 저장 온도가 높을수록 감소의 폭이 크다.

30℃에서 180일 동안 저장했을 때 총카테킨류는 초기 함량 대비 52.6%만이 잔존하였다.

15℃ 저장시에는 59.3%로 약간 높긴 하지만 여전히 변화의 폭이 크고, 4℃에 저장했을 때에 비로소 84.8%로 변화의 폭이 작았다.

만약 영하 15℃ 조건에서 저장한다면 잔존율이 97.3%로 거의 변화가 없음을 알 수 있다.

여기서 결론 내릴 수 있는 것은 녹차의 경우 저장 온도가

그림 1 저장온도에 따른 녹차의 카테킨 함량의 변화

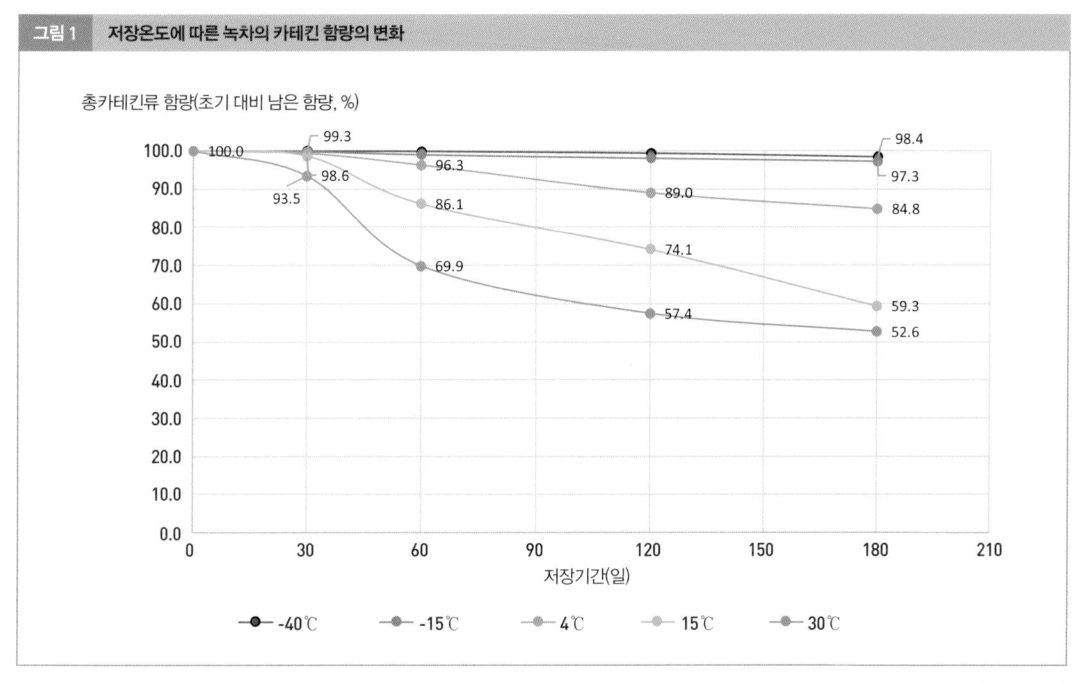

(이승언, Culinary Science & Hospitality Research 2016; 22(5): 267-276)

낮을수록 좋으며, 가능하면 4℃ 이하, 더 좋게는 냉동 조건에 두라는 것이다.

재스민차를 포함한 화차나 홍차류도 녹차류와 동일한 조건에 보관하기를 권장한다. 꽃 향기 등 민감한 성분들의 변화를 막으려면 낮은 온도가 유리할 것이다.

청향형 철관음이나 향을 중시하는 대만 우롱차들도 가능하면 영하의 낮은 온도에 두는 것이 좋다. 거기에 더해 산소의 영향도 최소한으로 받도록 진공포장까지 꼭 하기를 권한다. 뭉쳐져 있는 차의 특성상 진공 포장을 하더라도 부서질 염려가 없는 요인도 고려한 것이다.

습도를 굳이 명시하지 않는 것은 차단성이 우수한 포장재를 사용하여 완벽하게 밀봉해야 하는 것은 기본적인 요구사항이기 때문이다.

홍배가 잘된 무이암차류, 봉황단총류, 보이생차와 숙차

신선한 용정차(각 사진의 왼쪽)와 1년 상온 보관한 용정차(각 사진의 오른쪽)의 건엽과 탕색의 차이

를 포함한 모든 흑차류, 백차류, 황차류 등은 사람이 일상 생활 하기 좋은 조건에 두면 된다. 이러한 차들은 저장 중에 변화가 일어나면서 품질이 더 좋게 변하기를 바란다.
그러므로 온도나 습도가 너무 낮지 않은 것이 좋다. 사람이 지내기 편안한 온도에 상대습도 또한 40~60% 정도로 유지되는 것이 이상적이다. 특히 보이차는 습도를 완벽하게 차단하지 않은 포장 상태이므로 상대습도의 관리가 중요한 편이다. 한여름 장마철이라면 제습을 해주는 것이 바람직하다.
직사광선을 피할 것과 냄새 나는 곳을 피하는 것은 가장 기본적인 요구사항이다.

상온에 보관이 가능한 차들은 서재나 거실에 책과 같이 보관하면 좋다.

3. 차의 숙성

과연 어떤 차들을 얼마나 두면 마시기 좋은 상태로 변할까?
이 부분은 사람의 기호와 연관된 부분이므로 정답은 없다. 하지만 필자가 오랜 기간 동안 차를 접하면서 가진 생각을 기술해 보고자 한다. 정답은 아니지만 참고는 할 수 있으리라 본다.
저장 조건은 위에서 언급한 사람이 살기 편안한 환경이라고 가정해 보자.

백차의 경우

백차는 '일년차一年茶 삼년약三年药 칠년보七年宝'라는 멋진 표현을 쓴다. 일년까지는 차이고, 3년이 지나면 약이 되고, 7년이 되면 보물이 된다는 뜻이다. 백차의 약리효과를 강조하기 위한 말이기도 하지만 품질 측면에서서도 참고할 만한 말이다.
백차 중의 백호은침과 백모단은 살청과 유념을 거치지 않은 차이므로 갓 만들고 나서는 신선한 풀맛(青味라 한다)이 강해 그리 맛있게 느껴지지 않는다. 하지만 2년 정도 지나면 이런 향들은 사라지고 백차 특유의 호향毫香과 단맛이 두드러지게 나타난다. 3~7년 정도 숙성했을 때 가장 맛있다고 볼 수 있다.
수미 등급도 동일한 공정을 거치지만 숙성 시간은 좀 더 걸려 최소 3년 이상을 두었다 먹는 것이 좋고, 가능하다면 7년 이상 두기를 권한다. 저장 기간이 오래되면 또 다른 맛이 나올 것이므로 장기 보관을 하면서 맛의 변화를 따라가 보는 것도 좋을 것이다. 15년 이상이 되었다는 노수미老寿眉를 마셔볼 기회가 있었는데 너무나 매력적이었다. 품질 측면에서 본다면 숙성 기간이 무한정 길어질 필요는 없겠지만 새로운 맛을 경험한다는 측면에서는 차를 오래 두었다 마셔보는 것도 좋은 경험일 것이다.

백호은침 0~6년 사이의 변화 관찰(2014년부터 2020년까지). 명확한 대비를 위해 2014년과 2020년 백호은침을 비교해 본다.

황차의 경우

황차류는 은은한 향과 단맛, 그리고 쓰고 떫지 않은 부드러운 맛이 특징이므로 굳이 장기 보관을 할 필요가 없다. 그렇다고 녹차같이 신선함이 사라져 품질이 급격히 낮아지는 것도 아니므로 소비를 일부러 서두를 필요도 없다. 숙성된 차는 숙성된 대로, 신선한 차는 신선한 대로 즐기면 된다.

무이암차의 경우

무이암차류는 생산된 당해 연도에는 제 맛을 느끼기가 쉽지 않다. 5월경에 모차가 완성되고, 한 번이나 두 번의 홍배를 거치고, 홍배 느낌을 없애기 위한 퇴화退火 공정까지 거치면 벌써 가을이 되어 있을 것이다. 무이산의 차인들은 다음 해의 설날(음력 1월 1일)이 되어야 차맛이 들었다고 얘기를 한다. 홍배를 잘한 암차라면 보존 기간은 아주 길게 가져가도 된다. 단 습기를 잘 차단할 수 있는 좋은 포장재로 확실하게 밀봉을 해야 한다. 이런 경우 보관 중 꺼내서 다시 홍배를 하지 않아도 된다.

암차가 숙성되어 가면서 주는 느낌을 알아가는 것은 참 행복한 일이다. 마침 집에 30년 된 대홍포가 소량 있어 품평을 해보면 부드러운 맛에 달착지근한 느낌이 엄청 강하다. 하지만 무이암차 특유의 맛은 약해져 아쉬운 부분이 있었다. 오랫동안 숙성되면 좋은 면도 나오고 또 아쉬운 부분도 생기는 것이다.

무이암차의 홍배가 약하게 되었다면 저장하는 동안 변화가 쉽게 발생된다. 반청反青이라는 현상으로 푸른 내가 다시 나고 약간의 떫은맛이 나기 시작한다. 이런 차라면 가능하면 빨리 소진을 시키거나 이미 반청 현상이 관칠된다면 홍배를 다시 해서 마시면 된다.

무이암차 대홍포와 개완배로 무이암차 우리기

봉황단총과 철관음의 경우

봉황단총류나 농향형浓香型 철관음은 홍배를 하지만 그 강도는 무이암차에 못 미치는 경우가 많다. 반청 현상이 발생할 가능성이 크므로 몇 년 내에 소진시키는 것이 좋다고 본다.

광저우의 차 시장에서 우연한 기회에 80년 된 봉황단총(믿거나 말거나!)을 마셔볼 기회가 있었는데 인삼 우린 물 느낌이었다. 이 경우 만들 때 홍배가 충분히 된 상태였거나 보관하면서 한 번씩 홍배를 해주었으리라 본다.

또 40년 정도 보관된 철관음(사실 그 당시에는 철관음이라 부르지 않아 40년 된 우롱차라 해야 한다)을 마셔본 기회도 있었는데 차엽이 자연적으로 분해되어 티백 원료 같이 보였으며 약한 곰팡이 냄새가 나지만 한약 느낌과 엄청나게 강한 단맛이 났다. 의도치 않게 이렇게 오래 보관된 차를 만나볼 행운도 있을 수 있지만 굳이 이 정도로 오래 보관할 필요는 없다고 본다.

보이차의 경우

보이생차는 많은 사람들이 오래 숙성시켰다가 먹어야 한다는 생각을 가지고 있을 것이다. 맞기도 하고 틀리기도 한 말이다.

고수차古树茶 등 좋은 원료를 쓴 보이생차는 몇 개월만 지나도, 좀 넉넉하게는 일년 정도만 지나도 참 맛있다. 굳이 몇 년 동안 숙성시킬 필요가 없다. 물론 오랫동안 두면 또 그 나름대로 새로운 차맛을 얻을 수 있을 것이다.

만약 쓴맛과 떫은맛이 강한 원료를 사용한 보이생차라면 숙성 기간이 필요하다. 보관되면서 카테킨류가 산화 중합되어 쓰고 떫은맛이 약하면서도 약간의 단맛을 가지는 테아플라빈(차황소), 테아루비긴(차홍소), 그리고 테아브라우닌(차갈소)으로 서서히 변해갈 것이다. 가용성 다당류의 함량도 서서히 늘어나 차탕의 단맛도 올라갈 것이다. 향기성분들이 일부는 없어지거나 약해지기도 하고 또 일부는 새로 생성되면서 전체적인 조화를 이룰 것이다. 몇 년 정도 숙성시키면서 그 맛의 변화를 관찰하면 된다.

약 40년 정도 지난 광운공병广云贡饼을 마셔볼 기회가 있었는데 습창 보관한 것이 아니라 그런지 생차의 특성을 고스란히 가지고 있었다. 탕색은 간장 느낌으로 진하게 나오지만 쓰고 떫은맛은 여전히 강하게 우러나왔다.

보이숙차 또한 제대로 만들어졌다면 1~2년 정도만 숙성되어도 충분히 맛있다. 이미 악퇴 공정 중에 카테킨은 많이 줄어들어 맛은 부드러워져 있고 수용성 다당류도 증가되어 있다. 필자가 경험한 약 30년 보관된 숙차의 맛은 우러나오는 성분이 적어 깔끔한 맛이 특징이면서 단맛은 강했다. 숙성시켰다 먹는다면 또 다른 맛을 경험하겠지만 오랜 기간의 숙성이 꼭 필요한 것은 아니다.

보이생차 긴압된 형태와 산차散茶로 보관하는 형태

부록

중국 명차 일람표

중국 명차 일람표

녹색으로 표시된 명차들의 이름은 모두 국가 또는 지방정부의 지리적 표시제 (지리표지산품, 地理标志产品) 보호를 받고 있다.

(가나다 순)

번호	명차 이름(한글)	명차 이름(中文)	차 분류	생산 지역
1	갈탄차	碣滩茶	녹차	호남성(湖南省)
2	갈홍부자차	葛洪富锌茶	녹차	복건성(福建省)
3	감로청봉	甘露青峰	녹차	안휘성(安徽省)
4	강산녹모단차	江山绿牡丹茶	녹차	절강성(浙江省)
5	강전차	康砖茶	흑차	사천성(四川省)
6	강하광명차	江夏光明茶	녹차	호북성(湖北省)
7	강화고차	江华苦茶	녹차	호남성(湖南省)
8	강화모첨	江华毛尖	녹차	호남성(湖南省)
9	개산백모차	开山白毛茶	녹차	광서장족자치구(广西壮族自治区)
10	개양부서차	开阳富硒茶	녹차	귀주성(贵州省)
11	개현용주차	开县龙珠茶	녹차	중경시(重庆市)
12	개화용정차	开化龙顶茶	녹차	절강성(浙江省)
13	개화황금차	开化黄金茶	녹차	절강성(浙江省)
14	거남녹차	莒南绿茶	녹차	산동성(山东省)
15	거타자(봉황단총)	锯剁仔	청차	광동성(广东省)
16	건덕포차	建德苞茶	녹차	절강성(浙江省)
17	건위 말리화차(재스민차)	犍为茉莉花茶	화차	사천성(四川省)
18	검춘차	剑春茶	녹차	호북성(湖北省)
19	경녕혜명차	景宁惠明茶	녹차	절강성(浙江省)
20	경산차	径山茶	녹차	절강성(浙江省)
21	경양복차	泾阳茯茶	흑차	섬서성(陕西省)
22	경정녹설	敬亭绿雪	녹차	안휘성(安徽省)
23	경현난향차	泾县兰香茶	녹차	안휘성(安徽省)
24	계림계화차	桂林桂花茶	화차	광서장족자치구(广西壮族自治区)
25	계림모첨	桂林毛尖	녹차	광서장족자치구(广西壮族自治区)
26	계명공차	鸡鸣贡茶	녹차	중경시(重庆市)
27	계평서산차	桂平西山茶	녹차	광서장족자치구(广西壮族自治区)
28	계화오룡	桂花乌龙	화차	복건성(福建省)
29	계화향(봉황단총)	桂花香	청차	광동성(广东省)
30	고교은봉	高桥银峰	녹차	호남성(湖南省)
31	고로차	古劳茶	녹차	광동성(广东省)

번호	명차 이름(한글)	명차 이름(中文)	차 분류	생산 지역
32	고시황고산차	固始皇姑山茶	녹차	하남성(河南省)
33	고료차	姑辽茶	홍차	광서장족자치구(广西壮族自治区)
34	고장모첨	古丈毛尖	녹차	호남성(湖南省)
35	고저자순	顾渚紫笋	녹차	절강성(浙江省)
36	고적취봉차	古迹翠峰茶	녹차	강서성(江西省)
37	고파차	古琶茶	녹차	광서장족자치구(广西壮族自治区)
38	곡계녹차	曲溪绿茶	녹차	호북성(湖北省)
39	공갱차	孔坑茶	녹차	복건성(福建省)
40	공래흑차	邛崃黑茶	흑차	사천성(四川省)
41	공미	贡眉	백차	복건성(福建省)
42	공첨	贡尖	흑차	호남성(湖南省)
43	과산룡(무이암차)	过山龙	청차	복건성(福建省)
44	과자금(무이암차)	瓜子金	청차	복건성(福建省)
45	곽산황대차	霍山黄大茶	황차	안휘성(安徽省)
46	곽산황아	霍山黄芽	황차	안휘성(安徽省)
47	관공미(무이암차)	关公眉	청차	복건성(福建省)
48	관산모첨	官山毛尖	녹차	호북성(湖北省)
49	관산은봉	官山银峰	녹차	호북성(湖北省)
50	관장모첨	官庄毛尖	녹차	호남성(湖南省)
51	광기(무이암차)	广奇	청차	복건성(福建省)
52	광동대엽청	广东大叶青	황차	광동성(广东省)
53	광산취록	匡山翠绿	녹차	사천성(四川省)
54	광서홍쇄차	广西红碎茶	홍차	광서장족자치구(广西壮族自治区)
55	광안송침	广安松针	녹차	사천성(四川省)
56	교남녹차	胶南绿茶	녹차	산동성(山东省)
57	구갱모첨	鸠坑毛尖	녹차	절강성(浙江省)
58	구갱차	鸠坑茶	녹차	절강성(浙江省)
59	구곡홍매	九曲红梅	홍차	절강성(浙江省)
60	구궁산차	九宫山茶	녹차	호북성(湖北省)
61	구룡기(무이암차)	九龙奇	청차	복건성(福建省)
62	구룡란(무이암차)	九龙兰	청차	복건성(福建省)
63	구룡주(무이암차)	九龙珠	청차	복건성(福建省)
64	구룡차	九龙茶	녹차	강서성(江西省)
65	구산암록	龟山岩绿	녹차	호북성(湖北省)
66	구정취아	九顶翠芽	녹차	사천성(四川省)
67	구화모봉	九华毛峰	녹차	안휘성(安徽省)
68	국승차	国胜茶	녹차	사천성(四川省)
69	군산모첨	君山毛尖	녹차	호남성(湖南省)
70	군산은침	君山银针	황차	호남성(湖南省)
71	굴향사면차	屈乡丝绵茶	녹차	호북성(湖北省)
72	귀정운무공차	贵定云雾贡茶	녹차	귀주성(贵州省)

번호	명차 이름(한글)	명차 이름(中文)	차 분류	생산 지역
73	귀주녹차	贵州绿茶	녹차	귀주성(贵州省)
74	귀주은아	贵州银芽	녹차	귀주성(贵州省)
75	균련홍차	筠连红茶	홍차	사천성(四川省)
76	금강벽록	金刚碧绿	녹차	하남성(河南省)
77	금계모(무이암차)	金鸡母	청차	복건성(福建省)
78	금관음(무이암차)	金观音	청차	복건성(福建省)
79	금단작설	金坛雀舌	녹차	강소성(江苏省)
80	금라한(무이암차)	金罗汉	청차	복건성(福建省)
81	금모단(무이암차)	金牡丹	청차	복건성(福建省)
82	금모후(무이암차)	金毛猴	청차	복건성(福建省)
83	금봉황(무이암차)	金凤凰	청차	복건성(福建省)
84	금사공차	金沙贡茶	녹차	귀주성(贵州省)
85	금산시우차	金山时雨茶	녹차	안휘성(安徽省)
86	금산취아	金山翠芽	녹차	강소성(江苏省)
87	금성노아	锦城露芽	화차	사천성(四川省)
88	금쇄시(무이암차)	金锁匙	청차	복건성(福建省)
89	금수취봉	金水翠峰	녹차	호북성(湖北省)
90	금수홍차	金秀红茶	홍차	광서장족자치구(广西壮族自治区)
91	금유조(무이암차)	金柳条	청차	복건성(福建省)
92	금정향(무이암차)	金丁香	청차	복건성(福建省)
93	금죽운봉차	金竹云峰茶	녹차	호북성(湖北省)
94	금준미	金骏眉	홍차	복건성(福建省)
95	금채취미	金寨翠眉	녹차	안휘성(安徽省)
96	금채홍차	金寨红茶	홍차	안휘성(安徽省)
97	금첨	金尖	흑차	사천성(四川省)
98	기단(무이암차)	奇丹	청차	복건성(福建省)
99	기란(무이암차)	奇兰	청차	복건성(福建省)
100	기몽녹차	沂蒙绿茶	녹차	산동성(山东省)
101	기몽옥아차	沂蒙玉芽茶	녹차	산동성(山东省)
102	기문홍차	祁门红茶	홍차	안휘성(安徽省)
103	기반산모첨	棋盘山毛尖	녹차	호북성(湖北省)
104	기산백아	祁山白芽	녹차	호남성(湖南省)
105	기수녹차	沂水绿茶	녹차	산동성(山东省)
106	기창	旗枪	녹차	절강성(浙江省)
107	기홍홍향라	祁红 红香螺	홍차	안휘성(安徽省)
108	나전향로차	罗田香露茶	녹차	호북성(湖北省)
109	나촌차	罗村茶	녹차	사천성(四川省)
110	낙창백모차	乐昌白毛茶	녹차	광동성(广东省)
111	난계모봉	兰溪毛峰	녹차	절강성(浙江省)
112	남강대엽차	南江大叶茶	녹차	사천성(四川省)
113	남나백호	南糯白毫	녹차	운남성(云南省)

번호	명차 이름(한글)	명차 이름(中文)	차 분류	생산 지역
114	남산백모차	南山白毛茶	녹차	광서장족자치구(广西壮族自治区)
115	남산수미	南山寿眉	녹차	강소성(江苏省)
116	남악운무	南岳云雾	녹차	호남성(湖南省)
117	남천금불옥취차	南川金佛玉翠茶	녹차	중경시(重庆市)
118	남천대수차	南川大树茶	녹차	중경시(重庆市)
119	남천홍쇄차	南川红碎茶	홍차	중경시(重庆市)
120	납계특조차	纳溪特早茶	녹차	사천성(四川省)
121	노군미(무이암차)	老君眉	청차	복건성(福建省)
122	노군미차	老君眉茶	녹차	호북성(湖北省)
123	노래홍(무이암차)	老来红	청차	복건성(福建省)
124	노모등차	老姆登茶	녹차	운남성(云南省)
125	노산녹차	崂山绿茶	녹차	산동성(山东省)
126	노산명차	崂山茗茶	녹차	산동성(山东省)
127	노죽대방	老竹大方	녹차	안휘성(安徽省)
128	녹명공차	鹿鸣贡茶	녹차	사천성(四川省)
129	녹수구(무이암차)	绿绣球	청차	복건성(福建省)
130	농남녹차	陇南绿茶	녹차	감숙성(甘肃省)
131	뇌산은구차	雷山银球茶	녹차	귀주성(贵州省)
132	능운백호차	凌云白毫茶	녹차	광서장족자치구(广西壮族自治区)
133	단수엽(봉황단총)	团树叶	청차	광동성(广东省)
134	담당모첨차	覃塘毛尖茶	녹차	광서장족자치구(广西壮族自治区)
135	당애차	唐崖茶	녹차	호북성(湖北省)
136	대고백호	大沽白毫	녹차	강서성(江西省)
137	대리감통차	大理感通茶	녹차	운남성(云南省)
138	대백엽(봉황단총)	大白叶	청차	광동성(广东省)
139	대불용정	大佛龙井	녹차	절강성(浙江省)
140	대엽기란	大叶奇兰	청차	광동성(广东省)
141	대오녹차	大悟绿茶	녹차	호북성(湖北省)
142	대오수매	大梧寿梅	녹차	호북성(湖北省)
143	대오엽(봉황단총)	大乌叶	청차	광동성(广东省)
144	대장산운무차	大鄣山云雾茶	녹차	강서성(江西省)
145	대전고산차	大田高山茶	청차	복건성(福建省)
146	대포오룡차	大埔乌龙茶	청차	광동성(广东省)
147	대홍매(무이암차)	大红梅	청차	복건성(福建省)
148	대홍포(무이암차)	大红袍	청차	복건성(福建省)
149	도강언차엽	都江堰茶叶	녹차	사천성(四川省)
150	도균모첨차	都匀毛尖茶	녹차	귀주성(贵州省)
151	도독취명	都督翠茗	녹차	안휘성(安徽省)
152	도량모첨	都梁毛尖	녹차	호남성(湖南省)
153	도원야차왕	桃源野茶王	녹차	호남성(湖南省)
154	도원홍차	桃源红茶	홍차	호남성(湖南省)

번호	명차 이름(한글)	명차 이름(中文)	차 분류	생산 지역
155	독산고채차	独山高寨茶	녹차	귀주성(贵州省)
156	동강호차	东江湖茶	녹차	호남성(湖南省)
157	동갱차	东坑茶	녹차	절강성(浙江省)
158	동고녕홍차	铜鼓宁红茶	홍차	강서성(江西省)
159	동려설수운록차	桐庐雪水云绿茶	녹차	절강성(浙江省)
160	동백옥엽차	桐柏玉叶茶	녹차	하남성(河南省)
161	동성소화	桐城小花	녹차	안휘성(安徽省)
162	동정벽라춘	洞庭碧螺春	녹차	강소성(江苏省)
163	동정춘아	洞庭春芽	녹차	호남성(湖南省)
164	동파은라	东坡银螺	녹차	귀주성(贵州省)
165	동하벽진차	董河碧珍茶	녹차	호북성(湖北省)
166	동해용설	东海龙舌	녹차	절강성(浙江省)
167	둔계녹차	屯溪绿茶	녹차	안휘성(安徽省)
168	등촌녹차	邓村绿茶	녹차	호북성(湖北省)
169	등촌운무	邓村云雾	녹차	호북성(湖北省)
170	마고차	麻姑茶	녹차	강서성(江西省)
171	마도녹차	马图绿茶	녹차	광동성(广东省)
172	마변녹차	马边绿茶	녹차	사천성(四川省)
173	마파차	马坡茶	녹차	호북성(湖北省)
174	마평공차	磨坪贡茶	녹차	호북성(湖北省)
175	막간황아	莫干黄芽	황차	절강성(浙江省)
176	만산춘명	万山春茗	녹차	안휘성(安徽省)
177	만원부서차	万源富硒茶	녹차	사천성(四川省)
178	만춘은엽	万春银叶	녹차	사천성(四川省)
179	말리능운백호차	茉莉凌云白毫茶	화차	광서장족자치구(广西壮族自治区)
180	말리향(봉황단총)	茉莉香	청차	광동성(广东省)
181	망부은호	望府银毫	녹차	절강성(浙江省)
182	망해차	望海茶	녹차	절강성(浙江省)
183	망호은호	望湖银毫	녹차	절강성(浙江省)
184	매강구청량산차	梅江区清凉山茶	녹차	광동성(广东省)
185	매룡차	梅龙茶	녹차	강소성(江苏省)
186	매자공차	梅子贡茶	녹차	호북성(湖北省)
187	매점(무이암차)	梅占	청차	복건성(福建省)
188	매현녹차	梅县绿茶	녹차	광동성(广东省)
189	맹고대엽종차	勐库大叶种茶	흑차 등 모든 차류	운남성(云南省)
190	맹해불향차	勐海佛香茶	녹차	운남성(云南省)
191	모산장청	茅山长青	녹차	강소성(江苏省)
192	모산청봉	茅山青锋	녹차	강소성(江苏省)
193	모정화불차	牟定化佛茶	녹차	운남성(云南省)
194	모해	毛蟹	청차	복건성(福建省)
195	목어녹차	木鱼绿茶	녹차	호북성(湖北省)

번호	명차 이름(한글)	명차 이름(中文)	차 분류	생산 지역
196	목재아파차	木梓阿婆茶	홍차	광서장족자치구(广西壮族自治区)
197	몽산모봉	蒙山毛峰	녹차	사천성(四川省)
198	몽산차	蒙山茶	녹차	사천성(四川省)
199	몽산춘로	蒙山春露	녹차	사천성(四川省)
200	몽정감로	蒙顶甘露	녹차	사천성(四川省)
201	몽정석화	蒙顶石花	녹차	사천성(四川省)
202	몽정황아	蒙顶黄芽	황차	사천성(四川省)
203	무당도차	武当道茶	녹차	호북성(湖北省)
204	무동취향	雾洞翠香	녹차	호북성(湖北省)
205	무릉검란	武陵剑兰	녹차	귀주성(贵州省)
206	무봉취아	雾峰翠芽	녹차	사천성(四川省)
207	무석호차	无锡毫茶	녹차	강소성(江苏省)
208	무양춘우	武阳春雨	녹차	절강성(浙江省)
209	무원녹차	婺源绿茶	녹차	강서성(江西省)
210	무원명미	婺源茗眉	녹차	강서성(江西省)
211	무이금계(무이암차)	武夷金桂	청차	복건성(福建省)
212	무이암차	武夷岩茶	청차	복건성(福建省)
213	무이홍차	武夷红茶	홍차	복건성(福建省)
214	무주거암	婺州举岩	녹차	절강성(浙江省)
215	무창용천차	武昌龙泉茶	녹차	호북성(湖北省)
216	묵강운침	墨江云针	녹차	운남성(云南省)
217	문공은호	文公银毫	녹차	강서성(江西省)
218	문군녹차	文君绿茶	녹차	사천성(四川省)
219	문우불아·옥라강길	门隅佛芽·玉罗冈吉	녹차	서장자치구(西藏自治区)
220	문현녹차	文县绿茶	녹차	감숙성(甘肃省)
221	미강차	湄江茶	녹차	귀주성(贵州省)
222	미단취아	湄坛翠芽	녹차	귀주성(贵州省)
223	미담취아	湄潭翠芽	녹차	귀주성(贵州省)
224	미전차	米砖茶	홍차	호북성(湖北省)
225	미창산차	米仓山茶	녹차	사천성(四川省)
226	밀란향(봉황단총)	蜜兰香	청차	광동성(广东省)
227	밀향(봉황단총)	蜜香	청차	광동성(广东省)
228	반산운무	盘山云雾	녹차	절강성(浙江省)
229	반안운봉	磐安云峰	녹차	절강성(浙江省)
230	반천요(무이암차)	半天腰(半天妖)	청차	복건성(福建省)
231	반천향	半天香	녹차	절강성(浙江省)
232	방포차	方包茶	흑차	사천성(四川省)
233	백계관(무이암차)	白鸡冠	청차	복건성(福建省)
234	백당산차	柏塘山茶	녹차	광동성(广东省)
235	백량차	百两茶	흑차	호남성(湖南省)
236	백림공부	白琳工夫	홍차	복건성(福建省)

번호	명차 이름(한글)	명차 이름(中文)	차 분류	생산 지역
237	백모단	白牡丹	백차	복건성(福建省)
238	백모단(무이암차)	白牡丹	청차	복건성(福建省)
239	백모후	白毛猴	청차	복건성(福建省)
240	백사녹차	白沙绿茶	녹차	해남성(海南省)
241	백색홍차	百色红茶	홍차	광서장족자치구(广西壮族自治区)
242	백서향(무이암차)	白瑞香	청차	복건성(福建省)
243	백세향(무이암차)	百岁香	청차	복건성(福建省)
244	백운모봉	白云毛峰	녹차	하남성(河南省)
245	백운춘호	白云春毫	녹차	안휘성(安徽省)
246	백장담차	百丈潭茶	녹차	호북성(湖北省)
247	백죽산차	白竹山茶	녹차	운남성(云南省)
248	백호은침	白毫银针	백차	복건성(福建省)
249	범정산차	梵净山茶	녹차·홍차	귀주성(贵州省)
250	범정산취봉차	梵净山翠峰茶	녹차	귀주성(贵州省)
251	벽구용정	碧口龙井	녹차	감숙성(甘肃省)
252	벽봉설아	碧峰雪芽	녹차	감숙성(甘肃省)
253	벽엽청차	碧叶青茶	녹차	호북성(湖北省)
254	병산초청	屏山炒青	녹차	사천성(四川省)
255	보안사구차	普安四球茶	녹차	귀주성(贵州省)
256	보안홍차	普安红茶	홍차	귀주성(贵州省)
257	보이차	普洱茶	흑차	운남성(云南省)
258	보정남침	保靖岚针	녹차	호남성(湖南省)
259	보정설아	宝顶雪芽	녹차	사천성(四川省)
260	보정황금차	保靖黄金茶	녹차	호남성(湖南省)
261	보타불차	普陀佛茶	녹차	절강성(浙江省)
262	복건우롱차	福建乌龙茶	청차	복건성(福建省)
263	복립차	复立茶	녹차	사천성(四川省)
264	복전	茯砖	흑차	호남성(湖南省)
265	복정백차	福鼎白茶	백차	복건성(福建省)
266	복주말리화차	福州茉莉花茶	화차	복건성(福建省)
267	본산	本山	청차	복건성(福建省)
268	봉강부자부서차	凤冈富锌富硒茶	녹차	귀주성(贵州省)
269	봉래선명	蓬莱仙茗	녹차	안휘성(安徽省)
270	봉화곡호	奉化曲毫	녹차	절강성(浙江省)
271	봉황단총	凤凰单丛	청차	광동성(广东省)
272	봉황단총(무이암차)	凤凰单枞	청차	복건성(福建省)
273	봉황수선	凤凰水仙	청차	광동성(广东省)
274	부견천(무이암차)	不见天	청차	복건성(福建省)
275	부래청	浮来青	녹차	산동성(山东省)
276	부량차	浮梁茶	녹차·홍차	강서성(江西省)
277	부요선지	浮瑶仙芝	녹차	강서성(江西省)

번호	명차 이름(한글)	명차 이름(中文)	차 분류	생산 지역
278	부지춘(무이암차)	不知春	청차	복건성(福建省)
279	북두(무이암차)	北斗	청차	복건성(福建省)
280	북원공차	北苑贡茶	청차	복건성(福建省)
281	북천태자차	北川苔子茶	녹차	사천성(四川省)
282	북항모첨	北港毛尖	황차	호남성(湖南省)
283	불수(설리)(무이암차)	佛手(雪梨)	청차	복건성(福建省)
284	사구은아	狮口银芽	녹차	호남성(湖南省)
285	사명용첨	四明龙尖	녹차	절강성(浙江省)
286	사봉용정	狮峰龙井	녹차	절강성(浙江省)
287	사하계명	沙河桂茗	녹차	강소성(江苏省)
288	산곡취록	山谷翠绿	녹차	강서성(江西省)
289	산치자(무이암차)	山栀子	청차	복건성(福建省)
290	삼강차	三江茶	녹차	광서장족자치구(广西壮族自治区)
291	삼배향차	三杯香茶	녹차	절강성(浙江省)
292	삼청산백차	三清山白茶	녹차	강서성(江西省)
293	상기운무	象棋云雾	녹차	광서장족자치구(广西壮族自治区)
294	상남차	商南茶	녹차	섬서성(陕西省)
295	상남천명	商南泉茗	녹차	섬서성(陕西省)
296	상덕홍차	常德红茶	홍차	호남성(湖南省)
297	상산은호	常山银毫	녹차	절강성(浙江省)
298	상와차	象窝茶	녹차	광동성(广东省)
299	상요백미	上饶白眉	녹차	강서성(江西省)
300	상원홍(무이암차)	状元红	청차	복건성(福建省)
301	상파록	湘波绿	녹차	호남성(湖南省)
302	새산옥련	赛山玉莲	녹차	하남성(河南省)
303	생첨	生尖	흑차	호남성(湖南省)
304	서성소란화	舒城小兰花	녹차	안휘성(安徽省)
305	서시은아	西施银芽	녹차	절강성(浙江省)
306	서암오룡차	西岩乌龙茶	청차	광동성(广东省)
307	서주황벽차	瑞州黄檗茶	녹차	강서성(江西省)
308	서호용정	西湖龙井	녹차	절강성(浙江省)
309	석고평오룡차	石古坪乌龙龙	청차	광동성(广东省)
310	석관음(무이암차)	石观音	청차	복건성(福建省)
311	석문우저차	石门牛抵茶	녹차	호남성(湖南省)
312	석문은봉	石门银峰	녹차	호남성(湖南省)
313	석순취아	石笋翠芽	녹차	안휘성(安徽省)
314	석유(무이암차)	石乳	청차	복건성(福建省)
315	석정록	石亭绿	녹차	복건성(福建省)
316	석중옥(무이암차)	石中玉	청차	복건성(福建省)
317	석천태차	石阡苔茶	녹차	귀주성(贵州省)
318	석태부서차	石台富硒茶	녹차	안휘성(安徽省)

번호	명차 이름(한글)	명차 이름(中文)	차 분류	생산 지역
319	석태은검	石台银剑	녹차	안휘성(安徽省)
320	석태향아	石台香芽	녹차	안휘성(安徽省)
321	선거벽록	仙居碧绿	녹차	절강성(浙江省)
322	선궁설호	仙宫雪毫	녹차	절강성(浙江省)
323	선녀산화(무이암차)	仙女散花	청차	복건성(福建省)
324	선도곡호	仙都曲毫	녹차	절강성(浙江省)
325	선우향아	仙寓香芽	녹차	안휘성(安徽省)
326	선은공차	宣恩贡茶	녹차	호북성(湖北省)
327	설봉모첨	雪峰毛尖	녹차	호남성(湖南省)
328	설역아색차	雪域俄色茶	녹차	사천성(四川省)
329	성고은호	城固银毫	녹차	섬서성(陕西省)
330	성수녹차	圣水绿茶	녹차	호북성(湖北省)
331	소갱녹차	霄坑绿茶	녹차	안휘성(安徽省)
332	소무쇄동차	邵武碎铜茶	녹차	복건성(福建省)
333	소산소봉	韶山韶峰	녹차	호남성(湖南省)
334	소심란(무이암차)	素心兰	청차	복건성(福建省)
335	소엽류(무이암차)	小叶柳	청차	복건성(福建省)
336	소옥계(무이암차)	小玉桂	청차	복건성(福建省)
337	소평은삼차	昭平银杉茶	녹차	광서장족자치구(广西壮族自治区)
338	소포암차	小布岩茶	녹차	강서성(江西省)
339	소향춘로	苏香春露	녹차	사천성(四川省)
340	소홍포(무이암차)	小红袍	청차	복건성(福建省)
341	소홍해(무이암차)	小红梅	청차	복건성(福建省)
342	송라차	松萝茶	녹차	안휘성(安徽省)
343	송봉차	松峰茶	녹차	호북성(湖北省)
344	송양차(송양은후)	松阳茶(松阳银猴)	녹차	절강성(浙江省)
345	송종(봉황단총)	宋茶	청차	광동성(广东省)
346	송종이호(봉황단총)	宋种二号	청차	광동성(广东省)
347	송종황차향(봉황단총)	宋种黄茶香	청차	광동성(广东省)
348	수금귀(무이암차)	水金龟	청차	복건성(福建省)
349	수녕고산차	寿宁高山茶	홍차·녹차	복건성(福建省)
350	수미	寿眉	백차	복건성(福建省)
351	수산차엽	秀山茶叶	녹차	중경시(重庆市)
352	수선(무이암차)	水仙	청차	복건성(福建省)
353	수성춘차	水城春茶	녹차	귀주성(贵州省)
354	수수녕홍차	修水宁红茶	홍차	강서성(江西省)
355	수주아차	随州芽茶	녹차	호북성(湖北省)
356	수창용곡차	遂昌龙谷茶	녹차	절강성(浙江省)
357	수창은후	遂昌银猴	녹차	절강성(浙江省)
358	수천구고뇌차	遂川狗牯脑茶	녹차	강서성(江西省)
359	숭경비파차	崇庆枇杷茶	녹차	사천성(四川省)

번호	명차 이름(한글)	명차 이름(中文)	차 분류	생산 지역
360	승천설룡	承天雪龙	녹차	절강성(浙江省)
361	신강우융차	新江羽绒茶	녹차	강서성(江西省)
362	신동차	新垌茶	녹차	광동성(广东省)
363	신림수북	申林薮北	녹차	하남성(河南省)
364	신림옥로	新林玉露	녹차	하남성(河南省)
365	신양모첨	信阳毛尖	녹차	하남성(河南省)
366	신양홍	信阳红	홍차	하남성(河南省)
367	신창설아	新昌雪芽	녹차	절강성(浙江省)
368	신천용취	信川龙翠	녹차	강서성(江西省)
369	십리향(무이암차)	十里香	청차	복건성(福建省)
370	쌍용은침	双龙银针	녹차	절강성(浙江省)
371	쌍정록	双井绿	녹차	강서성(江西省)
372	아미모봉	峨眉毛峰	녹차	사천성(四川省)
373	아미산죽엽청차	峨眉山竹叶青茶	녹차	사천성(四川省)
374	아미산차	峨眉山茶	녹차	사천성(四川省)
375	아산서초괴	鸦山瑞草魁	녹차	안휘성(安徽省)
376	아산은호	峨山银毫	녹차	운남성(云南省)
377	아예	峨蕊	녹차	사천성(四川省)
378	악녹모첨	岳麓毛尖	녹차	호남성(湖南省)
379	악북대백	岳北大白	녹차	호남성(湖南省)
380	악서취란	岳西翠兰	녹차	안휘성(安徽省)
381	악서취첨	岳西翠尖	녹차	안휘성(安徽省)
382	악양동정춘	岳阳洞庭春	녹차	호남성(湖南省)
383	악양황차	岳阳黄茶	황차	호남성(湖南省)
384	안계색종	安溪色种	청차	복건성(福建省)
385	안계철관음	安溪铁观音	청차	복건성(福建省)
386	안계황금계	安溪黄金桂	청차	복건성(福建省)
387	안길백차	安吉白茶	녹차	절강성(浙江省)
388	안봉대백	雁峰大白	녹차	호남성(湖南省)
389	안차	安茶	흑차	안휘성(安徽省)
390	안탕모봉	雁荡毛峰	녹차	절강성(浙江省)
391	안화송침	安化松针	녹차	호남성(湖南省)
392	안화흑차	安化黑茶	흑차	호남성(湖南省)
393	암유(무이암차)	岩乳	청차	복건성(福建省)
394	압시향(봉황단총)	鸭屎香	청차	광동성(广东省)
395	앙천설록	仰天雪绿	녹차	하남성(河南省)
396	야래향(무이암차)	夜来香	청차	복건성(福建省)
397	야래향(봉황단총)	夜来香	청차	광동성(广东省)
398	양도은침	梁渡银针	녹차	강서성(江西省)
399	양루동전차	羊楼洞砖茶	흑차	호북성(湖北省)
400	양매향(봉황단총)	杨梅香	청차	광동성(广东省)

번호	명차 이름(한글)	명차 이름(中文)	차 분류	생산 지역
401	양암구청차	羊岩勾青茶	녹차	절강성(浙江省)
402	양애모봉	羊艾毛峰	녹차	귀주성(贵州省)
403	양선설아	阳羡雪芽	녹차	강소성(江苏省)
404	여문(봉황단총)	畲门	청차	광동성(广东省)
405	여산운무	庐山云雾	녹차	강서성(江西省)
406	여와은봉	女娲银锋	녹차	섬서성(陕西省)
407	여요폭포선명	余姚瀑布仙茗	녹차	절강성(浙江省)
408	여지홍차	荔枝红茶	홍차	광동성(广东省)
409	여천백차	黎川白茶	녹차	강서성(江西省)
410	연계산백모첨	沿溪山白毛尖	녹차	광동성(广东省)
411	연남요산차	连南瑶山茶	녹차	광동성(广东省)
412	연산하홍차	铅山河红茶	홍차	강서성(江西省)
413	연운산금침	连云山金针	녹차	호남성(湖南省)
414	연운산은첨	连云山银尖	녹차	호남성(湖南省)
415	연지류(무이암차)	胭脂柳	청차	복건성(福建省)
416	연태녹차	烟台绿茶	녹차	산동성(山东省)
417	영덕홍차	英德红茶	홍차	광동성(广东省)
418	영두단총차	岭头单丛茶	청차	광동성(广东省)
419	영두백엽(봉황단총)	岭头白叶	청차	광동성(广东省)
420	영롱차	玲珑茶	녹차	호남성(湖南省)
421	영복고산차	永福高山茶	청차	복건성(福建省)
422	영산검봉	灵山剑锋	녹차	하남성(河南省)
423	영산녹차	灵山绿茶	녹차	광서장족자치구(广西壮族自治区)
424	영산운무차	英山云雾茶	녹차	호북성(湖北省)
425	영상매(무이암차)	岭上梅	청차	복건성(福建省)
426	영성녹차	荣成绿茶	녹차	산동성(山东省)
427	영수찬림차	永修攒林茶	녹차	강서성(江西省)
428	영아(무이암차)	灵芽	청차	복건성(福建省)
429	영암검봉	灵岩剑峰	녹차	강서성(江西省)
430	영천수아	永川秀芽	녹차	중경시(重庆市)
431	영춘불수	永春佛手	청차	복건성(福建省)
432	영태녹차	永泰绿茶	녹차	복건성(福建省)
433	영하란(무이암차)	岭下兰	청차	복건성(福建省)
434	영홍공부	宁红工夫	홍차	강서성(江西省)
435	오가대공차	伍家台贡茶	녹차	호북성(湖北省)
436	오개산미차	五盖山米茶	녹차	호남성(湖南省)
437	오룡(무이암차)	乌龙	청차	복건성(福建省)
438	오봉의홍차	五峰宜红茶	홍차	호북성(湖北省)
439	오엽(봉황단총)	乌叶	청차	광동성(广东省)
440	오우조차	乌牛早茶	녹차	절강성(浙江省)
441	오운곡호	五云曲毫	녹차	절강성(浙江省)

번호	명차 이름(한글)	명차 이름(中文)	차 분류	생산 지역
442	오자선호	午子仙毫	녹차	섬서성(陕西省)
443	오지산녹차	五指山绿茶	녹차	해남성(海南省)
444	오지산홍차	五指山红茶	홍차	해남성(海南省)
445	옥관음(무이암차)	玉观音	청차	복건성(福建省)
446	옥기린(무이암차)	玉麒麟	청차	복건성(福建省)
447	옥단(무이암차)	玉笪	청차	복건성(福建省)
448	옥란향(봉황단총)	玉兰香	청차	광동성(广东省)
449	옥섬(무이암차)	玉蟾	청차	복건성(福建省)
450	옥수은침	玉水银针	녹차	사천성(四川省)
451	옥정유향(무이암차)	玉井流香	청차	복건성(福建省)
452	옥천선인장차	玉泉仙人掌茶	녹차	호북성(湖北省)
453	온주조차	温州早茶	녹차	절강성(浙江省)
454	온주황탕	温州黄汤	황차	절강성(浙江省)
455	와갱차	窝坑茶	녹차	강서성(江西省)
456	왕모도(무이암차)	王母桃	청차	복건성(福建省)
457	왜각우롱(무이암차)	矮脚乌龙	청차	복건성(福建省)
458	용계화청	涌溪火青	녹차	안휘성(安徽省)
459	용곡려인	龙谷丽人	녹차	절강성(浙江省)
460	용담모첨	龙潭毛尖	녹차	하남성(河南省)
461	용무차	龙舞茶	녹차	강서성(江西省)
462	용봉차	龙峰茶	녹차	호북성(湖北省)
463	용신차	龙神茶	녹차	감숙성(甘肃省)
464	용암사배차	龙岩斜背茶	녹차	복건성(福建省)
465	용정차	龙井茶	녹차	절강성(浙江省)
466	용주오룡차	龙州乌龙茶	청차	광서장족자치구(广西壮族自治区)
467	용주차	龙舟茶	녹차	호남성(湖南省)
468	용지향첨	龙池香尖	녹차	안휘성(安徽省)
469	용척차	龙脊茶	홍차	광서장족자치구(广西壮族自治区)
470	용천검명	龙泉剑茗	녹차	귀주성(贵州省)
471	용천금관음	龙泉金观音	청차	절강성(浙江省)
472	용하화차	龙虾花茶	화차	호남성(湖南省)
473	용호취	龙湖翠	녹차	사천성(四川省)
474	우원송침	禹园松针	녹차	절강성(浙江省)
475	우화차	雨花茶	녹차	강소성(江苏省)
476	운남녹차(전록)	云南绿茶(滇绿)	녹차	운남성(云南省)
477	운남타차	云南沱茶	흑차	운남성(云南省)
478	운룡차	云龙茶	녹차	운남성(云南省)
479	운림차	云林茶	녹차	강서성(江西省)
480	운봉모첨	云峰毛尖	녹차	호남성(湖南省)
481	운정명란	云顶茗兰	녹차	사천성(四川省)
482	원안녹원	远安鹿苑	황차	호북성(湖北省)

번호	명차 이름(한글)	명차 이름(中文)	차 분류	생산 지역
483	원안황차	远安黄茶	황차	호북성(湖北省)
484	월계(무이암차)	月桂	청차	복건성(福建省)
485	월광백	月光白	백차	운남성(云南省)
486	월중계(무이암차)	月中桂	청차	복건성(福建省)
487	월홍공부	越红工夫	홍차	절강성(浙江省)
488	위산모첨	沩山毛尖	녹차·홍차	호남성(湖南省)
489	유란향(무이암차)	留兰香	청차	복건성(福建省)
490	유산녹차	乳山绿茶	녹차	산동성(山东省)
491	유엽(봉황단총)	柚叶	청차	광동성(广东省)
492	유화향(봉황단총)	柚花香	청차	광동성(广东省)
493	육계(무이암차)	肉桂	청차	복건성(福建省)
494	육계향(봉황단총)	肉桂香	청차	광동성(广东省)
495	육보차	六堡茶	흑차	광서장족자치구(广西壮族自治区)
496	육안과편	六安瓜片	녹차	안휘성(安徽省)
497	융중차	隆中茶	녹차	호북성(湖北省)
498	은시옥로	恩施玉露	녹차	호북성(湖北省)
499	은준미	银骏眉	홍차	복건성(福建省)
500	응도(무이암차)	鹰桃	청차	복건성(福建省)
501	의도의홍차	宜都宜红茶	홍차	호북성(湖北省)
502	의량보홍차	宜良宝洪茶	녹차	운남성(云南省)
503	의빈조차	宜宾早茶	녹차	사천성(四川省)
504	의정녹양춘차	仪征绿杨春茶	녹차	강소성(江苏省)
505	의창의홍	宜昌宜红	홍차	호북성(湖北省)
506	의홍공부차	宜红工夫茶	홍차	호북성(湖北省)
507	의흥홍차	宜兴红茶	홍차	강소성(江苏省)
508	이강은침	漓江银针	녹차	광서장족자치구(广西壮族自治区)
509	이천은호	二泉银毫	녹차	강소성(江苏省)
510	이현석묵차	黟县石墨茶	녹차	안휘성(安徽省)
511	인화백모차(인화은호차)	仁化白毛茶(仁化银毫茶)	녹차	광동성(广东省)
512	일엽금(무이암차)	一叶金	청차	복건성(福建省)
513	일조녹차	日照绿茶	녹차	산동성(山东省)
514	임해반호	临海蟠毫	녹차	절강성(浙江省)
515	자계백차	资溪白茶	녹차	강서성(江西省)
516	자나란(무이암차)	紫罗兰	청차	복건성(福建省)
517	자순(무이암차)	紫笋	청차	복건성(福建省)
518	자양모첨	紫阳毛尖	녹차	섬서성(陕西省)
519	자양부서차	紫阳富硒茶	녹차·홍차	섬서성(陕西省)
520	자양취봉	紫阳翠峰	녹차	섬서성(陕西省)
521	자죽도(무이암차)	紫竹桃	청차	복건성(福建省)
522	작설(무이암차)	雀舌	청차	복건성(福建省)
523	잠천설봉	潜川雪峰	녹차	안휘성(安徽省)

번호	명차 이름(한글)	명차 이름(中文)	차 분류	생산 지역
524	장사녹차	长沙绿茶	녹차	호남성(湖南省)
525	장차	藏茶	흑차	사천성(四川省)
526	장청차	长清茶	녹차	산동성(山东省)
527	장평수선차	漳平水仙茶	청차	복건성(福建省)
528	장흥자순차	长兴紫笋茶	녹차	절강성(浙江省)
529	저기녹검	诸暨绿剑	녹차	절강성(浙江省)
530	저우차	底圩茶	녹차	운남성(云南省)
531	전봉설련	前峰雪莲	녹차	강소성(江苏省)
532	전홍	滇红	홍차	운남성(云南省)
533	정강벽옥	井冈碧玉	녹차	강서성(江西省)
534	정강취록	井冈翠绿	녹차	강서성(江西省)
535	정계난향차	汀溪兰香茶	녹차	안휘성(安徽省)
536	정곡대방	顶谷大方	녹차	안휘성(安徽省)
537	정덕천산진향차	旌德天山真香茶	녹차	안휘성(安徽省)
538	정덕호아	旌德毫芽	녹차	안휘성(安徽省)
539	정류조(무이암차)	正柳条	청차	복건성(福建省)
540	정백호(무이암차)	正白毫	청차	복건성(福建省)
541	정벽해(무이암차)	正碧海	청차	복건성(福建省)
542	정산소종	正山小种	홍차	복건성(福建省)
543	정안백차	靖安白茶	녹차	강서성(江西省)
544	정안백차	正安白茶	녹차	귀주성(贵州省)
545	정옥란(무이암차)	正玉兰	청차	복건성(福建省)
546	정태양(무이암차)	正太阳	청차	복건성(福建省)
547	정태음(무이암차)	正太阴	청차	복건성(福建省)
548	정화공부	政和工夫	홍차	복건성(福建省)
549	정화백차	政和白茶	백차	복건성(福建省)
550	제산취미	齐山翠眉	녹차	안휘성(安徽省)
551	제성녹차	诸城绿茶	녹차	산동성(山东省)
552	조안팔선차	诏安八仙茶	청차	복건성(福建省)
553	종사협(봉황단총)	棕蓑挟	청차	광동성(广东省)
554	주봉성차	珠峰圣茶	녹차	서장자치구(西藏自治区)
555	주타철차	周打铁茶	녹차	강서성(江西省)
556	죽계모봉	竹溪毛峰	녹차	호북성(湖北省)
557	죽엽(봉황단총)	竹叶	청차	광동성(广东省)
558	죽엽청(무이암차)	竹叶青	청차	복건성(福建省)
559	죽통향차	竹筒香茶	녹차	운남성(云南省)
560	죽해금명	竹海金茗	홍차	강소성(江苏省)
561	준의모봉	遵义毛峰	녹차	귀주성(贵州省)
562	준의홍	遵义红	홍차	귀주성(贵州省)
563	지란왕(봉황단총)	芝兰王	청차	광동성(广东省)
564	지란향(봉황단총)	芝兰香	청차	광동성(广东省)

번호	명차 이름(한글)	명차 이름(中文)	차 분류	생산 지역
565	지롱간(봉황단총)	鸡笼刊	청차	광동성(广东省)
566	진안상원차	镇安象园茶	녹차	섬서성(陕西省)
567	진운모봉	缙云毛峰	녹차	중경시(重庆市)
568	진파무호	秦巴雾毫	녹차	섬서성(陕西省)
569	진향명	真香茗	녹차	호북성(湖北省)
570	차계취아차	车溪翠芽茶	녹차	호북성(湖北省)
571	차운산모첨	车云山毛尖	녹차	하남성(河南省)
572	창녕홍차	昌宁红茶	홍차	운남성(云南省)
573	창산설록	苍山雪绿	녹차	운남성(云南省)
574	채화모첨	采花毛尖	녹차	호북성(湖北省)
575	천강운무	天岗云雾	녹차	사천성(四川省)
576	천강은아	天岗银芽	녹차	사천성(四川省)
577	천강휘백(전강휘백)	泉岗辉白(前岡輝白)	녹차	절강성(浙江省)
578	천공차	天工茶	녹차	강서성(江西省)
579	천궁취록	天宫翠绿	녹차	사천성(四川省)
580	천당운무	天堂云雾	녹차	호북성(湖北省)
581	천도옥엽	千岛玉叶	녹차	절강성(浙江省)
582	천도은진	千岛银珍	녹차	절강성(浙江省)
583	천량차	千两茶	흑차	호남성(湖南省)
584	천리향(무이암차)	千里香	청차	복건성(福建省)
585	천목청정	天目青顶	녹차	절강성(浙江省)
586	천목호백차	天目湖白茶	녹차	강소성(江苏省)
587	천부용아	天府龙芽	녹차·홍차	사천성(四川省)
588	천불암차	千佛岩茶	녹차	사천성(四川省)
589	천산녹차	天山绿茶	녹차	복건성(福建省)
590	천존공아	天尊贡芽	녹차	절강성(浙江省)
591	천주검호	天柱剑毫	녹차	안휘성(安徽省)
592	천지명호	天池茗毫	녹차	강소성(江苏省)
593	천첨	天尖	흑차	호남성(湖南省)
594	천태산운무차	天台山云雾茶	녹차	절강성(浙江省)
595	천향운취	天香云翠	녹차	강서성(江西省)
596	천호봉편	天湖凤片	녹차	안휘성(安徽省)
597	천호운라	天湖云螺	녹차	안휘성(安徽省)
598	천홍홍아	川红 红芽	홍차	사천성(四川省)
599	천화곡첨(남양곡첨)	天华谷尖(南阳谷尖)	녹차	안휘성(安徽省)
600	철라한(무이암차)	铁罗汉	청차	복건성(福建省)
601	첨봉은호	尖峰银毫	녹차	복건성(福建省)
602	청계옥아	清溪玉芽	녹차	절강성(浙江省)
603	청성설아	青城雪芽	녹차	사천성(四川省)
604	청전어차	青田御茶	녹차	절강성(浙江省)
605	청전차(노청차)	青砖茶(老青茶)	흑차	호북성(湖北省)

번호	명차 이름(한글)	명차 이름(中文)	차 분류	생산 지역
606	취귀비(무이암차)	醉贵妃	청차	복건성(福建省)
607	취귀희(무이암차)	醉贵姬	청차	복건성(福建省)
608	취라차	翠螺茶	녹차	강소성(江苏省)
609	취묵(무이암차)	醉墨	청차	복건성(福建省)
610	취수선(무이암차)	醉水仙	청차	복건성(福建省)
611	취팔선(무이암차)	醉八仙	청차	복건성(福建省)
612	취해당(무이암차)	醉海棠	청차	복건성(福建省)
613	취호향명	翠毫香茗	녹차	사천성(四川省)
614	치이금홍	奇尔金红	홍차	절강성(浙江省)
615	칠경당녹차	七境堂绿茶	녹차	복건성(福建省)
616	칠경차	七境茶	녹차	복건성(福建省)
617	칠불공차	七佛贡茶	녹차	사천성(四川省)
618	칠비차	漆碑茶	녹차	사천성(四川省)
619	칠자병차	七子饼茶	흑차	운남성(云南省)
620	침주벽운	郴州碧云	녹차	호남성(湖南省)
621	타패차	朵贝茶	녹차	귀주성(贵州省)
622	탄양공부	坦洋工夫	홍차	복건성(福建省)
623	탑산산람	塔山山岚	녹차	호남성(湖南省)
624	태모취아	太姥翠芽	녹차	복건성(福建省)
625	태백은호	太白银毫	녹차	하남성(河南省)
626	태산녹차	泰山绿茶	녹차	산동성(山东省)
627	태산홍차	泰山红茶	홍차	산동성(山东省)
628	태순삼배향차	泰顺三杯香茶	녹차	절강성(浙江省)
629	태청쌍상녹아차	太青双上绿芽茶	녹차	호남성(湖南省)
630	태평후괴	太平猴魁	녹차	안휘성(安徽省)
631	태호백운	太湖白云	녹차	강소성(江苏省)
632	태호취죽	太湖翠竹	녹차	강소성(江苏省)
633	통천암차	通天岩茶	녹차	강서성(江西省)
634	통천향(강모향)(봉황단총)	通天香(姜母香)	청차	광동성(广东省)
635	파남은침	巴南银针	녹차	중경시(重庆市)
636	파산작설	巴山雀舌	녹차	사천성(四川省)
637	파유낭랑차	坡柳娘娘茶	녹차	귀주성(贵州省)
638	팔각정용수차	八角亭龙须茶	청차	복건성(福建省)
639	팔선과해(팔선)(봉황단총)	八仙过海(八仙)	청차	광동성(广东省)
640	팔선운무	八仙云雾	녹차	섬서성(陕西省)
641	평락석애차	平乐石崖茶	녹차	광서장족자치구(广西壮族自治区)
642	평리여와차	平利女娲茶	녹차	섬서성(陕西省)
643	평수일주차	平水日铸茶	녹차	절강성(浙江省)
644	평수주차	平水珠茶	녹차	절강성(浙江省)
645	평양황탕	平阳黄汤	황차	절강성(浙江省)
646	평화백아기란	平和白芽奇兰	청차	복건성(福建省)

번호	명차 이름(한글)	명차 이름(中文)	차 분류	생산 지역
647	포강작설	蒲江雀舌	녹차	사천성(四川省)
648	포강춘호	浦江春毫	녹차	절강성(浙江省)
649	폭천차	瀑泉茶	녹차	호북성(湖北省)
650	하서원차	河西园茶	녹차	호남성(湖南省)
651	학봉차	鹤峰茶	녹차	호북성(湖北省)
652	학산홍차	鹤山红茶	홍차	광동성(广东省)
653	한수은준	汉水银梭	녹차	섬서성(陕西省)
654	한중선호	汉中仙毫	녹차	섬서성(陕西省)
655	함안전차	咸安砖茶	흑차	호북성(湖北省)
656	해남홍쇄차	海南红碎茶	홍차	해남성(海南省)
657	해마궁차	海马宫茶	황차	귀주성(贵州省)
658	해산첩취	薤山叠翠	녹차	호북성(湖北省)
659	해저로침(봉황단총)	海底捞针	청차	광동성(广东省)
660	해청모봉	海青毛峰	녹차	산동성(山东省)
661	해청차	海青茶	녹차	산동성(山东省)
662	행인향(봉황단총)	杏仁香	청차	광동성(广东省)
663	향고요백호	香菇寮白毫	녹차	절강성(浙江省)
664	향란차	香兰茶	녹차·홍차	해남성(海南省)
665	향산공차	香山贡茶	녹차	중경시(重庆市)
666	향석각(무이암차)	香石角	청차	복건성(福建省)
667	향천매(무이암차)	向天梅	청차	복건성(福建省)
668	협주벽봉	峡州碧峰	녹차	호북성(湖北省)
669	형계운편	荆溪云片	녹차	강소성(江苏省)
670	호홍공부	湖红工夫	홍차	호남성(湖南省)
671	홍계관(무이암차)	红鸡冠	청차	복건성(福建省)
672	홍두견(무이암차)	红杜鹃	청차	복건성(福建省)
673	홍매괴(무이암차)	红玫瑰	청차	복건성(福建省)
674	홍아녹차	洪雅绿茶	녹차	사천성(四川省)
675	홍해당(무이암차)	红海棠	청차	복건성(福建省)

번호	명차 이름(한글)	명차 이름(中文)	차 분류	생산 지역
676	홍해아(무이암차)	红孩儿	청차	복건성(福建省)
677	화과산운무차	花果山云雾茶	녹차	강소성(江苏省)
678	화산은호	华山银毫	녹차	안휘성(安徽省)
679	화전	花砖	흑차	호남성(湖南省)
680	화정운무	华顶云雾	녹차	절강성(浙江省)
681	화지차	花枝茶	녹차	호북성(湖北省)
682	환서황대차	皖西黄大茶	황차	안휘성(安徽省)
683	황강산옥록	黄岗山玉绿	녹차	강서성(江西省)
684	황과수모봉	黄果树毛峰	녹차	귀주성(贵州省)
685	황관음(무이암차)	黄观音	청차	복건성(福建省)
686	황괴	黄魁	황차	안휘성(安徽省)
687	황금엽(봉황단총)	黄金叶	청차	광동성(广东省)
688	황매선차	黄梅禅茶	녹차	호북성(湖北省)
689	황산모봉	黄山毛峰	녹차	안휘성(安徽省)
690	황산백차(휘주백차)	黄山白茶(徽州白茶)	녹차	안휘성(安徽省)
691	황산은구	黄山银钩	녹차	안휘성(安徽省)
692	황산취란	黄山翠兰	녹차	안휘성(安徽省)
693	황석계모봉	黄石溪毛峰	녹차	안휘성(安徽省)
694	황암용건춘	黄岩龙乾春	녹차	절강성(浙江省)
695	황죽백호	黄竹白毫	녹차	호남성(湖南省)
696	황지향(봉황단총)	黄枝香	청차	광동성(广东省)
697	황화운첨	黄花云尖	녹차	안휘성(安徽省)
698	회룡차	回龙茶	녹차	운남성(云南省)
699	횡용취미	横龙翠眉	녹차	안휘성(安徽省)
700	횡현 말리화차(재스민차)	横县茉莉花茶	화차	광서장족자치구(广西壮族自治区)
701	효감용검차	孝感龙剑茶	녹차	호북성(湖北省)
702	흑전	黑砖	흑차	호남성(湖南省)
703	흥산백차	兴山白茶	녹차	호북성(湖北省)

참고문헌

1. 국내 단행본

짱유화, 차과학개론(Introduction to Tea Science), 도서출판 보이세계, 2010
다감 이문천, 고차수로 떠나는 보이차 여행, 인문산책, 2011
공가순, 주홍걸, 운남보이차과학, 구름의 남쪽, 2015
김경우, 중국차의 이해, 월간 茶道, 2005
김경우, 중국차의 세계, 월간 茶道, 2008
박홍관, 사진으로 보는 중국의 차, 형설출판사, 2006
박홍관, 박홍관의 중국茶 견문록, 이른아침, 2010
문기영, 홍차수업, 글항아리, 2014
최성희, 홍차의 비밀, 중앙생활사, 2018
박광순, 홍차 이야기, 도서출판 다지리, 2002
맹번정·박미애, 무이암차_녹차 청차 홍차의 뿌리를 찾아서, 도서출판 이른아침, 2007
정동효·김종태 편저, 茶의 과학, 대광서림, 2005
정동효, 茶의 成分과 效能 , 홍익재, 2005
김영숙, 中国의 茶와 藝, 불교춘추사, 2006
이진수·김종희, 차의 품평, ㈜꼬레알리즘, 2008
심재원·배금용, 자사호, 다빈치, 2009
문수, 자사차호의 세계, 도서출판 바나리, 2004
어희지, 커피를 위한 물 이야기, 서울꼬뮨, 2017
(사)한국커피협회, 워터소믈리에, ㈜커피투데이, 2018

2. 중국 단행본

屠幼英(浙江大学), 茶与健康, 世界图书出版西安有限公司, 2011
中国茶产业发展研究报告(2018), 茶叶蓝皮书, 社会科学文献出版社, 2019
姚国坤, 中国名优茶地图, 上海文化出版社, 2013
施海根, 中国名茶图谱, 上海文化出版社, 2007

郑国建, 中国茶事, 中国轻工业出版社, 2019
安徽农学院, 制茶学, 中国农业出版社, 2010
宛晓春, 茶叶生物化学, 中国农业出版社, 2018
生活月刊, 茶之路, 广西师范大学出版社, 2014
谭小春, 图解 茶知识一本通, 中医古籍出版社, 2014
程启坤, 西湖龙井茶, 上海文化出版社, 2008
张建庭, 西湖與龙井茶, 浙江摄影出版社, 2006
南国嘉木, 龙井茶, 中国市场出版社, 2007
项金如·郑建新·李继平, 太平猴魁, 上海文化出版社, 2010
程启坤, 蒙顶茶, 上海文化出版社, 2008
程启坤, 信阳毛尖, 上海文化出版社, 2008
证建新·施丰声·许裕奎, 松萝茶, 上海文化出版社, 2010
苏兴茂, 中国乌龙茶, 厦门大学出版社, 2013
南强, 乌龙茶, 中国轻工业出版社, 2006
罗盛财, 武夷岩茶名丛录, 科学出版社, 2007
叶汉钟·黄柏梓 编著, 凤凰单枞, 上海文化出版社, 2009
黄瑞光·黄柏梓·桂埔芳·吴伟新, 凤凰单枞, 中国农业出版社, 2006
巩志, 中国红茶, 浙江摄影出版社, 2005
陈安妮, 中国红茶经典, 福建科学技术出版社, 2012
程启坤, 祁门红茶, 上海文化出版社, 2008
张萌萌, 最新红茶 百问百答, 湖南美术出版社, 2010
丁辛军·张莉, 红茶品蓝, 译林出版社, 2014
叶乃兴 主编, 白茶 科学·技术与市场, 中国农业出版社, 2010
韩运哲 责任编辑, 茉莉花茶, 中国轻工业出版社, 2006

3. 연감, 잡지, 홈페이지

FAOSTAT(Food and Agriculture Organization of the United Nations, Statistics Division), http://faostat3.fao.org/home/E
전국 시군의 수돗물 경도 : 국가상수도정보시스템 (https://www.waternow.go.kr/web/)
차와 음료 등의 카페인 함량 : http://www.caffeineinformer.com/the-caffeine-database
www.statista.com

Jin Cao et.al. The relationship of fluorosis and Brick tea drinking in Chinese Tibetans, Environmental Health Perspectives, December 1996

Fluoride in Drinking water : A scientific review of EPA's standards, National Research Council of the National Academies, The National Academies Press, 2006

Institute of Medicine (US) Standing Committee on the Scientific Evaluation of Dietary Reference Intakes. Dietary Reference Intakes for Calcium, Phosphorus, Magnesium, Vitamin D, and Fluoride, Fluoride, National Academies Press (US), Washington, DC, USA, 1997, http://www.ncbi.nlm.nih.gov/books/NBK109832/.

European Food Safety Authority, "Scientific opinion on dietary reference values for fluoride, efsa panel on dietetic products, nutrition, and allergies," EFSA Journal, vol. 11, pp. 3332–3378,2013.)

European Food Safety Authority (EFSA) Scientific Committee on Food, Tolerable Upper Intake Levels for Vitamins and Minerals," EFSA Journal, 2006.) http://www.efsa.europa.eu/sites/default/files/efsa_rep/blobserver_assets/ndatolerableuil.pdf.

The Tannin Handbook, Ann E. Hagerman, 2011, http://www.users.miamioh.edu/hagermae/

Tannins, http://pharmaxchange.info/notes/cognosy/tannins.html

4. 국내외 논문 및 법령자료 외

서봉순·서향순, 한국산 보성 덖음 녹차의 가공 및 저장중의 카테킨류의 변화, J. East Asian Soc Dietary Life 17(3): 409~416(2007)

이승언, 저장조건에 따른 녹차의 카테킨류, 테아닌의 변화, Culinary Science & Hospitality Research, 2016;22(5):267–276

전민영, 물이 찻물 품질에 미치는 영향에 관한 연구, 한서대학교 건강증진대학원 건강관리학과, 2011년 석사학위 논문

구희수, 우리나라 주요 약수의 물맛 평가 및 지표연구, 부산대학교 대학원 바이오환경에너지학과, 2016년 석사학위 논문

이남숙, 가공방법 및 저장기간에 따른 발효차의 성분 변화, 경남과학기술대학교 산업대학원 식품과학과, 2013년 석사학위 논문

이영상 등, 녹차, 백차, 황차, 우롱차 및 홍차의 추출조건에 따른 이화학적 성분 조성 변화연구, Korean J. Food Nutr. Vol. 28. No. 5, 766~773 (2015)

최석현, 한국산 야부끼다종 차엽으로 만든 홍차 제조과정 중의 Catechins, theaflavins, alkaloids 함량 변화에 관한 연구, 한국식생활문화학회지 24(3):308–314, 2009

이남례 등, 먹는샘물 중의 건강과 맛에 영향을 미치는 화학성분의 분석, Analytical Science & Technology, Vol. 10, No. 6, 1997

茶叶贮存(Tea Storage), 中华人民共和国国家标准 GB/T 30375–2013

砖茶含氟量(Fluoride content of brick tea), 中华人民共和国国家标准 GB/T 19965–2005

茶叶中, 铬, 镉, 汞, 砷及氟化物限量(Residue limits for chromium, cadmium, mercury, arsenic and fluoride in tea), 中华

人民共和国农业行业标准 NY 659-2003
茶叶分类(Classification of tea), 中华人民共和国国家标准 GB/T 30766-2014
地理标志产品 普洱茶(Product of geographical indication - Puer tea), 中华人民共和国国家标准 GB/T 22111-2008
地理标志产品 龙井茶(Product of geographical indication - Longjing tea), 中华人民共和国国家标准 GB/T 18650-2008
地理标志产品 武夷岩茶(Product of geographical indication - Wuyi rock-essence tea), 中华人民共和国国家标准 GB/T 18745-2006
地理标志产品 安溪铁观音(Product of geographical indication - Anxi tieguanyin tea), 中华人民共和国国家标准 GB/T 19598-2006
地理标志产品 福鼎白茶, 福建省地方标准 DB35/T 1076-2010
地理标志产品 安茶(Product of geographical indication An tea), 安徽省地方标准 DB34/T 1841-2019
黑茶 第4部分: 六堡茶(Dark tea-Part 4: Liupao tea), 中华人民共和国国家标准 GB/T 32719.4-2016
地理标志产品 六堡茶(Product of geographical indication-Liupao tea), 广西壮族自治区地方标准 DB45/T 1114-2014
六堡茶加工技术规程, 广西壮族自治区地方标准, DB45/T 479-2008
紧压茶 第1部分: 花砖茶(Compressed tea-Part 1: Hua zhuan tea), 中华人民共和国国家标准 GB/T 9833.1-2013
富硒茶(Rich-selenium tea), 中华人民共和国供销合作行业标准GH/T 1090-2014
紫阳富硒茶, 陕西省地方标准 DB61/ T307. 1-2013
全国农产品地理标志查询系统 http://www.anluyun.com/

말로 내뱉는 것과 글로 쓰는 것은 그 중압감의 차이에서 비교조차 할 수 없다.

블로그라는 비교적 자유로운 개인 공간에 글을 남기는 것에도 하나하나 사실을 따져보고, 책을 뒤져보고, 차농들에게 물어보고, 확인에 확인을 거듭해야 한다. 그렇게 하더라도 잘못된 정보가 없다고 보장 못한다.

20년 넘게 직업과 취미를 모두 차에 쏟으면서 보고 듣고 배우고 깨친 것을 책이라는 형태로 세상에 공유하고자 하는 내 스스로의 의무감을 이제야 털어낼 수 있게 되었다.

하지만 한국의 차인들이 일상적으로 하는 얘기와 다른 부분도 있을 것이고 또 남이 해보지 않은 얘기를 새롭게 주창하는 부분도 있어 이 책을 읽고 나서 독자들의 반응이 사뭇 궁금하기도 하고 걱정되기도 한다.

모든 의견은 모두 겸허히 받아들이고 다시 더 높은 고지를 향해 공부를 해나가는 동력으로 삼고자 하니 주저없이 의견 개진을 바란다.

아직 해야 할 일이 많다.

열심히 뛰어다니면서 모은 많은 자료들을 찬찬히 책으로 더 만들어 보고 싶다.

하나의 중국 명차에 대해서 그 품종이 어떤지, 재배 환경이 어떤지, 언제 어떻게 수확하는지, 제조 공정이 왜 그러해야 하고 또 그 때의 화학변화는 어떤지에 대한 과학적인 이해, 어떻게 보관하고, 어떻게 우려야 맛있는지 등등 공유하고 싶은 정보는 엄청 많이 가지고 있다.

차는 격식을 갖춰서 불편한 자세로 특별한 경우에 마시는 것이 아닌, 아무 때나 친구들이나 가족들과 편하게 마실 수 있는 존재이어야 한다.

다른 사람들이 좀 더 안전하고 좀 더 맛있게 즐길 수 있도록 도움을 주는 것이 먼저 배우고 먼저 경험하고 먼저 고민하고 먼저 실패해 본 사람들의 역할이 아닌가 한다.

그 길로 열심히 달려갈 것을 다짐해 본다.

끝으로, 인생을 살아가는 나의 목적을 명시한 Purpose statement를 적는다.

'To generate positive energy in Universe through TEA'

상해에서 茶쟁이 진제형 씀

茶쟁이 진제형의 중국차 공부

초판 4쇄 발행 2023년 5월 31일
초판 1쇄 발행 2020년 10월 30일

지은이 진제형
펴낸이 김환기
펴낸곳 도서출판 이른아침
주소 경기도 고양시 덕양구 삼원로 63 고양아크비즈 927호
전화 031-908-7995
팩스 070-4758-0887
등록 2003년 9월 30일 제313-2003-00324호
이메일 booksorie@naver.com

ISBN 978-89-6745-106-6 (03810)